KB111703

서른, 사랑을 잃다 2

초판 1쇄 찍은 날 | 2014년 6월 23일
초판 1쇄 펴낸 날 | 2014년 6월 30일

지은이 | 신윤희
펴낸이 | 예경원

편집 | 유경화

펴낸곳 | 예원북스
등록번호 | 제396-2012-000132호
등록일자 | 2012. 7. 25
YRN | 제1-0071호

주소 | 경기도 고양시 일산동구 무궁화로 8-28 삼성메르헨하우스 712호 (우) 410-837
전화 | 031-819-9431 팩스 | 031-817-9432
http://cafe.naver.com/yewonromance
E-mail | yewonbooks@naver.com

ISBN 979-11-5630-103-5 04810
ISBN 979-11-5630-101-1 (세트)

YEWONBOOKS ROMANCE STORY

신윤희 장편 소설

2

서른, 사랑을 잃다

C O N T E N T S

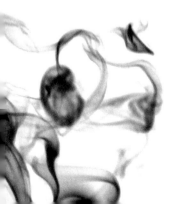

14

19년 전, 미국 뉴저지 주 프린스턴.

준하가 아직 은수이던 시절.

새벽 2시, 은수는 부모님 몰래 이불을 덮고 손에 전등을 든 채, 그 작은 불빛에 의지해 책을 읽고 있었다. 수많은 별에 관한 것들, 태초의 우주와 생명의 기원에 관한 글들은 아무리 읽고 읽어도 질리지 않았다. 언젠가 그 무한한 공간에서 인간의 발길이 닿지 않은 미지의 영역을 개척하는 순간이 올 거라며 기대하며 흥분으로 가슴이 설레었다.

보이지 않는 별의 물리적인 성질을 밝히고, 별의 진화를 해석해서 결국은 다른 행성에서 생명체의 존재를 제기하는 천체물리학의 흐름은 언제 보아도 어린 은수를 흥분시켰다.

프라운 호퍼, 구스타브 키리히 호프, 요한 폰 라몬트, 프리드리히 베셀, 헨리 노리스 러셀, 운죌트, 찬드라 세카르……. 수많은 천체물리학자들의 책을 읽고 그들의 학문적 성취와 이론을 익혀서 제 것으로 만들면서 은수의 머릿속에서는 자신만의 이론이 점점 정립되고, 확장되어 갔다. 검은 하늘에 반짝이는 수많은 별들만큼이나 그의 꿈은 찬란하게 빛났다.

그런데 아까부터 자꾸 어디선가 날카로운 소리가 들려왔다. 아니, 시끄럽게 고함치는 것도 같았다. 또 이웃의 그 베트남 남자가 자기 엄마와 누이동생에게 주먹을 휘두르는가 싶어서 몰래 침대에서 일어나 창가로 다가갔다. 얼마 전에도 새벽에 경찰차가 사이렌을 올리며 와서 온 동네가 들썩였던 적이 있었다. 그러나 도심에서 조금 벗어난 전형적인 주거 공간인 동네는 고요하기만 했다.

그러다 문득 그 시끄러운 소리가 낯선 베트남어도, 영어도 아니라는 걸 깨달았다. 한국말이었다. 이 동네에서 유일한 한국 사람인 자기와 부모님만이 쓰는 언어. 어린 은수는 조심스럽게 자기 방문을 열고 발꿈치를 든 채 천천히 층계참으로 걸어갔다. 아래층 거실엔 아직 환하게 불이 켜 있었고, 응접실에 서서 말다툼을 하고 있는 부모님의 모습이 보였다.

"난 싫어, 더 이상 여기에서 못 살겠다구! 돌아갈 거야. 당신이

나 미국에서 살아, 난 싫으니까."

"지금 제정신으로 하는 소리야? 은수 이제 겨우 대학 졸업하고 NASA에서 스카웃 제의 들어왔어. 이게 애한테 얼마나 큰 기회인지 몰라서 이러는 거야?"

"은수? 하, 당신한테 큰 기회겠지. 애 핑계 대지 마. 역겨우니까."

"이봐, 은수 엄마!"

"내가 당신이 뭐 하고 다니는지 모를 거 같아? 당신 은수 앞세워서 기업이고 어디고 여기저기에서 소송 건수 받아내고 있잖아. 이번에 NASA한테도 당신이랑 당신 회사가 법률 자문팀에 들어갈 수 있게 조건 내걸었지?"

메마른 얼굴에 신경질적인 은수의 엄마는 자기 남편을 힐난했다.

"그러면서 뭐 아이를 위해? 아이를 위해서 미국에 왔다고? 개소리 하지 마!"

"그런 말로 날 매도하지 마! 내가 우리 은수 위해서 미국 온 건 사실이야. 다만 여기서도 내 일을 하고 있을 뿐이지."

"그래, 당신은 그렇게 겉으론 좋은 아버지인 척하면서 뒤로는 자기 실속 다 챙기고 있잖아. 미국이라는 큰물에 나와서 한국에선 할 수 없는 경험도 하고, 회사에서 실적도 차곡차곡 쌓아가면서. 그런데 난 뭐야?"

엄마의 눈에 붉은 핏줄이 서 있는지 멀리서 보는 은수의 눈에는 엄마의 눈동자가 붉게 물든 걸로 보였다. 마치 피 흘리는 것 같았다.

"당신도, 은수도 다 자기 인생 위해서 앞으로 나가는데 나만 여기서 이렇게 미국 촌구석에 처박혀서 남편, 아이 뒷바라지하면서 도태되고 있잖아! 왜 나만 이래야 하는데, 왜 나만!"

은수의 엄마인 최하영은 글을 쓰는 사람이었다. 원래 직업은 신문사 사회부 기자였는데 취재를 하던 중 당시 갓 사법연수원을 나와 인권변호사 사무실에서 일을 시작한 풋내기 변호사였던 김선국을 만나 결혼하고 은수를 낳았다. 그 후에는 살림을 하면서 어려서부터 갖고 있던 작가의 꿈을 이루기 위해 노력했다.

그러나 등단의 길은 요원했고, 어느 날 자신의 아이가 남들과는 비견할 수 없을 정도로 엄청난 지능을 가진 천재라는 걸 알게 되면서 그녀의 삶은 완전히 돌변해 버렸다.

처음에 미국에 가자고 남편이 말했을 때 그녀는 은수와 같은 천재적 재능을 가진 아이에게 한국의 교육은 적합하지 않다는 남편의 설득과 글은 어디에서든 쓸 수 있다는 생각에 흔쾌히 찬성했다.

그러나 도미한 지 3년, 그녀는 곧 미국 생활에 적응한 다른 가족과 달리 향수병에 시달리며 신경쇠약과 우울증에 빠지고 말았다.

한가로운 미국 주택가에서 살면서 조용히 사색하고 글 쓰는 데 집중할 수 있을 거라던 처음의 생각과 달리, 친구도, 아는 사람도 하나 없는 낯선 땅에서 그녀는 지독한 외로움에 시달렸고, 수준 높은 대학 공부에 바쁜 아들과 미국에서 변호사 자격증을 준비하는 남편 사이에서 자기 혼자 뒤처진다는 생각에 더욱 초조해져 갔다.

급기야 그녀는 술과 약에 손을 대기 시작했다. 은수가 강의를 들으러 갈 때도 아이를 태워다 주는 것은 남편의 몫이었다. 미국 면허증을 취득하지 못한 그녀는 쇼핑도 마음대로 할 수가 없었다. 자동차가 없으면 어디도 갈 수 없는 미국 땅에서 남편이 시간을 내주지 않으면 옴짝달싹하지 못하는 자신의 처지를 점점 비관하기 시작했고, 그녀는 히스테릭해져만 갔다.

1년이 지나서 간신히 면허를 따긴 했으나, 음주 운전으로 그마저도 취소되고, 더욱 위축된 그녀는 더욱더 외로움과 절망감에 빠져서 술과 약에 의존했다. 그야말로 악순환의 연속이었다.

그리고 어느 날부터인가 술에 취해 남편과 싸우기 시작했다. 처음에는 그저 외로움에 대한 호소였고, 한국으로 돌아가자는 부탁이었다. 하지만 미국 생활에 적응하고 있던 남편은 그녀의 요구를 무리하다며 들어주지 않았다. 은수는 9살에 대학에 들어가 단 2년 만에 졸업하고 대학원을 다니고 있었다. 벌써부터 여러 대학과 대기업, 연구소 등에서 스카우트 제의가 줄지어 있었고, NASA에서도 흥미를 보였다. 은수의 아버지인 김선국도 미국에서 변호사 자격증을 따고는 은수를 통해 얻은 여러 인맥을 이용하여 변호사로서 활발하게 활동하고 있는 중이었다.

그야말로 두 부자 모두 탄탄대로였고 미국 생활에 만족했다. 그러나 하영은 달랐다.

"우리가 왜 미국에 온 건지 잊은 거야? 은수 위해서잖아. 한국에선 저 아이가 가진 재능을 제대로 다 펼치지도 못하고 동물원 원숭이 취급만 받다가 결국엔 평범한 둔재가 될 거라는 거 당신도 잘 알잖아."

남편의 말에 그녀는 악을 쓰며 바락바락 소리를 질렀다.

"왜, 왜 나만 희생해야 하는데! 당신은 당신 하고 싶은 거 다 하잖아! 은수도 저 좋은 공부 실컷 하잖아!"

"당신도 글 쓰잖아! 당신 일이 잘 안 된다고 해서 우리한테 원망하는 건 치졸한 거 아니야? 당신 재능 없는 게 우리 탓은 아니잖아."

남편의 말에 하영은 움찔했다. 좀 전까지 그렇게 흥분했던 것이 믿기지 않을 정도로 창백한 얼굴로 선국을 바라보는 그녀의 얼굴에는 상처가 고스란히 드러나 있었다.

"아니, 여보. 그게 아니라. 난⋯⋯."

선국은 자신이 내뱉은 말이 실수라는 걸 곧 깨달았지만 이미 엎질러진 물을 주워 담을 수는 없는 노릇이었다. 그는 아내에게 사과하려 했지만 하영은 단호했다.

"그래, 난 은수나 당신처럼 재능 따위는 쥐뿔도 없지. 아무리 발악해도 난 안 돼! 그러니까 잘난 당신들이나 여기서 살아. 살면서 그 재능들 마음껏 펼쳐, 난 한국으로 돌아갈 테니까."

"은수 놔두고 혼자 가겠다는 거야, 지금? 우리 은수 이제 겨우

11살이야. 미국 나이로 9살도 채 안 됐어. 아직 엄마 손길이 필요한 나이라고."

"웃기지 마. 걔는 옛날부터 내 손길 따위 필요하지 않은 애였어. 혼자서 뭐든지 잘하는 애잖아, 우리 은수."

하영이 피식, 성마른 미소를 지었다.

"무슨 말이 그래? 엄마라는 사람이 어떻게 자식한테 그딴 말을 해!"

남편의 나무람에 발끈한 그녀가 소리 질렀다.

"당신은 걔가 천재라서 좋지? 남들한테 자랑하고, 내세우고, 당신 일에도 도움이 되는 게 좋아 죽겠지? 말해봐. 당신 능력으로 미국까지 와서 이렇게 승승장구할 수 없었잖아. 그런데 어린 아들 덕 봐서 잘사니까, 어때 기분 좋아?"

"말 함부로 하지 마."

"난, 하루도 행복하지 않았어. 걔가 천재라는 거 알게 된 그 순간부터 난 족쇄를 찬 것 같았다구. 부모로서 아이 재능을 제대로 펼치게 해줄 수 있을까, 혹시 나 때문에, 내가 잘못 키워서 천재적인 저 재능이 사라지면 어쩌나 노심초사하며 살았어."

"누군 안 그래? 하지만 말했잖아. 은수처럼 특별한 아이를 둔 부모로서 우리가 감내해야 할 몫이야."

"난 싫어! 잘난 천재 아들 때문에 사람들한테 시달리는 것도 신물나고, 이놈의 미국 생활도 지긋지긋해! 나랑 대화도 안 통하는 수준 높은 아들 눈치 보면서 사는 것도 싫다고!"

"그게 엄마로서 할 소리야!"

"그래, 난 엄마 자격 없어. 그러니까 날 내버려 둬!"

"여보! 하영아!"

갑자기 현관으로 뛰쳐나가려는 아내를 쫓아간 선국이 손목을 붙잡자 하영은 거칠게 뿌리쳤다.

"이거 놔!"

"이 시간에 대체 어딜 가려는 거야?"

"어디든! 어디든 이 답답한 집만 아니면 상관없어!"

흥분한 채 밖으로 나가려는 엄마를 아빠가 붙들었다.

"하영아!"

"아악!"

하영은 끝내 제 머리를 감싸 쥐며 절규했다.

2층 계단 난간에 몸을 숨긴 채 그 모습을 보던 은수와 엄마의 눈이 마주쳤다. 마치 미친 사람처럼 번뜩이는 엄마의 눈은 무서웠다. 저도 모르게 바닥에 주저앉은 은수의 눈에는 눈물이 고여 들었다.

"엄마……."

"난 갈 거야! 돌아갈 거라구!"

하영은 자기를 붙드는 선국의 팔을 뿌리치며 그렇게 계속 계속 소리 질렀다.

그 후로는 거의 매일 밤마다 부모님의 싸움 소리가 들려왔다.

아직 어린 은수가 잠자리에 들고 나면, 집에까지 가져온 업무를 새벽까지 보던 아버지와 술과 약물에 취한 어머니 사이에 고성이 오가고 때로는 몸싸움으로 번지기도 했다.

언젠가부터 은수는 자기 침대에 누워서 책을 읽지도 않았고, 그렇다고 눈을 감고 잠을 자지도 못했다. 간신히 잠을 청해도 새벽이면 어김없이 들려오는 그 소리에 두 손으로 귀를 꼭 막고 온몸을 웅크리며 제발 부모님의 싸움이 어서 끝나기만을 기다렸다.

그리고 다시 2년이 흘러 은수가 대학원에서 박사 학위를 따고 NASA에 들어가기로 한 그해, 하영은 끝내 사라지고 말았다. 경찰에 신고하고 대대적인 수색까지 벌였지만 어머니의 모습은 어디에서도 찾을 수가 없었다. 13살이었던 은수는 충격을 받은 채 마음의 문을 닫고 말았다.

자기 때문에 어머니가 불행해졌다는 사실을 견딜 수가 없었다. 아버지는 괜찮다, 네 잘못이 아니다 말했지만 은수는 자책감에 괴로웠다. 남들이 보기엔 지능이 높으니 당연히 정신 연령도 높고, 어른처럼 사고할 거라 생각하지만 은수는 그저 별과 우주를 좋아하는 어린아이였을 뿐이었다. 아직은 부모의 품이 그립고 엄마의 손길이 절실했다. 아무도, 그의 부모조차도 그 사실을 간과했지만 말이다.

그러다 반년이 지난 어느 날 불쑥 어머니가 나타났다. 전보다 더 마르고 초췌해진 모습에 건드리면 그대로 부서질 것만 같은 모습이었다. 돌아오자마자 어머니는 은수에게 물었다.

"너 나랑 갈래?"

"네?"

"나 한국으로 돌아갈 거야. 네 아빠랑 이혼하고. 한국 가서 우리 다시 평범하게 살래?"

"엄마……."

"빌어먹을 천재 말고, 그냥 평범한 김은수로 살자. 나도 그러면…… 한국 가면 너랑 예전처럼 행복하게 살 수 있을 거 같애. 가자, 은수야. 응?"

엄마는 몹시 절박하게 말했다.

"너도 여기서 천재니 뭐니 해서 너 이상한 애 취급하는 거 싫잖아. 그렇지?"

은수는 너무나 불행한 엄마의 얼굴을 보면서 차마 싫다고 말할 수 없었다.

한국에서의 삶은 어린 그에게 행복하지 않았다. 남들과 다르다는 이유만으로 모두가 호기심 어린 시선으로 바라봤고, 또래 아이들과는 어울릴 수도 없었다. 어른들은 자신보다 어리지만, 그들보다 훨씬 똑똑한 은수를 꺼림칙하게 여겼다. 학교 공부는 시시하고 지루했다. 그가 하고 싶고 배우고 싶은 천체물리학에 대해 마음껏 배울 수 있고, 자신을 유별나게 취급하는 사람도 거의 없는 미국이 그로서는 훨씬 마음 편하고 즐거웠다. 하지만…….

엄마의 애원에 그는 고개를 끄덕였다.

아버지는 그들의 한국행을 결사적으로 말렸지만, 엄마는 이혼 소송과 함께 양육권 소송을 해서 승소했다. 그러나 그들이 미국 땅을 떠나는 그 순간까지도 포기할 수 없던 아버지는 마지막까지 그들을 설득하기 위해 공항까지 따라왔다. 억수같이 쏟아지는 빗속, 자동차 뒷좌석에 앉은 은수는 유리창 너머로 그들 뒤에 바싹 붙어오던 아버지의 차를 분명히 보았다. 그러나 어찌 된 셈인지 출국 수속을 밟을 때까지도 아버지는 공항에 나타나지 않았다.

그렇게 한국으로 건너온 은수는 평범한 중학생이 되어 학교를 다녔다. 엄마의 소원대로 절대 그의 천재성을 드러내지 않은 채 그저 말 없고 운동은 좋아하지만, 공부는 그저 그런 보통의 평범한 소년을 연기하며 살았다.

"은수야, 절대로 튀면 안 돼. 그냥 평범하게 행동해, 남들처럼. 그래야 너도, 그리고 엄마도 행복할 수 있어. 알았지?"

그러다 15살, 중학교 2학년이 된 어느 날, 아버지가 그들 모자 앞에 나타났다. 그런데 놀랍게도 아버지는 한쪽 다리를 절고 있었다. 사고가 났다고 했다. 그날 공항으로 그들을 뒤쫓아오던 날 빗길에 미끄러진 트럭 때문에 교통사고가 있었고, 그때 한쪽 다리를 다쳤노라 말했다. 가슴에도 큰 흉터가 있었다. 갈비뼈가 부러지고 내장이 파열되는 중상이었던 것이다.

그렇게 만신창이가 돼서 나타난 아버지를 보면서 엄마는 죄책감에 시달렸다. 워낙 예민하고 정서적으로 불안정한 사람이었다.

그런데 자기 때문에 불구가 된 남편과 한국에 와서 부쩍 말수가 적어지고 웃음기가 사라진 아들을 보면서 그녀의 마음속에서는 또다시 견딜 수 없는 회오리가 휘몰아쳤다. 그리고 마침내 또다시 모습을 감춰 버리고 말았다.

이번에도 쉽게 찾을 수가 없었다. 아버지는 그에게 미국으로 돌아가자고 했다.

"너, 공부하던 곳에서도 그렇고 NASA에서도 여전히 네가 돌아오기를 바라고 있다. 몇몇 연구소에서도 네가 오기만 한다면 이야기를 진행시키고 싶다는구나."

예전 같으면 가슴이 설레었을 이야기였다. 다시 우주와 별을 마음껏 연구하고, 대화가 통하는 사람들에게 둘러싸여서 즐겁게 지낼 수 있다. 그러나 어느덧 사춘기에 접어든 은수는 자기 때문에 망가져 버린 어머니와 자신의 가정이 너무나 아팠다. 그에게 자신의 천재성은 축복이 아니라 마치 저주와도 같았다. 멀리 있는 별에 대해선 뭐든지 알지만, 정작 자기 가장 가까이에 있는 사람들에 대해서는 아무것도 몰랐던 자신이 못 견디게 싫었다.

"싫습니다."

"은수야! 네가 엄마 때문에 충격 받은 건 안다만, 이건 네 인생이 걸린 문제야. 신중하게 잘 생각해야 한다."

"한국에 오기 전부터 생각했어요. 와서도 줄곧 그 생각만 했죠. 전요 아버지, 지금은 그냥 좀 쉬고 싶어요. 다른 건 생각 안 하고 그냥 이대로 있고 싶어요. 그게 아버지가 말씀하시는 것처럼 시간과 재능의 낭비가 될지도 모르죠. 하지만 제가 정말로 절실하게 원하는 걸 찾게 될 때까진 이대로 흘러가게 내버려 두고 싶어요."

어느덧 소년의 티가 물씬 풍기는 아들의 결심은 확고했다. 천재적인 재능을 가진 천체물리학자로서 이름을 떨치는 삶보다 그냥 평범한 인간으로서 살겠다는 아들의 선택을 김선국은 인정할 수 없었지만, 은수의 의지는 확고했다.

그리고 그는 하나밖에 없는 딸이 실종된 후 상실에 빠진 외할머니 곁에 함께 살면서 평범한 고등학생이 되었고 자신과 같은 이름을 가진 한 소녀를 만나게 되었다. 그의 인생에서 가장 중요한 만남이었다. 그리고 곧 이름을 김준하로 바꾸었다.

지난 며칠, 은수와 준하는 인터뷰를 위해 만나서도 서로 어떤 내색도 하지 않았다. 그저 출판사 직원과 책의 취재원으로만 서로를 대했고, 준하는 그녀에게 정중하기 그지없었다. 담담하게 자기 옛일을 말할 때에도 그는 어떤 감정도 내비치지 않았다. 어디에서 태어나서, 언제까지 살았고, 그리고 어디에서 무엇을 했다는 말을 할 때는 마치 누군가의 연표를 외웠다가 읊조리는 것만 같았다.

그런데 그 무심한 낯빛이 더 아파서 은수는 몰래 속으로 울었다. 한 번도 제대로 보듬어주지 못한 옛 연인에 대한 미안함과 후회, 그리고 자책 때문이었다.

하지만 지금은 일로써 만나는 사이였다. 철저하게 일에만 몰두하자 마음먹으면서도 은수는 준하를 볼 때면 이상하게 가슴이 아렸다. 아직도 그녀 마음 깊은 곳 어딘가에 그때의 그 감정들이 고스란히 숨어 있기라도 한 듯이.

"왜요? 잘 안 돼요?"

그녀의 표정이 심상치 않았는지 정호가 조심스럽게 물었다. 은수는 마음속에 갈마드는 상념들을 얼른 털어버리며 애써 밝게 웃었다. 자신의 기분 때문에 다른 사람을 불안하게 만들어서는 안 된다. 게다가 이 사람은 자신을 믿고 일을 맡겨준 고마운 사람 아니던가.

"아직 잘 모르겠어요. 일단 김준하 씨가 일하는 곳까지 갈 수는 없으니까 주로 점심시간이나 퇴근 후에 몇 번 만나서 간략하게 이야기를 하긴 했는데 아직은 괜찮은 거 같아요. 그동안 했던 인터뷰 내용은 어제 메일로 정리해서 보내 드렸는데, 보셨죠?"

준하에 대한 글을 은수가 쓰기로 했지만 사실 그녀는 자신의 몫은 인터뷰어로서 그의 이야기를 듣고 기록하고 정리하는 것이라고 생각하고 있었다. 최선을 다해서 글을 써보긴 하겠지만, 그녀의 역량이 그에 못 미친다는 걸 깨달은 정호가 곧 전문 작가를 섭외하게 될 거라 믿었다. 그래서 그때를 대비해서 꼼꼼하게 인터뷰 내용을 챙겼다. 녹음하는 건 물론이고, 그 내용을 토씨 하나 안 틀리게 녹취록에 옮기고, 그 말을 했을 때의 준하의 분위기와 뉘앙스, 자신이 느꼈던 감정까지 하나도 빼놓지 않고 기록했다.

〈천재들의 삶〉의 메인인 김준하의 인터뷰를 전담하게 되면서 은수는 출판사에는 일주일에 하루만 출근하고 있었다. 준하를 만나는 건 주로 오후에만 이뤄지니까 오전만이라도 출근하겠노라 했지만 정호가 극구 말렸다.

"아, 안 됩니다, 안 돼요. 여기는 은수 씨 없어도 되니까 언제든 김준하 씨 스케줄에 맞춰서 움직일 수 있게 편하게 해요, 편하게."

"대표님, 저 그렇게 무능한 직원이에요?"

"네?"

"사무실에 저 없어도 된다면서요. 제가 그렇게 쓸모없나 싶어서 좀 충격인데요."

은수가 짐짓 능치자 정호가 당황해서 쩔쩔맸다.

"아, 아니, 그게 아니라. 난 물론 은수 씨가 있으면야 좋죠. 그렇지만 김준하 씨 인터뷰가 더 중요하니까, 나야 매일 은수 씨 얼굴 보고 싶긴 하지만……."

얼굴을 붉히며 어쩔 줄 몰라 하는 정호를 보자니 은수는 피식 웃고 말았다. 단순하고 솔직한 사람이었다. 어른이 된 지금도 자신이 소년 때 꾸었던 꿈을 이루기 위해 노력하는 걸 보면 때때로 부럽기도 했다. 그녀는 자신이 어릴 적에 어떤 꿈을 꾸었는지조차 기억나지 않기 때문이었다.

어린 시절의 그녀가 가진 꿈은, 아니, 그때 가졌던 단 하나의 생각은 '나도 남들처럼 아버지가 있는 평범한 가정을 갖고 싶다.' 오직 그 하나였으니까.

"아무튼 은수 씨한테 이번 책의 성패가 달려 있는 거나 마찬가지니까 잘 부탁해요."

"네, 열심히 할게요."

"으윽, 매달 날아드는 제 대출금 청구서 보면 열심히만으론 부족하다는 거 아실 텐데, 제가 어떻게 보여 드릴 수도 없고……."

정호가 자기 가슴팍을 움켜쥐면서 너스레를 떨자 웃고 있던 은수가 맞장구를 쳤다.

"보여주세요."

"네?"

뜻밖의 반응에 놀랐는지 민정호의 얼굴에 당황한 기색이 역력했다. 그러나 은수는 시치미 떼며 계속 요구했다.

"보여주셔야 제가 거기 찍힌 어마어마한 숫자들을 보고, 아 우리 회사 안 망하고 내가 잘리지 않으려면 정말 열심히 해야겠구나, 하고 결의를 다질 거 아니에요. 그러니까 어서 보여주세요."

"윽, 은수 씨 생각보다 강적인데요."

"무슨 말씀이세요. 전 그저 현실적인 사람이거든요. 우리 출판사 잘돼야 저도 좋잖아요."

"맞습니다. 그 마음 반드시 변치 마십시오."

"네."

"하하하."

은수의 장난스럽지만, 또 진지한 대답에 정호와 그녀 모두 한껏 웃었다. 그때 똑똑 문을 두드리는 소리가 났다. 놀라서 고개를 돌려 보니 어느새 사무실 출입문이 열려 있고, 그 앞에 준하가 서 있었다. 침착한 낯빛이었지만 어딘가 모르게 화난 사람처럼 보이기도 했다. 하지만 다른 사람들이 보면 그저 덤덤하다 생각했을 것이다.

"노크했는데 못 들으신 모양이더군요. 안에서 말소리가 들리기에 실례를 무릅쓰고 그냥 들어왔습니다. 죄송합니다."

"아, 김준하 씨! 아닙니다, 아니에요. 은수 씨랑 긴하게 회사 일에 대해 얘기 좀 하느라. 아이구, 죄송합니다."

정호가 호들갑을 떨며 준하에게 앉을 것을 권했다. 그러나 준하의 눈빛에 드러난 것은 무슨 회사 일이기에 그렇게 하하 호호 큰소리로 웃었던 거냐고 묻는 듯했다. 하지만 준하가 자기 출판사에 직접 왔다는 사실에 들뜬 정호는 그걸 눈치챌 겨를이 없었다. 그저 은수만이 예전에 그랬던 것처럼 준하의 눈빛을 보는 것만으로도 그의 마음을 자연스럽게 읽었을 뿐이었다.

"그런데 무슨 일 있으십니까? 어떻게 여기까지 직접……?"

"아닙니다. 일 때문에 이 근처에 들렀다가 출판사를 한 번 직접 보고 싶어서 연락도 안 드리고 이렇게 왔습니다. 놀라셨다면 죄송합니다."

준하의 사과에 정호가 황송하다는 듯이 두 손을 내저었다. 아니, 그는 정말로 황송해하고 있었다. 천재 김준하가 직접 자신의 누추한 출판사에 행차했다는 것이 믿을 수 없이 기쁘면서도 몸 둘 바 모를 정도로 송구했던 것이다.

세상 그 어떤 대재벌이나, 권력가, 종교 지도자가 온다 하더라도 민정호에게서 저런 반응을 끌어낼 수 있는 건 오직 천재뿐일 거라고 은수는 생각했다.

"아이구, 죄송은요. 놀라긴 했지만, 이건 너무 좋아서 그러는 거니까 전혀 미안해하실 거 없습니다. 은수 씨, 우리 차……."

정호의 말이 떨어지기도 전에 이미 은수가 쟁반에 두 잔의 차를 준비해서 다가왔다.

"여기 있어요."

"와, 역시 우리 은수 씨 센스 대박. 내가 우리 은수 씨 없을 땐 어떻게 살았나 생각도 안 난다니까요. 이러니 내가 은수 씨한테 안 반해요? 하하하."

빈말인 줄은 알아도 정호의 칭찬은 늘 은수를 기분 좋게 해주었다. 살면서 그녀의 수고로움을 당연하게 생각하고 무시하던 전남편과는 전혀 다른 그는 작은 일 하나에도 과장될 정도로 크게 고마워했고, 은수를 추켜 세워주기 바빴다. 그렇게 민정호는 항상 긍정적이며 웃음이 많았다. 게다가 남들까지 기분 좋게 만들어주는 유쾌한 사람이었다.

그러나 맞은편에 앉은 준하는 불쾌한 빛을 띠고 있었다. 애써 기색을 감추고는 있으나 은수는 준하에게서 시종 냉랭한 기운이 감돈다고 생각했다.

"준하 씨 드셔보세요. 우리 은수 씨 차 타는 솜씨가 아주 일품입니다."

정호가 또 '우리 은수 씨'라고 하자 준하의 얼굴이 딱딱하게 굳더니 눈빛이 사납게 일렁였다. 그러나 정호는 전혀 눈치채지 못한 채 그를 바라보며 싱글벙글 웃고 있었다.

"네, 감사합니다. 잘 마시겠습니다."

준하가 그녀에게 가볍게 고개를 숙이며 향긋한 홍차를 한 모금 마셨다.

"어때요, 향이 근사하죠? 제가 원래는 다방 커피만 마시던 사람인데 우리 은수 씨가 온 이후로는 이렇게 홍차며 허브티에 녹차까지 다양한 걸 마시고 있습니다. 그래서 입맛이 점점 고급스러워져요. 다 우리 은수 씨 덕분이죠."

자발없는 정호가 '우리 은수 씨'라고 할 때마다 준하의 어금니를 꽉 으물고 있는 턱 근육이 실룩거렸다.

"그렇군요."

"은수 씨 이게 뭐지? 얼그레이, 다즐링, 아쌈? 전에 말해줬는데도 모르겠네. 아무튼 준하 씨 향이 참 좋죠?"

준하가 차 마시는 모습을 흐뭇하게 바라보던 정호가 무언가를 발견한 것처럼 눈을 동그랗게 뜨더니 몸을 앞으로 기울였다.

"아, 그런데 어디 가십니까? 그러고 보니 복장이 오늘은 평소와 달리 양복이 아니시네요. 양복 걸치신 것도 무슨 모델처럼 근사하시더니, 이런 복장은 영화배우처럼 멋진데요. 역시 옷이 중요한 게 아니라 입는 사람이 중요하군요. 캬, 그야말로 요즘 말로 패완얼입니다, 패완얼. 하하."

생소한 단어에 준하가 의아한 표정으로 바라보자 정호가 얼른 뜻을 설명했다.

"아, 패완얼이란 말입니다. 패션의 완성은 얼굴이란 뜻입니다. 한 글자씩 따서 패완얼. 뭐 다른 표현으로는 얼굴이 다 했다, 라는 것도 있죠. 그만큼 잘생긴 사람은 뭘 입어도 다 잘 어울린다 이거죠. 하하하."

정호의 말에 은수도 쿡쿡 웃고 말았다. 문득 고개를 들다가 준하와 시선이 마주치자 그가 눈을 가늘게 좁히며 그녀를 바라봤다. 시선이 어쩐지 날카로웠다.

한창 사춘기인 딸과 대화하기 위해서 인터넷 용어나 십대들이 즐겨 쓰는 문화에 익숙해지려고 부단하게 노력하는 덕에 정호는 젊은 사람들이 쓰는 말을 불쑥불쑥 하곤 했다. 은수도 몇 년 동안 중고등학생들을 대상으로 가르쳤기 때문에 아주 낯설지는 않았지만, 가끔 정호가 하는 말들은 그녀조차도 어리둥절한 것이 많았다. 그러니 준하는 웬 이상한 말인가 싶어서 어리둥절했을 것이다.

그러고 보니 오늘 그의 복장이 여느 때와 달랐다. 평상시에 준하는 변호사라는 직업답게 늘 몸에 잘 맞게 재단된 세련된 양복을 걸치고 있었다. 그런데 지금은 가벼운 재킷에 검은 진과 스웨터 차림이었다. 마치 어딘가로 여행이라도 가는 듯한 복장이었다. 그렇지만 좀 전에 분명히 일을 하러 나온 길이라고 하지 않았던가.

"실은 지금 출장을 가는 길입니다."

"그러시구나, 어디로 가시는데요?"

"경상도 쪽으로 갑니다."

"며칠 머물다 오시는 겁니까?"

"아무래도 그래야 할 거 같습니다."

"꽤 복잡한 케이스인가 보죠?"

"예전 은사이셨던 분이 은퇴 후에 고향으로 내려가 계시는데 이번에 저희 로펌에 사건을 의뢰해 오셔서요. 가서 사건에 대해 들어보고 어쩌면 그쪽에서 한동안 있어야 할지도 모르겠습니다."

준하의 대답에 여유롭게 찻잔을 입으로 가져가던 정호가 놀라서 고개를 치켜들었다.

"네? 얼마나요?"

"글쎄요, 그게 이번에 내려가서 직접 사건 당사자를 만나보고 상황을 파악해야 알 수 있겠는데요."

"그럼 저희 쪽 인터뷰는……."

민정호가 그답지 않게 머뭇거리며 말을 꺼냈다.

그들과 준하가 책을 내기 위해 인터뷰하기로 합의한 기간은 석 달 남짓이었다. 석 달 후면 미국으로 떠나야 한다는 말에 그 기간 안에 인터뷰를 끝내고 초고가 완성되면 다시 준하에게 보내서 잘못되었거나 미흡한 점들을 보충하는 시간을 서너 달 더 가진 후에 최종적으로 내년 초에 출간하기로 목표를 잡았던 것이다.

온전히 인터뷰에만 몰두한다면 석 달이 짧은 시간은 아닐 것이나, 준하가 이런저런 신변 정리로 바쁘고, 아직 로펌에 나가 근무를 하고 있는 터라 오늘처럼 예상치 못하게 공백이 생겨 버리면 인터뷰 시간은 점점 더 줄 수밖에 없었다.

그런데 미국에 가기 위해 하던 일도 가급적 다 마무리 짓거나 다른 변호사들에게 인계하고 있다던 그가 갑자기 새로운 사건을 맡게 되었다니!

자기가 평생에 걸쳐 꿈꿔왔던 회심의 역작이니만큼 정호는 준하의 삶에 대해서 좀 더 심도 깊은 접근을 원했고, 그래서 은수가 그와 밀착해서 더 많은 이야기들을 통해 인간 김준하 그리고 천재 김준하에 대해 보다 가깝게 그려낼 수 있기를 바라고 있었다. 사실 그러자면 석 달도 터무니없이 짧은 시간이었고, 내년까지 출간한다는 것도 빠듯하기 짝이 없었다.

그래서 가급적이면 하루 24시간을 함께 하거나 미국에까지 동행하고 싶었으나 은수의 말대로 예산이 터무니없이 부족한 데다 그건 자신의 욕심이 과한 것이어서 꾹꾹 눌러 참고 있었다. 그런데 이렇게 준하가 장기간의 출장을 가야 할지도 모른다 말하자 초조해졌다.

"그래서 말입니다."

조금 난감한 표정을 짓고 있던 정호에게 준하가 말을 건넸다.

"괜찮으시다면 김은수 씨가 이번 출장에 동행해 주셨으면 합니다."

"네?"

그들에게 차를 내준 후 자기 자리에 앉아서 컴퓨터 모니터를 들여다보고 있던 은수가 놀라서 고개를 치켜들었다. 애써 준하의 시선이 닿지 않도록 몸을 숙이고 자기도 그를 보지 않으려 애썼지만, 시선을 어떻게 한다 해도 손바닥만 한 작은 사무실에서 그와 정호가 나누는 대화를 듣지 않기란 불가능했다.

"오늘 일단 내려가 봐서 상황을 파악해 봐야 알겠지만, 짧게는 일주에서 길게는 몇 주가 될지도 모르는 일입니다. 개인적으로 은사님의 일을 돕는 것도 아니고, 저희 로펌에 정식 의뢰가 된 터라 어쩔 수가 없습니다."

"그거 좋은 생각이군요! 역시!"

준하의 말이 끝나기가 무섭게 정호는 손바닥으로 자기 무릎을 탁 소리 나게 치며 만면에 화색을 띠었다. 천재라더니 저렇게 단박에 해결책을 내놓는구나 싶어서 흐뭇했다. 그러나 입 밖에 그 소리를 냈다간 핀잔을 들을지도 몰라서 입을 꾹 다물었다.

"으하하하."

"대표님!"

그러나 그의 웃음소리는 곧 은수의 외침에 묻히고 말았다.

"아……."

당사자인 그녀의 의견은 묻지도 않고 덥석 대답부터 해버린 자신의 잘못을 즉시 깨달은 그는 얼른 입을 다물었다. 그러나 슬금슬금 눈치를 보면서도 그가 은수에게 보내는 눈빛에는 선명한 뜻이 담겨 있었다.

'은수 씨, 제발 된다고 해줘. 간다고 말해줘!'

그러나 은수의 눈빛 역시 분명하게 대답하고 있었다.

'그건 말도 안 돼요!'

두 사람의 시선이 치열하게 오가는 것을 본 준하가 다시 입을 열었다.

"물론 오늘부터 동행하자는 말씀은 아닙니다. 일단 제가 내려가서 상황을 보고 연락을 드릴 테니, 그사이에 준비를 하고 나중에 저와 가주셨으면 합니다. 가능하겠습니까?"

질문은 정호를 보고 했지만, 그 대답을 할 수 있는 사람은 은수였다.

"전……."

은수는 무조건 거절할 생각은 아니었다. 일이었고, 그의 스케줄에 맞춰서 이동하는 것 정도는 처음에 준하와 인터뷰를 시작했을 때부터 어느 정도 각오했던 바이기도 했다. 그러나 그녀에게는 어린 아들이 있었다. 그 아이를 놔두고 무작정 오랜 시간 집을 비울 수는 없는 노릇이었다.

"무슨 말씀이신지 잘 알았습니다. 그러나 제게도 사정이란 게 있어서 지금 당장 가타부타 확답을 드리긴 어렵네요. 일단 오늘 내려가셔서 상황을 보고 연락을 주시면 제 쪽에서도 최대한 긍정적으로 고려해서 답을 드리도록 하겠습니다."

조마조마한 얼굴로 은수의 말하는 모습을 지켜보던 민정호가 간신히 안도의 한숨을 몰래 내쉬었고, 준하는 아무런 표정의 변화가 없었다.

"알겠습니다. 그럼 전 일단 그만 가보도록 하겠습니다. 도착하고 상황 알아본 후에 바로 연락드리죠."

"네, 알겠습니다."

준하가 가고 나자 뭐 마려운 강아지처럼 절절매던 정호는 한달음에 그녀의 책상 옆으로 쪼르르 달려왔다.

"은수 씨, 진짜 긍정적으로 생각할 거죠?"

"뭘요?"

다시 컴퓨터 모니터를 들여다보고 있던 은수는 짐짓 모른 척 대꾸했다. 그러나 그녀의 머릿속에서는 주말을 포함해서 2, 3일 정도라면 상은이나 친정엄마한테 현우를 맡겨도 되리란 계산을 하고 있었다. 그 정도로는 어림없겠지만, 그래도 일단 그녀가 확보

할 수 있는 시간은 그 정도였다. 만약 더 길어진다면 현우 어린이 집 문제도 있고, 상은이나 엄마도 일을 하기 때문에 그녀 혼자서 뭐라고 결정을 내릴 순 없었다.

"아이, 우리 은수 씨 왜 이러시나. 김준하 씨랑 같이 출장 가는 거요. 물론 젊은 남녀가 둘이서 멀리 간다는 게 좀 꺼려질 수도 있 겠지만, 일이잖아요. 그리고 봐서 알다시피 김준하 씨 엄청 젠틀 한 남자예요. 절대로 남녀상열지사 때문에 은수 씨 곤란하게는 안 할 겁니다."

남녀상열지사라. 정호의 말에 은수는 속으로 쓴웃음을 지었다. 다른 사람이랑은 어떨지 몰라도 그녀와 준하 사이에서는 절대로 벌어질 수 없는, 아니, 벌어져서는 안 되는 일이었다.

"그래요? 한 번 만나고 어떻게 그렇게 확신하세요?"

"한 번도 그냥 한 번이 아니죠. 우리가 그날 술을 마시면서 얼마 나 찐하게 얘기를 나눴는데요. 아마 삼십 년 지기 친구보다 더 많 은 얘기를 나눴을걸요?"

젠체하는 정호를 보면서 은수는 속으로 웃음을 삼켰다. 그렇게 평생 천재와 친구가 되고 싶었다더니 준하와 하룻밤 술을 마신 것 만으로도 천하를 다 얻은 것처럼 신이 나는 모양이었다.

"좋으시겠네요. 드디어 그토록 고대하던 천재와 친구가 되셨으 니."

"아니, 뭐 아직 친구라고 하기는 좀 그렇지만, 나이도 좀 차이나고……."

우물쭈물 망설이는 정호의 얼굴에는 민망함이 서려 있었다. 호기롭게 큰소리치긴 했으나 아무리 생각해도 자기가 너무 앞서 갔나 싶은 모양이었다. 마흔한 살이란 중년의 나이에도 여전히 소년처럼 순수하고 담백한 사람이었다.

"왜요? 망년지교(忘年之交)라는 말도 있잖아요. 아무리 나이 차가 난다 하더라도 서로의 인품에 반한 사람끼리는 얼마든지 격의 없는 친구가 될 수 있는 거잖아요. 안 그래요?"

"물론, 나야 그러고 싶은 마음은 굴뚝같지만 아직 김준하 씨 의중을 몰라서……. 하하하."

준하와 술을 마신 다음날 출근해서는 마치 당장이라도 호형호제할 것처럼 말하던 정호의 모습이 떠올라서 은수는 빙그레 웃고 말았다.

그러고 보니 민정호와 함께 일한 이후로 그녀는 참 많이 웃었다. 예전에 누군가와 있을 때처럼 정말로 행복하고 가슴 벅차서 저도 모르게 배어 나오던 그 미소와 같진 않았지만, 그래도 마음이 가볍고 편안한 건 사실이었다. 어쩌면 그녀가 오빠라는 존재에 대해서 막연히 갖고 있던 그런 이미지가 바로 민정호가 아닐까 싶을 정도로 그는 은수에게 퍽 자상했고, 어느새 그녀도 그런 그를 편하게 대할 수 있었다.

"아무튼 은수 씨, 김준하 씨에 대해선 걱정하지 말고 가는 쪽으로 생각해 줘요. 내가 그날도 보니까 우리 술 마시는데 와서 김준하 씨한테 꼬리치는 여자도 있었는데 그야말로 단칼에 잘라내더라고요. 그리고 내가 3차로 예쁜 아가씨들 있는 단란주점 가자고 했다가 말도 못 붙이고 퇴짜 맞았잖아요."

한참 신나서 떠들어대던 정호는 입술을 꼭 다물고 자기를 쳐다보는 은수의 싸늘한 시선과 마주치자 갑자기 변명을 늘어놓기 시작했다. 그러다가 급기야는 그녀에게 사정했다.

"아, 물론 내가 평소에 그런 델 다니는 사람은 아닌데, 그때가 너무 늦은 시간이라 갈 만한 데가 없어서……. 그러니까 은수 씨나 좀 그렇게 쳐다보지 말아줄래요?"

"제가 어떤데요?"

"그, 뭐냐 한심하고 더러운 응응 쳐다보듯 하잖아요, 지금."

"응응이 뭔데요?"

은수는 조심하려 했으나 저도 모르게 말끝이 날카로워지고 말았다. 전에 그녀는 남자들의 밤 문화나 향락 문화에 대해서 어떤 선입견도 없었다. 아니, 잘 알지 못하니 그저 막연하게만 생각했다. 퇴폐적이고 소모적이지만 어디에서도 제대로 스트레스 풀 길 없는 남자들이 어쩔 수 없이 가는 해방구쯤으로 여겼던 것도 사실이었다.

그러다 전남편의 일을 겪으면서 그녀는 몰라도 될 것을 알아버렸고, 그 후로 남자들이 다니는, 여자들이 향응을 제공하는 술집 문화에 대해서 지독한 혐오감을 갖게 되었다. 그것은 당연한 결과였다.

그러나 그런 곳을 다니는 모든 남자들이 다 난잡하거나 쾌락만을 추구하는 속물이라고 생각하지는 않았다. 그래도 그런 술집에 드나들었다는 말을 들으면 저절로 인상이 찌푸려지고, 저도 모르게 냉랭한 눈빛으로 바라보게 되었다.

"아, 그게 뭐냐면요……."

정호는 자기가 아무리 자발없이 떠들어도 늘 말없이 들어주고 웃어주는 은수가 퍽 마음에 들었다. 일도 야무지게 잘하고, 웃는 것도 예뻐서 함께 있으면 즐거웠다. 그런데 지금 마치 북풍한설 한가운데 있는 것처럼 냉랭하기 짝이 없는 그녀를 보자니 제가 실수를 했구나 싶어서 안절부절못했다.

"……새끼 보듯 하잖아요, 지금."

우물쭈물하던 그가 결국 눈을 딱 감고 말했지만, 평소라면 작게 한숨 내쉬고 어깨 한 번 으쓱이고 지나갔을 은수가 여전히 아무런 말도 하지 않은 채 입을 꼭 다물고 있었다.

그래서 그 어색한 침묵을 견딜 수 없는 정호는 또 주절주절 하지 않아도 좋을 말을 해대기 시작했다. 자고로 말이 많으면 실수도 많다고 했건만 그는 그간 자신의 입 때문에 저질렀던 수많은 실수에도 불구하고 얻은 깨달음이 없는 듯했다.

"그뿐인가. 내가 김준하 씨 주변에서 듣자니까 그렇게 좋다고 관심 갖고 덤비는 여자들은 끊이질 않는대요. 재벌집 딸에 엄청 유명한 연예인도 있었다는데. 왜 안 그렇겠어요. 천재라는 거 안 밝힌다고 해도 저 준수한 외모에 스마트한 두뇌에 변호사라는 직업에, 것도 그냥 변호사인가 완전히 능력 있는 변호사잖아요. 아무튼 그런데도 다 싫다고 했다네요. 보면 남자인 내가 봐도 꽤 멋지게 생긴 데다 성격도 시원시원하던데 어떤 여자가 가만히 놔두려 하겠어요. 안 그래요?"

정호는 마치 김준하의 개인 홍보 매니저나 된 듯이 준하에 대해서 입에 침이 마르도록 칭찬했다. 저 정도면 아예 추종자라고 불러도 될 듯했다.

"누구 하나 사귄다는 말도 없고, 다른 남자들하곤 다르게 여자 문제에 대해선 되게 담백하다 그러더라고요. 놀 때도 흐트러지는 법도 없고. 그래서 웬만한 여자한테는 꿈쩍도 안 할 거예요."

그 말을 듣고 있는 은수의 표정이 또 묘했던 것인지 정호는 또 자기가 실수를 했다 싶었다.

"아, 아니, 그러니까 내 말은 은수 씨가 매력이 없다는 게 아니고, 그게 그러니까 김준하 씨가 막 덤빌 정도로는……. 아 이게 아닌데……."

횡설수설하는 정호를 보던 은수는 그만 피식 웃고 말았다. 그가 무슨 말을 하고 싶은지는 이미 잘 알고 있었다. '김준하처럼 매력적인 남자가 김은수 씨한테 집적댈 일은 없으니까 제발 안심하고 출장에 따라가 줘요!' 그 한 문장을 저렇게 길게 늘이는 것도 재주라면 참 재주이지 싶었다.

"대표님, 아시다시피 제가 아이가 너무 어려서요. 아직 여섯 살이라 어린이집 다니는데 몇 주나 지방에 가게 되면 봐줄 수 있는 곳이 없어요. 그래서 일단 좀 알아봐야 해요. 어떻게든 해볼 테니까 너무 걱정 마세요."

살포시 미소 지으며 말하는 은수를 보면서 정호는 금세 죄책감에 휩싸였다. 자기가 했던 말들을 전부 주워 담고 싶을 정도로 후회가 몰아쳤다.

처음 면접을 보던 날부터 은수는 솔직하게 자신의 처지에 대해서 말했다. 얼마 전에 이혼을 했다는 것, 그래서 혼자 여섯 살 난 어린 아들을 키우고 있다는 것, 그래서 가급적이면 야근보다는 재택 근무를 할 수 있다면 좋겠다는 것 등을 말이다. 다행히 아직 야근을 할 정도로 일이 바쁘고 많은 출판사는 아니라 밤늦게까지 일한 적은 없지만, 은수는 가능한 자기 일을 모두 마치고 퇴근했고, 부득이하게 일이 남으면 집에 가져가서 그다음 날로 모두 해오곤 했다.

다른 것도 아니고 어린 아들 때문에 망설인 것을 가지고 이렇게 주책없이 닦달한 자신이 창피하고 은수한테 미안해서 정호는 어쩔 줄 몰랐다.

그러다 자기 머리를 긁적이며 이렇게 말했다.

"아우 이럴 땐, 확 그냥 내가 인터뷰하면 딱 좋은데."

그의 말에 은수가 반색했다.

"그럼 그러실래요? 어차피 저도 사흘 정도밖에 안 했으니까 지금부터라도 대표님이 하셔도 괜찮지 싶은데요. 안 계셔도 제가 사무실 잘 꾸리고 있을게요."

"아, 그건 안 돼요, 안 돼."

정호는 손을 휘휘 내저으며 고개 저었다.

"왜요? 원래 김준하, 아니, 천재한테 관심 많고 좋아하시는 건 대표님이시잖아요. 직접 인터뷰하시게 되면 저보다 더 다층적이고 깊이 있는 질문과 대답을 이끌어내실 수 있을 텐데요. 게다가 두 분이 엄청 친해질 수 있을 텐데. 이런 기회 아깝지 않으세요?"

"나야 뭐 그러면 좋지만, 우리 출판사가 아무리 코딱지만 해도 그래도 내가 여기서 해야 할 일들도 많고, 음, 또…… 김준하 씨하고야 지난번처럼 진하게 술 한잔하면서 얘기 나누면 남자들이란 게 맹숭맹숭 할 때보다 더 깊은 속내도 나눌 수 있고 그런 거니까. 하하하."

얼버무리는 정호의 태도가 이상했지만, 은수는 더는 깊게 묻지 않았다. 첫인상보다 좀 가벼운 사람인 건 확실하지만 그래도 좋은 사람이기에 그의 말을 의심하지 않았다. 다만, 준하의 출장이 길어질 경우 어떻게 해야 할 것인지 머릿속으로 바쁘게 생각할 따름이었다.

15

"엄마, 엄마."

은수가 퇴근하고 어린이 집에 가자 귀가할 준비를 하고 있던 현우는 제 엄마를 보자 반가움에 폴짝폴짝 뛰었다. 차분하고 의젓해 보이지만 아직은 여섯 살 어린아이라 그렇게 아이다운 행동을 할 때면 은수는 마냥 행복했다.

"우리 아들, 오늘도 즐겁게 잘 지내셨나요?"

"네, 엄마도 일 즐겁게 잘하셨어요?"

작은 몸이 품에 와락 안겨들자 꼭 껴안으면서 은수는 이런 아들이 있다니 자기는 얼마나 축복 받은 여자인가 생각했다. 현우를 얻을 수 있었기에 힘겨웠던 결혼 생활이 너무나 지저분하게 끝났음에도 그녀는 그 결혼을 후회하지 않을 수 있었다.

"현우야, 선생님께 인사드려야지."

"선생님, 안녕히 계세요."

자기 몸집보다 큰 가방을 매고 두 손을 배꼽 위에 단정하게 올려놓고 허리까지 깊이 숙여서 인사하는 아이의 모습은 앙증맞을 정도로 귀엽고 사랑스러웠다. 그런데 어린이집을 나와서 평소처럼 아이 손을 잡으려던 은수는 현우가 손에 뭔가 들고 있다는 걸 알았다.

"이게 뭐야, 현우야?"

"안마요."

"안마?"

"인수가 그러는데요, 자기 집에 이 돌이 있는데 이거 따뜻하게 해서 엄마 어깨에 올려놓으면 안마래요."

검고 둥근 눈을 초롱초롱 빛내며 말하는 현우의 작은 두 손에는 제 주먹보다 큰 돌멩이 두 개가 들려 있었다. 둥근 타원형에 검고 반질반질 윤이 나긴 했지만, 어디에서나 볼 수 있는 흔하디흔한 돌이었다.

"엄마 일하느라 피곤하잖아요, 제가 이걸로 안마해 줄게요. 그리고 엄마 손목도 이걸로 안마하면 좋겠죠?"

현우의 설명을 듣고 나자 아이가 왜 그런 돌을 손에 쥐고 있는지 알 것 같았다. 아마 친구에게서 돌처럼 생긴 안마용 맥반석 이야기를 들은 모양이었다. 그래서 제 딴에는 그것과 가장 비슷한 돌을 찾아서 엄마에게 안마를 해주겠다고 생각한 모양이었다. 어린 아들의 마음이 너무 기특하고 예뻐서 은수는 마음이 흐뭇했다. 평소에도 퇴근하고 나면 저 작은 조막손으로 어깨며 아픈 손목을 주물러 주는 착한 아들.

"정말? 말만 들어도 벌써부터 피곤한 게 다 풀리는 거 같다."

"이거 하면 인수 엄마가 시원하다고 한대요. 그런데 엄마 뜨거운데 어떻게 시원해요? 난 뜨거운 국물 먹으면 입술이랑 혀가 아픈데."

천진한 표정의 아이가 고개를 갸웃거리는 걸 보면서 은수 입가에 미소를 지었다. 그러면서 일부러 과장된 목소리로 맞장구를 쳐주었다.

"그러게. 그건 엄마도 이상하네. 인수 엄마는 어떻게 그게 시원하시지?"

"그렇죠? 그래서 다른 애들이 인수더러 뻥치지 말라고 그랬어요."

아이의 입에서 평소에 쓰지 않던 거친 말이 튀어나오자, 은수는 걱정보다는 웃음이 먼저 앞섰다. 요즘 현우는 한참 또래 남자아이들이랑 어울리면서 요상한 말과 행동을 배워오는 게 늘었다. 얼마 전에는 친구들이 하는 말이라면서 '아이 짱나.' 라는 말을 해서 깜짝 놀라기도 했다. 왜 그런 말을 썼냐고 물었더니 신경질이 날 때

쓰는 거라고 친구가 말해줬단다.

　그렇게 쓰면 안 되는 말인지도 모르고, 어떤 때는 뜻도 잘 모르면서 하는 말이 태반이라 은수는 아이에게 그 말은 나쁜 말이니 사용하면 안 된다 이르고, 말을 가려서 해야 한다는 걸 가르쳐 주었다.

　"어머나, 우리 현우 삥치는 게 뭔지 알아?"

　"이렇게, 이렇게 하는 거요."

　현우가 자기 다리를 들어서 발로 차는 시늉을 열심히 하자, 은수는 그만 소리 내서 웃고 말았다. 세상에서 가장 사랑스러운 내 아이. 언제나 기쁨과 행복을 주는 그 자그마한 존재가 더없이 소중하고 또 소중했다. 은수는 아이가 돌멩이를 쥐고 있는 손을 자기 손으로 감싸서 가볍게 쥐고 함께 집으로 걸어갔다.

　아파트 단지 안에 들어서자 휴대전화가 울렸다. 준하였다. 어쩐지 아이 앞에서 통화를 하는 게 마음에 걸려서 전화를 받을까 잠시 망설이던 은수는 전화벨 소리에 귀를 쫑긋거리는 현우를 보면서 통화 버튼을 눌렀다.

　"네, 김은숲니다."

　[저는 김준합니다.]

　형식적인 은수의 말에 갑자기 준하가 장난스럽게 대꾸했다. 당황해서 잠시 머뭇거리던 은수는 가볍게 기침을 하며 목청을 가다듬었다.

"출장 가신 일은 어떻게 상황 파악이 되셨나요?"

[음, 아직 정확한 건 아니지만 처음에 예상했던 대로 최소한 일주일 정도는 여기에 머물러야겠어. 그리고 그 후에도 서울하고 오가면서 일을 본다고 해도 한동안은 여기에 내려와 있어야 하겠는데.]

그녀의 딱딱하고 사무적인 어조에도 준하는 개의치 않고 편하게 말을 놓았다. 정호의 앞에서는 그들이 동창이고 아는 사이란 걸 말하지 않았기에 의례적으로 대했다. 그리고 그동안은 그녀와 단둘이 있을 때도 사뭇 정중하기만 했다. 그런데 준하가 갑자기 스스럼없이 말을 놓자 그 낙차 때문에 은수는 당황스러웠다.

"그래요?"

준하의 대답에 은수는 살짝 아랫입술을 깨물었다. 일주일 정도라면 어떻게든 해볼 수 있겠지만 더 이상 길어지면 현우 때문에 힘들었다. 저도 모르게 이마를 찌푸리던 은수는 자기를 빤히 쳐다보고 있는 현우와 눈이 마주치자 얼른 인상을 풀고 웃는 낯을 지어 보였다. 엄마의 불안이 아이에게 전이된다는 의사의 말을 듣고부터 그녀는 어떻게든 아이 앞에서는 가급적이면 웃는 모습을 보여주려 애쓰고 있었다. 매일 인상 쓰고 눈물이나 쏟아내는 엄마를 보면서 아이가 행복할 수는 없을 것이다.

[너 현우 맡길 만한 곳 있니? 어머니가 봐주실 수 있다고 하셔?]

준하의 입에서 현우의 이름이 나오자, 놀라면서도 은수는 그라면 충분히 거기까지 염두에 두었으리라 생각했다.

"아직 말씀 못 드렸어요. 오늘 일단 전화해서 여쭤보려고요."

[그래, 어떻게 될지 모르지만 일단 내일 서울에 올라갔다가 모레 다시 안동으로 내려갈 건데 가면 주말 동안엔 내내 있어야 할 거 같다. 괜찮으면 현우 데리고 같이 갈래?]

"뭐? 그게 무슨 말이야?"

뜻밖의 말에 놀란 은수는 저도 모르게 반말을 하고 말았다.

[말 그대로. 너 어디든 믿을 만한 데가 아니면 현우 때문에 불안해서 여기 내려와도 일 제대로 할 수 없잖아. 그러니까 기왕이면 네가 직접 데리고 와서 함께 있자고. 주말엔 아이도 어린이집이나 유치원 뭐 그런 데 안 가잖아. 안 그래?]

"그렇지만 일하는 거잖아, 어떻게 애를 데려가."

[내가 일할 때는 인터뷰 어차피 못하니까. 지금까지처럼 나 일 끝나고 오후에나 인터뷰 가능할 텐데 그때는 너하고 나 둘이 있으니까 현우 있다고 해서 문제될 건 없잖아. 그러니까 모레 갈 때 같이 가자. 금요일이니까 괜찮지 싶은데. 어린이집 하루 빠지면 안 돼?]

준하의 제의는 정말 솔깃한 것이었다. 그러나 은수는 현우와 함께 준하를 만나고 싶지 않았다. 아이도 몇 번 본 적 있는 그를 낯설어하지 않을 테고, 준하가 현우에게 잘해주리란 것도 알았다. 하지만 그래도 싫었다. 어떻게 다른 사람도 아닌 준하를, 아이와 함께 만날까. 그녀로서는 도저히 할 수 없는 일이었다.

"말은 고마운데, 일단 엄마한테 부탁해 볼게. 아이도 어린이집 빠지는 거 마음에 걸리고, 안동까지 먼 곳이라 애 피곤할 거야. 낯선 곳에서 잘 지낼지도 걱정이고."

[그래, 그렇겠구나. 내가 그 생각을 못했다. 아무튼 네가 원하는 대로 하고, 정 여의치 않으면 현우랑 함께 가는 걸로 하자.]

준하와 전화를 끊고도 은수는 손에 쥔 전화기를 잠시 멍하니 들여다보았다. 불현듯 머릿속에 그녀와 현우 그리고 준하가 함께 있는 모습이 떠올랐기 때문이었다. 그러나 얼른 그 생각을 떨쳐 버렸다. 감히 해서는 안 되는 상상이었다.

"엄마, 현우 어디 가요?"

그녀가 통화하는 동안 얌전하게 엄마 손을 잡고 서서 기다리던 현우가 아까 통화 내용에 어린이집을 빠진다는 말을 듣고는 눈을 동그랗게 뜨고 물었다.

"아니."

"그런데 어린이집 왜 빠져요?"

"안 빠져. 우리 현우가 어린이집 얼마나 좋아하는데. 걱정하지 마."

"그런데 우리 반 애들은요, 어린이집 자주 빠져요."

"왜?"

"엄마랑 아빠랑 여행 간대요. 그래서 금요일에는 어린이집에 안 오는 애들 많아요."

아이의 손을 잡고 아파트 현관 계단을 올라가던 은수는 멈칫했다.

전남편과 살 때 그들 세 식구는 한 번도 여행을 간 적이 없었다. 간혹 주말에 가까운 공원으로 바람을 쐬러 나갈 때도 그는 언제나 집에서 잠을 자고 있었고 은수와 현우 단둘이서만 다녀오곤 했다. 평일 내내 밤이 새도록 술과 노름, 그리고 여자가 어우러진 향락에 빠져 있던 그로서는 주말은 잠을 자며 쉬어야 하는 때였을 것이다.

매번 토요일 새벽까지 일을 하거나 회식을 했다는 핑계를 대고 새벽 서너 시가 가까워야 돌아오던 남편의 몸에서는 언제나 지독한 방향제 냄새와 담배 냄새가 나곤 했었다. 그때는 그저 그것이 다른 회사 동료들에게서 묻어오는 평범한 냄새인 줄 알았던 어리석은 자신을 떠올리자 은수는 저도 모르게 입술을 꼭 깨물었다.

그리고 여태껏 평범한 가족 여행 한 번 가보지 못한 아들이 애처로웠다.

"현우도 여행 가고 싶니?"

"어린이집 빠지고요?"

은수가 고개를 끄덕이자, 한참을 빤히 그녀를 올려다보던 현우가 고개를 가로저었다.

"아뇨."

"왜? 여행 가는 거 싫어?"

"여행은 좋은데요, 엄마 출판사 나가서 일해야 하잖아요. 내가 어린이집에 있어야 엄마 일하는데 내가 어린이집 빠지면 엄마 출판사는 어떻게 해요?"

한 번도 여행을 가본 적 없는 아이였다. 다른 아이들이 가족 여행을 다녀와서 자랑을 할 때면 부럽고, 저도 가고 싶단 마음이 들었을 것이다. 그런데도 일하는 엄마 걱정에 어린이집 빠질 수 없다는 아이의 머루처럼 까만 눈동자를 보는 순간, 은수는 울컥 가슴에서 무언가 뜨거운 것이 치받쳐 오르는 걸 느꼈다.

이 아이만은 행복하게 구김살 없이, 천진한 이 모습 이대로 자랄 수 있게 키우고 싶었다. 그런데도 벌써 아이의 작은 가슴에는 남들과 자기가 다르다는 생각, 무언가 하고 싶은 게 있어도 참아야 한다는 마음, 일하는 엄마 걱정이 알알이 들어와 앉아 있었다.

겨우 여섯 살 난 아들이 제 엄마를 닮아서 참고 견디는 것부터 배웠다 생각하니 그게 너무 미안하고 가슴 아파서 은수는 목이 콱 막히는 것처럼 아팠다.

"현우야, 우리도 나중에 여행 갈까?"

"정말? 언제요?"

은수의 말에 아이의 얼굴에 금세 화색이 돌았다. 가지 않아도 된다 답했지만, 사실은 가고 싶었을 것이다.

"음, 엄마 출판사에 며칠 쉴 수 있는 월차도 있고, 휴가 있거든.

그때 우리 어린이집 하루 빠지고 좋은 데 가서 놀다 오자."

"진짜? 진짜, 진짜?"

한껏 신이 나는지 현우의 하얗고 통통한 볼에는 홍조가 사랑스럽게 피어 있었다.

"그럼. 가서 맛있는 것도 먹고 재미있는 것도 실컷 하고."

"공룡도 봐요? 재현이가 그러는데 여행 가면 펜션도 있대요!"

아이는 친구에게 들었던 이야기를 재잘거렸다. 아마 여행 다녀와서 자랑하는 친구들을 보면서 부럽고, 자기도 가고 싶었을 테지만 말도 못하고 그저 작은 가슴속에 꼭꼭 담아만 두고 있었을 것이다. 그러다 엄마가 여행을 가자 말하니 아이는 봇물이 터진 듯 쉴 새 없이 하고 싶은 것을 말한다.

"와아, 그럼 우리 낚시도 하겠다. 그쵸? 캠핑도 하고, 이만한 불에다가 고기도 구워 먹으면 되게 좋겠다."

작은 사슴처럼 엄마 손을 잡고 제자리에서 깡충깡충 뛰는 아들을 보면서 은수는 고개를 끄덕였다.

아침부터 날이 흐렸다. 회색 먹구름이 낮게 깔려 있고, 바람은 습기를 머금은 듯 눅눅했다. 그러면서도 은근하게 후덥지근한 날씨는 아직 여름이 다 끝나지 않았다고 강변하는 것처럼 느껴졌다.

마치 아직은 자신의 청춘이 다 스러지지 않았노라고 서글피 우기는 퇴물 기생처럼. 그래서 어쩐지 우울한 날이었다. 아픈 손목의 관절이 욱신거렸다. 그러나 분명히 계절은 가을로 접어든 지 오래였다.

은수는 상은이가 친구와 아르바이트 시간을 바꿀 수 있다고 해서 현우를 친정에 맡겨두고 나왔다. 그러나 다음 주에는 힘들 거라는 동생의 말에 벌써부터 걱정이 앞섰다. 식당에서 일하는 어머니도 하루 정도는 몰라도 며칠씩 일을 빠지는 건 무리였다.

준하는 그녀의 아파트로 태우러 오겠다고 했지만 은수는 사양했다. 그녀의 생활 범위 안에 그가 무시로 드나드는 것이 싫었다. 일을 하느라 어쩔 수 없이 함께 있는 것만으로도 그녀는 충분히 긴장하고 힘들었다. 그래서 더는 그가 자신의 영역 안으로 들어오는 것을 막고 싶었다.

사람의 마음이란 참 간사해서 한 번, 준하가 그녀를 기다리던 그 언덕 언저리를 지날 때면 문득 그의 모습이 떠오르곤 했다. 수백, 수천 번도 더 넘게 오고 가던 길목이었는데, 아이의 손을 잡고 다니던 일상이었는데 단 한 번 그곳에 서서 그녀에게 '내가 널 미치도록 좋아했다.'고 고백하던 준하의 모습이 떠오를 때면 은수는 맥없이 발걸음을 멈추곤 했다.

힘들었던 결혼 생활을 간신히 마무리하고 이제 그녀에게 중요한 건 현우와 둘이 잘사는 것밖에는 없었다. 아빠가 없다고 해도 모자람 없이, 기죽지 않게 아이를 잘 키우고 두 사람의 생활을 지탱해 가려면 지금보다 더 열심히 일하고, 그녀 스스로도 발전할 수 있게 노력해야 했다. 그러니 지나간 옛 감정 따위엔 휘둘리는 건 절대 사양이었다.

지금 준하를 만나는 건 어디까지나 일을 위해서였다. 그걸 잊지 말아야 한다고 은수는 속으로 다짐하고 또 다짐했다.

희한하게도 준하와 만날 시간이 되자 변덕이 심한 계집애처럼 날씨가 화창하게 개었다. 아침나절 보았던 그 우중충한 하늘은 사실은 눈속임을 위한 거짓이고, 이게 제 본모습이라는 듯 맑고 서늘한 가을 하늘이 머리 위로 높게 펼쳐졌다.

약속한 장소에 나가자 준하가 차를 대고 기다리고 있었다. 손가락으로 문지르면 파란색이 묻어날 것처럼 선명한 가을 하늘 아래, 그의 모습이 뚜렷하게 보였다. 다가오는 그녀를 보며 조용히 미소 짓고 있는 그는 6년 전 기억 속 모습과 달라진 게 없는 것 같으면서도, 많이 달랐다. 체격은 그다지 변한 것이 없지만, 얼굴은 더 마른 듯 광대가 좀 더 뚜렷해졌고, 눈매가 깊어졌다. 청수하고 싱그럽던 청년은 어느덧 자신감 넘치고 여유로운 30대의 남성이 돼 있었다. 그리고 그 간극이 그들 사이에 놓여 있는 세월의 흔적임을 은수는 알고 있었다.

"현우는?"

그는 그녀를 보자마자 현우에 대해 먼저 물었다. 장거리 운전 때문인지 단순한 로퍼를 신고, 지난번처럼 면바지에 흰색과 검은색의 체크무늬 셔츠를 입은 채 가벼운 재킷을 걸친 준하를 보면서 사무실에 출근할 때처럼 밋밋한 곤색 스커트와 하얀 셔츠형 블라우스에 굽 낮은 단화를 신은 자기 모습이 너무 초라하게 느껴졌다.

"친정에 맡겼어요."

"어머니가 봐주신대? 일하시는 거 아니었어?"

"동생이 주말에 시간이 된다고 해서요."

"현우, 엄마랑 이렇게 오래 떨어져 본 적 있니?"

"아뇨."

은수는 아이를 키우면서 지난번, 머리를 자르던 그날을 제외하고는 단 하루도 자기 품에서 현우를 떼어놓은 적이 없었다. 아직 어린 나이라 어린이집에서 1박2일로 가는 수련회도 보내지 않고, 아무리 늦게까지 학원 일을 할 때도 그 어린 것을 꼭 데리고 다녔으니까. 새벽 2시가 넘어서 잠든 아들을 업고 집으로 돌아와 침대에 눕힐 때면 현우 얼굴만 봐도 미안해서 눈물이 솟곤 했었다.

"그런데 3일이나 떨어져 있어도 되겠어?"

준하가 그녀의 기색을 살피며 조심스럽게 물었다.

좋아하는 이모와 외할머니가 함께 있으니 잘 지낼 거라고 믿으면서도 어느 날 갑자기 아빠가 없어진 아이에게 아무리 잘 설명을 했다고 해도 엄마까지 며칠이나 보이지 않으면 많이 불안해하지 않을까 은수는 내내 걱정됐다. 하지만 아이는 많은 일들을 겪으면서 성장하고, 커나가는 법이었다. 일을 하는 엄마로서 마음 아프지만 그들 모자가 함께 극복해야 할 부분이었다.

"가끔 외가에 가서 이모랑 자곤 했으니까, 며칠은 괜찮을 거에요. 제 이모가 워낙 잘 놀아줘서."

물론 그때마다 그녀도 함께였지만 은수는 더는 설명하지 않았다. 이건 현우와 그녀 모자의 일이지 준하가 걱정할 부분은 아니었다. 그와 이런 대화를 나누는 것도 불편했다. 그래도 그의 마음 씀이 고맙지 않다면 거짓이리라.

"그래? 그러고 보니까 상은이도 꽤 많이 컸지? 대학생인가."

준하의 입에서 자연스럽게 동생의 이름이 흘러나왔다.

"네."

"벌써? 그 꼬맹이가 대학생이란 말이지. 정말 시간 한 번 빠르구나."

옛 기억을 떠올리는 듯 준하의 얼굴에 미소 한 자락이 스쳐 갔다. 9살 난 꼬맹이였던 상은이를 그는 아직도 기억하고 있을 터였다.

문득 정호가 했던 말이 떠올랐다. 보통 사람과는 감히 견줄 수 없을 정도로, 아니, 상상할 수 없을 정도로 지능이 높은 사람들은 창의력이나 직관력, 이해력은 물론이고 기본적으로 다들 기억력이 뛰어나다고 했다. 게다가 그들의 기억 방법은 보통 사람과 달라서 모든 일들을 마치 영상을 기록하듯 고스란히 머릿속에 입력해 놓았다가 필요할 때마다 꺼낸다나.

"와, 생각해 보세요. 우리는 책 읽으면 거기 무슨 내용이 있었지 하고 떠올리지만 그 사람들은 마치 사진을 찍은 것처럼 그냥 펼쳐진 책 자체가 떠오르면서 자기 머릿속을 더듬어서 그 내용이 몇 쪽, 몇째 줄에 있는지 다시 찾기만 하면 되는 거라구요!"

정말 정호의 말이 맞는지 어떤지 평범하기 짝이 없는 그녀는 알 수 없었다. 그리고 천재가 세상을 기억한다는 그 방식에 대해서도 막연하게 짐작만 할 뿐이었다.

그런데 준하가 그렇게 세상을 기억한다고 했다. 그 눈으로 본 것은 마치 사진을 찍듯, 아니, 카메라로 영상을 찍듯 고스란히 머릿속에 담겨 있고, 뿐만 아니라 당시에 들려오던 소리며 냄새, 스쳐 가던 바람과 나뭇잎 사이로 비치던 햇살의 반짝거림까지 모두 기억한다고.

지나간 일들에 대한 그 생생함은 과연 축복일까? 그리고 준하는 정말 모든 것들을 하나도 잊지 않고 고스란히 기억하고 있는 것일까?

"네 가방은? 그게 다야?"

금요일을 포함해서 주말까지 3일을 있을 예정이지만 은수가 챙겨온 짐은 단출하기만 했다. 갈아입을 속옷과 세면도구, 간단한 화장품. 그리고 상하의 한 벌씩. 녹음기와 필기구, 노트북이 든 가방과 함께 작은 손가방 하나를 들고 있는 은수를 보면서 준하는 입가에 미소를 지었다.

"어디 갈 때 손에 뭐 들고 다니는 거 딱 질색이더니, 여행 갈 때도 정말 간단하구나."

은수는 준하의 말대로 원래 어디에 가든 짐을 가볍게 싸서 간편하게 다니는 걸 좋아했다. 그리고 그게 아니더라도 그녀는 손목에 무리가 될 만큼 무거운 가방은 들 수가 없었다. 언제부터였을까, 학원에서 아이들을 가르치며 판서를 하다 문득, 손목이 시큰거리고 아픈 걸 느꼈다. 그러나 그 정도 통증은 괜찮으려니 하고 대수롭지 않게 여겼던 것이 아마 가장 큰 패착이었을 것이다.

나중에 결국 작은 마카 하나 들 수 없을 정도로 손목이 너무 아파서 병원에 갔던 그녀는 의사로부터 과사용증후군으로 인한 손목건초염이란 진단을 받았다. 주로 타자를 치거나 같은 동작을 무리하게 반복하는 등 관절을 과도하게 사용할 때 나타나는 증상으로 충분한 휴식을 취해야만 한다고 했다.

그러나 그녀는 학원 강사였고, 한 집안의 주부였다. 아이는 아직 어렸고, 남편은 집안일은 나 몰라라 하는 사람이었다. 손목을 사용하는 일을 멈출 수 없었다. 그러다 보니 조직에 2차 염증이 생겼고, 결국 손목 통증은 고질병이 되고 말았다. 특히 오늘처럼 흐린 날이면 더욱 심해지곤 했다. 양쪽 손목이 모두 아팠으나, 오른손잡이라 수업이 많기라도 한 날이면 오른쪽 손목을 누군가 예리한 칼로 난도질하는 것처럼 아파서 견딜 수가 없었다.

예전에 그녀가 입버릇처럼 하던 말을 고스란히 말하는 준하를 보면서 은수는 가슴 한구석이 짓눌리는 듯한 둔통을 느꼈다. 늘 그녀를 괴롭히는 손목의 통증보다 더 고통스러웠다. 준하와 다시 만난 이후로 때때로 느껴지곤 하는 그 통증은 오래된 기억처럼 흐릿하면서도 절대 사라지지 않았다.

"이건 여행이 아니잖아요."

"아, 그렇네. 일이지, 너나 나나."

차가 달리는 동안 두 사람은 별다른 이야기를 나누지 않았다.

인터뷰를 처음 시작하게 된 날, 은수는 준하에게 한 가지 다짐을 받았다.

"김준하 씨하고 제 관계, 우리 대표님께는 굳이 말하지 않았으면 좋겠어요. 고등학교 동창이라는 거 이제 와 말할 이유는 없다고 생각해요. 그리고 우리가 만나는 건 어디까지나 일이니까 서로 그 선을 넘지 않았으면 좋겠습니다."

그녀의 말에 준하는 아무런 대답도 하지 않았다. 그래서 그녀는 그것이 암묵적 동의라고 받아들였다. 그 후로 은수는 줄곧 그에게 반듯한 존대를 사용했다. 하지만 지난번 전화 때 저도 모르게 예전처럼 말을 놓고 말았다. 그래서 이번에는 더욱 말조심을 해야겠다고 생각했다. 사람이란 작은 곳에서부터 흐트러지기 시작하면 속절없이 허물어져 내리기 마련이니까.

"휴게소에 잠시 들러서 커피 한잔 하자."

고속도로를 2시간 정도 달렸을 때 준하가 한 휴게소 안으로 차를 몰았다. 평일 낮이었지만 다음날이 주말이라 제법 많은 사람들로 붐볐다. 은수 눈에도 익숙한 프랜차이즈 커피 전문점의 커피두 잔을 사서 휴게소 뒤편의 한갓진 벤치에 앉아 커피를 마셨다.

"서울에서 조금만 벗어나도 벌써 바람이 다르네."

눈 아래로 펼쳐진 구불구불한 강을 바라보며 준하가 편안한 얼굴로 말했다. 자갈밭이 넓게 펼쳐진 강가에는 가을임을 알리는 듯줄기 끝에 작은 이삭이 촘촘하게 달린 억새가 무성하게 우거져 있고, 군데군데 소박한 풀꽃들이 더러 피어 있었다. 그리고 누군가일부러 그렇게 심어놓은 것처럼 강변 한편에 둥글게 원을 그리듯소담한 하얀 꽃이 무리지어 피어 있었다. 그러나 평소 얇은 줄기가 휘어질 정도로 피던 것과는 달리 조금은 초라하다 느낄 정도로꽃송이가 빈약했다.

멀리서도 눈에 들어오는 그 꽃은 조팝꽃이었다. 언젠가 둘이 나란히 걷던 강가에 피어 있던 그 작고 예쁜 꽃송이는 여전히 사람의 마음을 끌었다. 누가 보아주지 않아도 해마다 피고 지기를 반복했을 소박한 성실함이 어쩐지 사랑스러웠다. 그러나 그 꽃을 바라보는 그녀의 얼굴에는 어쩐지 쓸쓸한 기색이 감돌았다.

"조팝꽃이구나."

그녀의 시선을 따라 강 아래를 굽어보던 준하가 고개를 갸웃거렸다.

"희한하네. 지금은 필 시기가 지났는데."

그러고 보니 조팝꽃은 봄에 피는 꽃이었다. 4~5월이면 만개하는 꽃인데 지금은 이미 9월에 접어들고 있었다. 어찌 된 일일까. 아무리 아래 지방이라 해도 서울과 그리 큰 기온차를 보이는 지역도 아니었다.

"미친 개나리가 아니라 미친 조팝꽃이구나."

준하가 작게 웃었다.

미친 개나리. 그건 그들이 다녔던 고등학교 담장을 따라 피던 개나리를 이르는 말이었다. 봄의 전령사인 양 봄이 되면 가장 먼저 노랗게 피는 꽃, 개나리. 하지만 사실 개나리는 계절에 상관없이 일조량만 맞으면 언제고 노란 꽃을 피워대는 식물이었다. 그래서 한겨울에 눈보라가 치는데도 앙상한 가지에 노랗게 꽃이 피어 있는 경우도 왕왕 있어서, 그들 학교에서는 예전부터 개나리를 미친 개나리라 불렀다.

하지만 은수는 그렇게 철을 모르고 아무 때나 피어나는 꽃이 신기하고 희한하기도 했지만, 애처롭고 기특해서 더 마음이 가곤 했었다. 그리고 그 노란 꽃이 혹독한 추위에도 불구하고 꽃망울을 피어 올렸던 17살의 봄에 준하를 처음 만났다.

저도 모르게 시큰해진 눈가를 손으로 꾹 누르는데 불현듯 준하가 그의 이야기를 하기 시작했다.

"전에 외가에 살 때 마당에 저 나무가 있었어. 어머니가 유독 좋아하던 꽃이었다고 할머니가 그러시더라. 그런데 난 어머니가 그 꽃을 좋아했는지 몰랐어. 사실 어머니에 대해 아는 건 거의 없었다고 해야겠지. 태어나서 십수 년을 함께 살았는데도 어머니가 뭘 좋아하는지, 어떤 마음이었는지 하나도 몰랐어. 난 내 머릿속에 가득 찬 것들에 대해 생각하기에도 바빴거든. 아버지도 자기 일과 내 일로 늘 정신 없으셨고. 어머닌 참 외로우셨을 거야."

은수는 녹음기를 켜지 않았다는 생각에 얼른 휴대전화의 녹음 버튼이라도 누르려다 그대로 멈추고 말았다. 지금 준하의 말은 그저 옛일을 떠올리는 아련한 회상이었고, 자기 자신에게 하는 작은 고백으로 들렸던 것이다. 굳이 누군가 알아주길 바라서 하는 말이 아니라.

아마 정호가 알았다면 이렇게 중요한 이야기를 놓쳐서야 되느냐고 할지도 모르지만, 은수는 그저 그렇게 하는 게 옳다고 생각했다. 그리고 그가 하는 마지막 말은 그런 확신을 더하게 해주었다.

"그래서 예전엔 저 꽃을 보면 어머니가 떠올랐는데, 지금은……."

강을 바라보던 준하가 문득 몸을 돌리더니 옆에 서 있는 그녀를 보며 가만히 말했다.

"다른 사람이 생각나."

어디선가 불어온 강바람이 준하와 그녀의 머릿결을 흔들고 지나갔다. 마치 18살의 그 강가처럼.

세 시간 남짓 그들이 달려서 도착한 곳은 도시 전체가 하나의 문화재라고 하는 안동의 한 마을이었다. 여느 농촌처럼 추수철에 이른 황금색 논과 밭이 드넓게 펼쳐져 있고, 야트막한 산 언저리에 집들이 모여 있는 동네는 한가롭고 호젓해 보였다. 그 마을의 좁다란 길로 차를 몰면서 준하가 말했다.

"일단 숙소는 이 마을 종가의 고택으로 정했어. 여기는 지역 특성상 호텔이나 펜션이 드물거든. 시내에 몇 개 있긴 하지만 너무 멀어서. 실은 그 고택에 사시는 분이 이번 사건의 의뢰인이자 내 대학 때 은사님이셔."

소산동 동야고택.

마치 유적지의 건물처럼 오래된 한옥 집 앞에는 작은 팻말이 세

워져 있었다. 거기에는 이 고택의 이름과 유래, 집의 형태와 특징
에 대한 간략한 소개가 적혀 있었다.

"교수님이 종가의 종손이시거든. 은퇴하시고 고향으로 내려오
셨는데 건설 회사와 문제가 생겼어."

1700년대에 지어진 소박하고 고아한 정취가 풍기는 고택은 ㅡ
자형 사랑채와 ㅠ자형 안채가 있어 트인 ㅁ자형을 이루고 있었다.
원래는 초가였다는 사랑채 하나가 은수의 숙소였다. 방은 요즘의
보통 집보다 작은 편이었지만 정갈하고 은은한 멋이 있었다.

"사흘 동안 여기서 지내면 돼. 보다시피 옛날 집이라 화장실과
샤워실은 이 건물 바깥쪽으로 따로 있어. 고택이라 원래 건물에는
그런 시설을 증축할 수가 없거든. 불편하겠지만, 좀 참아줘. 미
안."

"그런 건 괜찮습니다."

"그래? 그럼 다행이고. 일단 짐 풀고 있어. 난 안채에 들어가서
교수님 뵙고 인사드리고 나올게. 그러고 나서 일단 밥부터 먹으러
가자. 점심 때 많이 지났어. 아니네, 그냥 저녁때구나."

자기를 안내해 주고 안채로 들어가려는 준하를 은수가 불러 세
웠다.

"김준하 씨."

한없이 거리감이 느껴지는 그녀의 호칭에 뒤돌아선 준하가 살
짝 인상을 찡그렸다.

"왜? 뭐 할 말 있어?"

"네. 여기 오면서 말하려다 기회를 놓쳤네요. 앞으로 사흘 동안 함께 지내야 할 테니 이건 꼭 지켜주셨으면 합니다."

"뭔데 서두가 그렇게 거창해?"

조금 긴장한 듯 뻣뻣하게 말하는 은수를 바라보는 준하의 눈빛이 다정했다.

"앞으로 사람들 앞에서 저한테 존대해 주세요. 그리고 둘이 있을 때도요."

마주친 시선은 아무런 변화도 나타나지 않았다. 그러나 은수는 준하의 눈빛이 짙어졌다는 걸 느꼈다. 그녀의 요구가 무리하다고 생각하지 않았다. 개인적인 관계가 아니라 일 때문에 함께 하는 사이기에 그렇게 하는 게 맞다고 믿었다.

"제가 여기서 얼마나 많은 사람을 마주치게 될지는 모르지만, 낯선 사람들 앞에서 지금처럼 저한테 편하게 말 놓지 말아주세요. 불편해요. 우리가 아무리 동창이라고 해도 사람들 눈에는 젊은 남자와 여자가 둘이서 같이 다니는 걸로만 보일 거예요. 괜한 오해 사고 싶지 않습니다."

"괜한 오해?"

준하가 한쪽 눈썹을 치켜 올리며 물었다. 그러나 어쩐지 그의 입가에 빙긋 웃음 한 자락이 걸렸다. 은수가 그게 신경에 거슬렸지만, 내색할 수도 없는 노릇이었다.

"어디서든 사람 눈이 있으면 구설수도 생겨요. 지금처럼 김준하 씨가 제게 격의 없이 말을 놓는다면 사람들은 우리 관계에 대해서 지나치게 확대 해석할 수도 있고, 그러면 제가 불편합니다. 그러니까, 저한테 존대해 주세요. 다른 사람이 있을 때나, 둘이 있을 때나 가리지 말구요. 그리고 안채에 가서는 저도 같이 인사드리죠. 며칠 신세를 져야 할 테니 그게 예의지 싶네요."

"그렇게 하죠. 제가 생각이 짧았군요."

준하는 은수의 말에 아무런 토를 달지 않았다. 그저 잠시 그녀를 물끄러미 바라봤을 뿐.

두 사람이 함께 준하의 대학교 은사이자 소송을 의뢰했다는 강성만에게 인사를 하러 가자 육십대 초중반의 호리호리한 몸매를 가진 나이 지긋한 초로의 사내가 반갑게 맞아주었다.

"안녕하세요. 김준하 씨와 함께 작업하고 있는 출판사 연의 김은수라고 합니다. 오늘부터 며칠간 신세 좀 지겠습니다."

"그래, 내 준하에게 미리 얘기는 들었습니다만 아이고, 이렇게 젊은 아가씨가 우리 집같이 낡은 곳이 불편하지 않으시겠소? 화장실이고 뭐고 죄 밖에 있는데."

"괜찮습니다. 신경 쓰지 마세요. 그리고 사람들 잠시 편하자고 이런 고택을 함부로 개보수할 수는 없잖아요. 힘드시겠지만 고택을 선조께서 지으신 그대로 잘 유지하고 계셔주셔서, 저희 같은 요즘 사람들이 이런 정취를 느낄 수 있다는 게 참 다행스럽고, 좋아요."

"허허허. 그렇지. 내 어릴 적에 처마 끝에 낙숫물 떨어지는 소리가 하도 좋아서 종일 바닥에 엎드려 그 소리만 듣기도 했다오. 오래됐지만 그만큼 멋과 향을 갖고 있는 집이지, 이곳이."

은수의 말에 강성만 교수는 고개를 끄덕이며 흐뭇한 미소를 지었다. 그러나 준하를 바라보는 그의 얼굴에는 곧 난감한 기색이 어렸다.

"준하 군, 실은 자네 가고 나서 그날 저녁에 아내가 좀 다쳐서 서울 아들네에 가 있다네. 그래서 미안하네만 식사를 제대로 챙겨 주기가 힘들구먼. 동네 입구에 가면 식당이 서너 개 있으니 불편해도 거기서 저녁을 먹게나."

"사모님께서요? 어디 많이 다치신 겁니까?"

"아니, 아닐세. 그냥 어디에 머리를 좀 부딪쳤는데 그것 때문에 이런저런 검사도 해야 하고……. 그 사람도 마음고생에 지친 게지."

아내 이야기를 하는 강성만의 얼굴에 금세 그늘이 드리웠다.

평생 공대 교수로 재직하다 정년퇴임하고 고향인 안동에 내려온 그는 조상 대대로 지켜온 종가에서 여생을 마무리하고 싶었다. 젊어서 상경한 그는 평생 서울에서 살았지만 늘 마음으로 고향과 고향집을 그리워했다고 한다. 원래 이곳 고택은 1년에 여름, 겨울 두 차례만 한 달 남짓 아내와 함께 내려와서 고택 체험을 하고자 하는 사람들에게 빌려주고 그 외에는 가끔씩 내려와 관리만 했다. 그러다 은퇴를 하면서 아예 거처를 이곳으로 옮겼는데 오자마자 난감한 일에 휘말리게 되었다.

처음에는 큰 문제이긴 해도 곧 해결되리라 믿었지만, 그 사건은 좀체 해결되지 않았고 근 2년을 넘게 끌어오는 중이었다. 그래서 사방으로 알아보던 그는 우연히, 잠시였지만 자신의 제자였던 준하가 변호사가 되었으며 선앤진 로펌에서 일한다는 걸 알게 되었다. 그래서 어떻게든 문제를 해결하고자 대형 로펌에 소송을 의뢰하게 된 것이다.

"교수님 식사는 어떻게 하고 계십니까?"

준하의 걱정스러운 물음에 김 교수가 한 손을 휘휘 내저었다.

"나야 고향 마을이다 보니 동리 사람들은 물론이고, 일가친척들이 신경을 많이 써준다네. 그래서 어떻게 끼니는 해결하고 있으니 걱정하지 말게."

"그럼 저희와 함께 저녁 식사하시죠. 제가 모시겠습니다."

"아이고, 고맙네만 오늘은 윗동네 오촌당숙 댁에 가기로 했다네. 아무래도 그 어른한테 드릴 얘기도 있고, 궁금한 것도 있고 해서. 이번 소송과 관련된 거니 다녀와서 자네한테도 자세하게 말해줌세."

"예, 알겠습니다."

"그러니 내 걱정일랑은 말고 오늘은 저녁들 먹고 푹 쉬시게나. 먼 길들 오느라 곤할 텐데. 본격적인 일은 내일부터 시작하고."

강성만 교수와 함께 집을 나선 그들은 동리 어귀 갈림길에서 헤어졌다. 은수와 준하는 식당들이 모여 있다는 대로변을 향해서 걸어갔다. 가을에 접어든 때라 해는 짧았고, 가로등도 없는 시골 길은 정말로 컴컴하기 짝이 없었다. 밤하늘에 달은 구름에 가린 듯 보이지 않았다. 게다가 분명 바로 옆으로는 자동차가 다니는 도로였지만, 오가는 차도 적어서 두 사람은 한동안 칠흑 같은 밤길을 말없이 걸어야 했다. 불야성을 이루는 도심의 밤길에 익숙한 은수는 조심스럽게 걸음을 내딛었다.

"괜찮습니까?"

문득 어둠 속에서 준하의 목소리가 들려왔다. 그녀보다 한두 발자국 앞서서 걷고 있던 그가 은수가 걱정되는지 걸음을 멈추고 뒤를 돌아보았다.

"괜찮아요."

그의 등을 보며 조심스럽게 걷던 은수는 어둠에 묻힌 준하의 윤곽을 눈으로 더듬으며 대답했다. 자기 발끝도 겨우 보일 정도로 캄캄한데도 이상하게 그의 눈동자만은 선명하게 보였다. 예전처럼 다정한 빛을 담고 있는 그 눈길을 피해 고개를 돌리는데 준하가 손을 내밀었다.

"잡아요. 어두워서 위험해요."

"됐습니다."

"밤눈 어둡잖아요."

또 이렇게 불쑥 과거의 시간을 뛰어넘는 것처럼 다가오는 준하를 은수는 아무렇지 않게 받아들일 수가 없었다. 그래서 정색을 하고 말았다.

"제가 분명히 말씀드렸을 텐데요. 우리는 어디까지 공적인 관계니까 절 그렇게 대해달라구요. 그렇지 않으면 저, 불편해서 일 못해요. 그때 동의하신 거 아니었나요?"

어둠 속에서 희미하게 혀 차는 소리가 들렸다.

"같이 일하는 사람으로서 이 정도 호의도 베풀지 못합니까?"

예전의 김준하는 분명히 자상하고 친절한 남자였다. 그러나 그것은 어디까지나 김은수에게 한해서만이었다. 그의 그 특별한 자상함은 그녀를 향한 애정의 표현이었다. 그런데 지금 그는 함께 일하는 동료라면 그 누구에게라도 베풀 수 있는 흔한 친절이라 말한다.

탓할 자격 따윈 없다는 거 알면서도 은수의 말끝이 저도 모르게 뾰족하게 나오고 말았다.

"김준하 씨는 동료라면 아무나 손잡아주시나 보죠?"

"아뇨. 제가 관심 있는 동료한테만 이럽니다."

하지만 담담한 준하의 대답을 듣자, 은수는 가슴이 덜컹 내려앉는 것 같았다. 그 순간, 달을 가리던 구름이 사라졌는지 검은 하늘에 하얀 달빛이 휘영청 밝아왔다. 그리고 그 달빛 아래 그녀를 보며 잔잔하게 미소 짓는 준하의 모습이 드러났다.

16

밥을 먹고 식당을 나서자 갑자기 비가 쏟아지기 시작했다. 종일 흐렸다가 맑았다가 변덕을 부리더니 아침 무렵의 그 흐린 날씨가 결국은 진짜였던 모양이다. 한동안 날이 가물었던 탓인지 가을장마라도 되는 양 무섭게 내리붓는 기세가 도무지 쉬 멈출 것 같지가 않았다. 아침부터 내내 손목이 아프더니, 과연 이래서였나 싶었다. 어찌나 심하게 쏟아지는지 바로 눈앞도 분간이 안 갈 정도였다. 식당 주인의 배려로 두 사람은 겨우 우산 하나를 빌려서 함께 쓰고 걸어갔다. 우산은 작았고, 지축을 흔드는 것처럼 요란한 소리를 내며 쏟아지는 비는 억수같이 내렸다.

은수는 애써 준하와 몸이 닿지 않게 하려고 했지만 그 탓에 고스란히 비를 맞은 어깨가 금세 흠뻑 젖고 말았다. 얇은 블라우스가 살갗에 들러붙고 시린 한기가 몸 안으로 스며들어 왔다.

하지만 은수는 조금도 준하 가까이 가고 싶지 않았다. 아까 달빛 아래 드러난 그의 눈길을 보는 순간부터 그녀는 자기 심장이 얼마나 속절없이 뛰는지 알아버렸다. 아무리 세월이 흘러도 조금도 줄어들거나 퇴색하지 않은 채 고스란히 그녀 안에 고여 있었던 감정의 실체를 자각하는 순간 그녀는 두려워졌다. 무람함 없이 자기 안에서 무섭게 일어서는 뻔뻔할 정도로 강렬한 감정이 정말로 두려웠다.

지키고 싶었던 사랑이었다. 그만큼 소중했다. 하지만 결정의 순간이 닥치자 그녀는 그 사랑 대신 자신의 가족을 선택했다. 주저하거나 망설이지 않은 건 아니었다. 어떻게든 버텨보려 했지만 결국 그녀는 그 길이 더 옳은 결정이라고 믿고 말았다. 스물네 살, 더는 어리다고 할 수도 없는 나이였다. 그녀는 성인이었고, 자신이 스스로 정한 길이었다.

그래서 그 선택에 후회하지 않노라 자위하며 그렇게 6년을 살았다. 살면서 문득, 애써 꾹꾹 누르며 감춰두었던 그에 대한 생각이 불쑥불쑥 떠오를 때면, 그 사람에게 미안하지 않으려, 창피하지 않으려 더 열심히 노력하며 살았다. 힘들어도, 괴로워도 참고 참고 또 참았다. 그래서 9년, 아닌 6년 만에 준하를 다시 보았을 때도 결국 파국으로 끝난 결혼 생활이 그에게 부끄럽진 않았다.

다만 그 결혼을 선택했던 순간의 자신은 그에게 아무런 변명도 할 수 없는 사람이었다. 남들이 비난하지 않는다 해도 그녀 스스로가 용서할 수 없는 결정이었다. 정말로 김준하를 사랑했다. 너무 어려서 그 사랑의 무게가 얼마만큼인지 깨닫지 못할 정도로 사랑했다.

　그러나 그들은 자신들의 앞날도 스스로 책임질 수 없었던, 그 무엇도 확신할 수 없고, 약속할 수 없었던 어린 연인이었다. 그래서 그가 망설일 때 그를 붙잡지 못했다. 떠나는 그에게 약속을 요구하지도 못했다.

　준하는 끝내 그녀에게 말하지 못했지만, 은수는 그의 아버지인 김선국에게 그가 미국으로 가야 하는 이유를 들어 알고 있었다.

　결국 준하는 가족과 사랑 사이에서 갈등했던 것이다. 그래서 은수는 그의 등을 밀어주었다.

　그리고 그녀는 스스로 다짐했었다. 반드시 기다리겠노라고. 언젠가 그가 다시 돌아올 때까지 이 사랑을 지키며 살아가겠노라고.

　그런데 그녀는 그 다짐을 겨우 3년 만에 깨트리고 말았다.

　"비 맞잖습니까, 안쪽으로 더 들어와요."

　준하가 한 팔을 뻗어서 그녀의 어깨를 감싸며 끌어당겼지만, 은수는 손길을 피하며 더 바깥쪽으로 가 섰다. 다리는 물론 등허리까지 온통 빗방울이 튀어서 온몸은 이미 전부 비를 맞은 거나 다름없었다. 블라우스 위에 걸친 카디건이 물에 젖어 축 늘어지고,

단정하게 빗어내린 머리카락이 축축하게 목덜미에 달라붙어 있었다. 신발 안은 이미 가득 들어찬 빗물로 걸을 때마다 기분 나쁘게 질컥거렸다.

그런 은수를 보며 준하가 한숨을 내쉬더니 다시 팔을 뻗어서 그녀의 어깨를 단단하게 감싸 안았다.

"이거 놔요."

"이러면 우산을 쓸 이유가 없잖습니까. 여름도 아니고 가을 비 맞으면 감기 걸려요. 그러니까 그냥 이대로 갑시다."

은수가 바르작거렸지만, 준하는 절대 손을 놔주지 않았다. 남자의 억센 힘을 당할 수 없었던 그녀는 어쩔 수 없이 그의 손에 이끌려 동야고택까지 돌아왔다.

"빨리 옷 갈아입어요. 이러다 정말 큰일 나."

어느새 이를 부딪치며 덜덜 떨고 있는 은수를 보며 준하가 야단했다.

"먼저 씨, 씻을 거예요."

그러나 그녀가 오들오들 떨면서도 씻겠다고 하자, 군말 없이 그녀를 샤워실 앞까지 데려다 주려 했다.

"돼, 됐어요. 혼자 갈 수 있어요."

"가는 동안 길 미끄러워요. 그러니까 일단 이거라도 걸치고 가요."

그는 은수의 항의에도 불구하고 자기가 걸치고 있던 재킷을 벗어서 은수 몸에 걸쳐 주고는 떨고 있는 그녀의 몸을 감싼 채 본채 마당을 지나 뒤쪽 후원 공터 쪽에 따로 만들어져 있는 샤워실 앞까지 함께 갔다.

"안에 온수 켤 줄 압니까?"

"그런 건 걱정 안 해도 돼요."

"수건은 안에 있겠지만, 갈아입을 옷 안 가져왔잖아요."

아차 하는 생각에 은수가 저도 모르게 아랫입술을 깨물었다. 무조건 따뜻한 물에 몸을 담그고 싶다는 마음에 정작 가장 중요한 건 안 챙겨 온 것이다.

"다시 갔다 오긴 무리니까, 내가 가방 가져다 여기 문고리에 걸어놓을게요. 그러면 되겠죠?"

샤워실 좁은 처마 아래로 뚝뚝뚝 쉴 새 없이 빗물이 떨어졌다.

"됐어요. 제가 지금 가서 갖고 오면 돼요."

"말도 안 되는 소리 말고, 안으로 들어가기나 해요. 입술이 새파라니까."

준하가 우산 손잡이를 향해 손을 뻗는 은수를 가볍게 제압하며 한 손으로 그녀의 등을 떠밀어 샤워실 안으로 밀어 넣고는 성큼성큼 걸어가 버렸다.

시계가 확보되지 않을 정도로 하염없이 쏟아지는 비, 그리고 도심과 달리 시골의 밤은 불빛 하나 없이 캄캄하기만 했다. 게다가 한기가 스민 탓인지 살이 에일 정도로 아픈 은수는 가방을 가지러

가는 걸 포기하고 그대로 샤워를 하기로 했다. 욕조가 없어서 문을 잠그고 그대로 뜨거운 물을 틀고는 샤워기 아래에 옷을 입은 채 서서 한기가 어느 정도 가시고 몸의 떨림이 멈출 때까지 서 있었다. 아침부터 욱신거리던 손목 통증이 비 때문에 더 심해졌지만 살갗을 찌르는 듯한 냉기보다는 참기 수월했다.

계속해서 온몸을 적시는 따뜻한 물 때문에 떨림과 통증이 어느 정도 잦아들 무렵 문득 똑똑 샤워실 문 두드리는 소리가 났다.

"가방 문고리에 걸어놨습니다."

억수처럼 쏟아지는 폭우와 샤워기 물소리를 뚫고 들려온 것은 준하의 음성이었다. 빗소리에 발소리가 들리지 않아서 그가 샤워실 앞을 떠났는지 구분을 할 수 없었다. 그래서 한동안 그대로 서 있던 은수는 곧 조심스럽게 샤워실 문을 열었다.

앞에는 아무도 없었다. 그리고 샤워실 문고리에는 그녀의 짐 가방을 넣은 커다란 비닐 백과 우산이 걸려 있었다. 비에 젖지 않게 준하가 가방을 비닐 백에 넣어 온 것이다. 그리고 비닐 백 안에는 갈아 신을 신발도 들어 있었다. 세심하게 남을 배려하는 그의 마음이 느껴지자, 순간 은수는 가슴이 뜨뜻해졌다. 자상하고 다정한 남자. 누구에게라도 이렇겠지. 어떤 여자라도 이런 그에게 마음을 뺏기지 않을 수 없으리라. 순간, 속에서 무언가 뜨겁고 새빨간 것이 솟구치는 느낌이었다.

"······미쳤구나, 김은수."

은수는 얼른 생각을 떨치며 입술을 꼭 깨물었다. 서둘러 가방을 갖고 안으로 들어가서야 그녀는 비로소 흠뻑 젖어서 몸에 들러붙은 옷을 벗어내고 제대로 샤워를 할 수 있었다.

뜨거운 물을 한껏 맞으며 얼었던 몸을 풀긴 했지만, 어느새 뼛속까지 스며든 냉기가 다 가시기엔 무리였던 모양이다. 샤워를 하고 나서도 은수는 몸이 으슬으슬했다. 여전히 그칠 줄 모르고 내리붓는 비에 다시 맞지 않으려고 한껏 몸을 웅크리고 그녀가 기거하는 방으로 돌아오자 어느새 바닥에는 두툼한 이불이 깔려 있고, 그 위에는 전기장판이 따뜻하게 켜 있었다.

아마 이것도 준하가 한 것일 터였다. 아까 저녁을 먹을 때 강성만 교수는 좀 늦을 거라고 준하에게 연락이 왔고, 요즘은 고택 체험을 하는 사람의 신청도 받고 있지 않아서 지금 이 동야고택 안에는 그녀와 준하 단둘뿐이었으니까.

너무 뜨겁지도 않고, 적당한 온기가 느껴지는 장판 위에 앉아서 이불을 몸에 걸친 채 수건으로 머리의 물기를 닦아냈다. 따뜻한 바람에 머리를 말리면 좋겠지만, 샤워실 어디에도 드라이기는 없었다. 그리고 그녀가 여느 여자들처럼 여행 짐에 드라이기부터 전기 고데기까지 챙겨가는 성격이 아니었기에 아쉽지만 수건으로 말리는 수밖에 없었다.

그러나 가벼운 수건 한 장을 들고 머리를 터는 작은 동작에도 그녀의 손목에서는 견딜 수 없는 통증이 느껴져서, 제대로 머리의 물기를 말릴 수가 없었다. 드라이기가 있다 한들, 애당초 들지도 못했을 것이다.

한숨을 내쉬는데 문득 하얀 창호지를 겹쳐 바른 분합문 너머에서 인기척이 느껴졌다.

"누구세요?"

누구냐고 묻기는 했지만, 은수는 건너편에 있는 사람이 누구인지 충분히 짐작할 수 있었다.

"접니다. 잠깐 문 좀 열어주시겠습니까?"

"왜 그러시는데요? 저 지금 피곤해서 그냥 자고 싶으니, 급한 일 아니시면 내일 말씀하세요."

"잠깐이면 됩니다."

얇은 문 너머에서 들려오는 고집스러운 준하의 음성에 은수는 어쩔 수 없이 몸을 일으켜서 문을 열었다. 문이 열리자 어느새 오래된 청바지에 도톰한 면 티셔츠로 말끔하게 갈아입은 준하가 서 있었다. 그도 씻은 것인지 은은한 애프터 쉐이브의 냄새가 풍겨왔다.

"이거 필요할 거 같아 가져왔습니다."

그가 손에 들고 있다 내민 것은 드라이기였다. 조금 놀란 은수가 선뜻 받지 않고 물끄러미 바라만 보자, 준하가 그녀 손에 드라이기를 쥐어주었다. 그런데 그 순간 그녀가 작은 비명을 지르며 얼굴을 일그러뜨렸다. 그러곤 저도 모르게 반사적으로 왼손으로 오른쪽 손목을 움켜쥐었다.

"뭡니까? 다친 거예요?"

"아, 아니에요."

"아니긴. 아닌 사람이 그렇게 자지러지게 비명을 질러요?"

그녀가 흘린 것은 작은 신음이었다. 그런데도 마치 고함이라도 내지른 것처럼 말하는 준하를 보면서 은수는 기가 막혔다.

"정말 별거 아니에요."

그러나 그렇게 말하는 그녀의 안색이 심상치 않음을 준하는 한눈에 알아보았다. 그렇지 않아도 식당에서 밥을 먹는 내내 젓가락질 하며 종종 인상 찌푸리던 그녀가 마음에 걸렸었다.

"손목 아파요? 다쳤어요? 아까 밥 먹을 때도 그러더니 아프면 말을 해야지, 왜 말을 안 합니까?"

화난 사람처럼 다그치며 그녀의 손목을 향해 손을 뻗치는 준하를 보면서 은수는 고개를 저었다.

"괜찮다고 했잖아요. 피곤해요. 잘 거니까 이제 그만 가세요."

"괜찮은 사람 얼굴이 그렇게 창백해요?"

은수가 딱딱한 목소리로 화를 냈지만, 준하는 전혀 물러날 기색이 없었다. 도리어 어느새 신발을 벗고 방 안으로 성큼 들어와 버렸다. 작은 방인 더 비좁게 느껴졌다.

"대체 어떻게 된 겁니까? 좀 봅시다."

"어딜 들어와요, 나가요."

그러나 그녀의 항의에도 불구하고 준하가 막무가내로 그녀의 손목에 손을 대자 은수는 헉, 숨을 삼키며 인상을 찌푸렸다. 이맛살을 잔뜩 구긴 채 그녀의 손목을 신중하게 바라보던 준하가 노여움을 간신히 누르는 듯한 목소리로 재차 물었다.

"정말 다친 거 아닙니까?"

"아니에요."

"그런데 왜 이렇게 아파서 어쩔 줄 몰라 해요?"

거침없이 뻗어온 것과는 다르게 준하의 손은 부드럽게 그녀의 손목에 닿아서 조심스럽게 매만지며 상태를 살폈다. 그러나 은수는 저도 모르게 흠칫흠칫 긴장감에 몸을 떨었다. 그러나 그것은 단순한 손목의 통증 때문은 아니었다. 그래도 준하의 눈에는 그리 보였을 것이다.

"그냥 원래 있는 고질병이에요. 과사용증후군. 날이 궂어서 더 아픈 거뿐이에요. 이제 아셨으면 신경 쓰지 말고 가세요."

은수가 아픈 손목을 굳이 몸통 쪽으로 끌어당겨서 그의 손길에서 벗어나자, 그는 더는 붙잡지 않았다. 하지만 못마땅한 눈초리로 그녀의 모습을 천천히 훑어보았다.

"머리, 그래서 아직 그렇게 젖은 채로 있는 겁니까?"

손목이 아파서 제대로 말리지 못한 탓에 어깨 아래로 늘어진 그녀의 머리카락에서는 물기가 뚝뚝 흘러서 등을 적시고 있었다. 꽤 물기가 많이 스며든 것인지 머리카락 닿은 자리가 축축했다.

"말리고 있는데 그쪽이 온 거예요."

"정말 혼자 할 수 있겠어요? 빨리 말리지 않으면 정말 감기 들 텐데."

준하가 못 미덥다는 표정을 감추지 않으며 아직도 창백한 그녀의 얼굴을 바라봤다. 그러더니 갑자기 바닥에 떨어져 있던 수건을 집어 들고는 그녀 머리에 털썩 씌웠다.

"뭐, 뭐 하는 거예요?"

화들짝 놀란 은수가 언성을 높였지만 그는 커다란 두 손으로 그녀의 머리 옆을 부드럽게 감싸듯이 잡은 채 천천히 수건을 움직였다. 은수는 그대로 숨이 멎을 것만 같았다. 귀를 가린 수건 너머로 떨어지는 빗소리가 마치 먼 기억 속의 잔상처럼 아득하게 들렸다. 도톰한 천을 사이에 두고 느껴지는 그의 손길이 너무 따뜻해서, 너무 부드러워서 어쩐지 서러워졌다. 울컥 눈물이 솟구칠 것만 같았다.

그래서 퉁명스럽게 소리를 질렀다.

"나 혼자 한다니까요. 나가세요!"

그러나 그녀의 항의에도 불구하고 그는 아무런 대꾸도 하지 않은 채 그대로 수건을 움직여서 그녀 머리카락의 물기를 마저 닦아 냈다. 몹시도 자연스럽고 익숙한 동작이었다.

"이봐요, 김준하 씨!"

"나 귀 안 막혔으니까 소리 좀 그만 질러요, 김은수 씨."

은수가 또다시 바락 소리를 지르자, 준하가 천연덕스럽게 대꾸했다. 그러나 잔뜩 성이 난 은수는 제 머리를 흔들어서 기어이 그의 손을 떨쳐 내고 말았다.

"정말 왜 이래요! 어떻게 내가 들어오란 소리도 안 했는데 이렇게 무례하게 함부로 들어와서는 남의 머리에까지 손을 대요! 이게 같이 일하는 사람에게 할 수 있는 태도예요?"

화가 머리끝까지 치솟았다. 그러나 그녀가 앙칼지게 소리 지르는데도 준하는 별로 동요하는 기색이 없었다. 그저 자기가 들고 온 드라이기의 플러그를 콘센트에 꽂더니 바닥에 털썩 주저앉았다.

"머리만 말리면 나갑니다. 그러니까 그렇게 화내지 말고 여기 앉아요."

"싫다고 했잖아요, 싫다고. 그만 나가요."

예전의 김준하는 그녀의 말이라면 죽는 시늉이라도 했던 사람이었다. 그녀가 원하는 것은 그 무엇이든 들어주었고, 화를 내거나 힘들게 하는 법도 없었다. 두 사람 모두 어렸던 터라 간혹 티격태격하기도 했으나 그 정도는 얼마 못 가 금세 풀어지곤 했다. 대개 준하가 은수와 자신 사이에 흐르는 냉기를 못 견뎌서 얼마 못 가 먼저 사과하곤 했다. 그러면 은수는 또 못 이기는 척 냉큼 그 사과를 받아들였다.

그래서 은수는 여태껏 준하가 이렇게 고집쟁이인 줄 몰랐다. 이

렇게 막무가내로 자기 생각만 들이대는 뻔뻔한 사람인 줄도 알 수
가 없었다.

은수가 그대로 서서 눈을 치뜨고 자신을 쳐다보자, 준하가 결국
자리에서 천천히 일어서서 그녀를 굽어보았다.

"김은수, 왜 그렇게 화를 내?"

"말 놓지 마시죠. 약속했잖아요."

"말해봐. 대체 뭐가 그렇게 화가 나는 건데? 네 말대로 내가 무
례하게 네 방에 들어온 거? 머리 말리자고 하는 거? 정말 그거 때
문에 이렇게 화가 난 거야? 그래?"

"그럼 뭐가 더 있겠어요?"

파르르 하는 은수를 가만히 바라보던 준하가 가볍게 고개를 저
으며 말했다.

"아니."

그의 말에 그녀는 저도 모르게 움찔했다.

"지금 너, 너무 예민하게 굴고 있어."

"김준하 씨 무례한 행동 때문에 그런 거잖아요."

그러나 준하는 그녀의 말을 곧이곧대로 믿지 않았다.

"아니. 내가 이러는 것도, 네가 이렇게 과민한 것도 이유는 단
하나야."

그가 천천히 그녀에게로 한 발을 내딛었다. 은수는 저도 모르게
긴장감에 목이 죄여왔다. 문득 준하의 체취가 코끝을 스쳤다. 싸

아아아. 어둠을 뚫을 듯 들려오는 빗소리가 점점 더 귓가에 크게 울렸다.

"은수야, 내가 그렇게 신경 쓰이니?"

바깥은 온 천지를 뒤덮고 있는 빗속에 파묻혀 있었고, 좁은 방 안에는 두 사람밖에 없었다. 그러나 은수는 알고 있었다. 아무리 많은 사람 속에 섞여 있어도, 그녀가 이렇게 신경 쓰이는 사람은 오직 김준하 하나란 걸. 그러나 그녀는 단호하게 대답했다.

"아니."

"거짓말."

준하가 피식, 가볍게 웃었다. 그도, 그녀 자신도 믿지 않는 말은 하지 말라는 듯이.

"네가 이렇게 화가 나고, 또 내가 너한테 이러는 건 우리가 서로를 신경 쓰고 있기 때문이야. 알잖아, 너하고 난 서로를 도저히 다른 사람들처럼 그냥 대할 수 없어."

준하의 말에 은수는 눈에 힘을 주고 입술을 꾹 앙다물었다. 그렇지 않으면 그녀의 눈동자가 자디잘게 부서지고, 입술이 파르르 떨린다는 걸 들킬까 봐 겁이 났다. 그러나 준하의 눈길이 집요할 정도로 그녀를 응시하고 있었다. 달이 뜨지 않은 밤처럼 검고, 심연처럼 깊은 그의 눈동자를 보면서 은수는 도저히 시선을 피할 수가 없었다.

"6년 전에 너하고 나 끝난 사이란 거 알아. 그걸 다시 시작하자고도 안 해. 다만 은수야, 우리 지금 서로에게 가는 마음은 그냥 흘러가게 두면 안 될까?"

"그게 무슨 의미죠?"

은수가 다시 뻣뻣하게 존대를 사용하자, 준하가 한쪽 입꼬리를 끌어 올리며 인상을 찡그리는 것처럼 웃었다. 그러더니 낮게 울리는 목소리로 말했다.

"나하고 사귀자, 김은수."

쿠쿵, 어디선가 멀리서 벼락이 치는지 굉음이 들려왔다. 그러나 지금 은수에게는 하나도 들리지 않았다. 냉정한 보이는 얼굴과 달리 그녀의 머릿속은 뒤죽박죽 엉망진창이었다. 그녀는 준하가 무슨 말을 하는 건지 하나도 알 수가 없었다. 대체 자신에게 왜 이러는 건지 정말로 알 수가 없었다.

"나는 당신이 좋아, 그래서 정식으로 사귀고 싶어."

"싫어요. 싫습니다."

그녀의 단호한 거절에도 조금의 물러섬도 없이 준하가 물었다.

"왜?"

그의 질문에 은수는 흠칫 놀랐다. 왜라니? 왜라니! 정말 몰라서 묻는 걸까?

"네가 이혼했다는 거, 아이가 있다는 거 다 알아. 그건 나한테 아무런 문제도 안 되니까, 그거 말고 다른 이유를 대."

다른 이유라니. 어쩐지 은수는 울 듯한 기분이 들었다. 예전에도 무엇 하나가 마음에 들어오면 다른 건 전혀 생각하지도 않고 그것에만 몰두하던 준하의 모습이 떠올랐다. 청년 시절의 그 단순하고 선명하고, 직선적이던 모습을 그는 아직도 갖고 있는 것일까.

"제가 김준하 씨한테 관심이 없으니까요."

차가운 표정, 그보다 더 냉랭한 음성이 은수에게서 흘러나왔다.

"관심이 없다?"

"네, 그래요."

"그럼 됐어."

예상과 달리 가볍게 미소 지으며 답하는 준하의 반응에 은수는 저도 모르게 이맛살을 찡그렸다.

"관심이 없는 거지, 싫은 건 아니잖아."

"이봐요, 김준하 씨. 알고 계시겠지만 이해는 못하신 듯하니 말씀드리죠. 저 이혼한 지 얼마 되지도 않았고, 혼자 아이 키우며 사느라 마음의 여유 같은 거 없는 사람이에요. 관심이 있듯 없듯 한가하게 남자 만날 처지 아니란 소립니다. 더더군다나 내가 새롭게 남자를 만나게 된다 해도 당신은 싫어요. 당신은 아직도 날 21살의 그때로 보고 있는 모양인데 착각하지 마세요, 지금의 김은수는 그때의 그 김은수가 절대 아니에요."

은수는 준하가 아직도 예전 추억과 감정에서 벗어나지 못했다고 생각했다. 다른 남자와 결혼하고 애를 낳고 살면서도 자기도 그러했다. 그러니 그도 과거가 남긴 감정의 편린을 떨치지 못해서 이러는 것일 터였다. 그러나 은수는 절대 그에게 다가갈 수 없었다. 아무리 그가 손 내밀고, 그녀의 마음속에 숨겨둔 마음이 그녀를 떠밀어도 그건 안 되는 일이었다.

어디까지나 과거는 과거일 뿐이었다.

지그시 그녀를 바라보던 준하가 나직나직하지만 깊이 있는 목소리로 말했다.

"난 지금의 네가 좋아, 김은수. 네가 스물한 살 애송이가 아니듯 나도 더는 어리지 않아. 나이도 먹을 만큼 먹었고, 세상도, 여자도 알 만큼 알지. 네가 겪어온 세월만큼 내 세월 속에도 수많은 일이 있었어."

그의 말에 은수는 가슴이 욱신거렸다. 그녀가 모르는 그의 시간, 기억, 사람……

"너야말로 날 지금도 스물한 살의 그때로만 생각하는 거 같은데, 김은수 난 절대 그렇지 않아. 6년 만에 다시 너를 만났고, 그래, 너를 보면서 마음이 쓰였어. 그건 분명히 우리가 가졌던 옛 기억과 감정 때문이겠지. 그런데 지금 내 가슴이 너 때문에 뛰는 건 그 옛 추억 때문이 아니야. 지금 내 눈앞에 있는 지금의 너 때문이란 말이야."

무서우리만치 강렬한 눈빛으로 자기를 바라보는 준하의 얼굴은 정녕 은수가 모르는 모습이었다. 그들이 함께 하지 못했던 그 시간 속에서 달라진 그의 진면목일 터였다.

"김은수, 나 예전 감정 때문에 사리분별 못하고 앞뒤 재지 않고 덤빌 정도로 어리숙한 놈 아니야. 그저……."

준하가 잠시 말을 끊고 그녀의 하얀 얼굴을 가만히 주시했다. 손을 내밀어 기억 속의 모습보다 여윈 그녀의 뺨을 어루만지고 싶었지만, 애써 눌러 참아야만 했다.

"널 다시 만났고, 너한테 또다시 끌려. 스물한 살의 김준하가 아니라 서른 살의 김준하가 서른 살의 김은수한테 호감을 느낀단 말이야. 남자로서."

그의 말이 묵직하게 가슴에 와 닿았다. 그러나 은수는 받아들일 수가 없었다. 아무리 그에게로 흐르는 마음이 점점 커진다 해도 안 되는 일이었다.

"넌 남자로서 나한테 아무런 감정도 안 드니? 아직도 그저 옛날의 김준하로만 보여?"

"지금의 나에 대해서 뭘 안다고 이래요?"

"그래, 내가 지금 너에 대해서 알고 있는 건 많지 않지. 그래도 네가 좋고, 끌려. 그러니까 제대로 사귀면서 김은수에 대해서 더 많이 알고 싶어. 그러니까 사귀자, 정식으로."

준하의 고백에 은수는 가슴이 떨렸다. 그러나 그녀는 그와 달랐다. 그가 예전의 감정 따위 상관없이 지금의 그녀에게 끌린다고 했지만, 그녀는 아니었다. 지금도 그녀의 마음속에는 지난날 사랑했던 김준하가 오롯이 남아 있었다.

"아뇨. 싫습니다."

은수는 단호하게 거절하고 말았다. 쏴아아 온 세상을 집어 삼킬 듯 거침없이 쏟아지는 빗소리가 끝없이 끝없이 이어졌다.

"아, 그러니까 우리 선친께서는 그 계약 자체가 무효라고 생각하신 건 아닐세. 하지만 분명히 그 매매계약서에 찍힌 도장은 아버님이 찍은 게 아니었단 말일세. 하지만 아무리 얘기를 해도 도통 통하질 않는다네. 선친께서도 이 문제 때문에 돌아가시기 전에 문중 어른들이나 조상님 뵐 낯이 없다면서 많이 고통스러워하셨다네."

깊게 한숨을 내쉬는 강성만 교수의 마른 얼굴에는 깊은 주름이 져 있었다. 그는 소박하지만 아름답고 평화로운 그의 고향 마을을 몹시 사랑했다. 대대로 향리의 지주라곤 하지만, 농사를 지으며 사는 시골 마을이기에 그리 큰 재산을 갖고 있는 것도 아니었다. 그런데 조상 대대로 그의 문중에서 갖고 있던 산야 때문에 몇 년 전부터 골치 아픈 문제에 휘말리게 되고 말았다.

마을 전체가 하나의 문화유산인 안동의 고즈넉하고 조용한 시골 마을, 주요 문화재로 지정돼 있는 고택들이 모여 있는 동리와 조금 떨어진 곳에 묵정밭과 전답들이 펼쳐진 산야가 있었다. 행정구역상의 지번과는 상관없이 동리 사람들은 유난히 나무가 울창

한 그곳을 열숲이라 불러왔다.

열숲 일대는 예로부터 강성만 교수의 집안에서 소유하고 있던 땅으로 농업을 주로 하는 마을 주민들이 생계를 위해 농사를 짓기에는 척박한 땅이었고, 시에서 지정하고 보호하는 고택들이 있는 장소도 아닌 곳이라 그 누구도 별로 관심을 두지 않는 곳이었다.

그런데 약 십 년 전에 대무건설주식회사란 곳이 그 땅에 관심을 보이기 시작했다. 대기업은 아니었으나, 한창 성장하고 있던 신생 기업으로 적극적으로 많은 사업을 추진하고 있었다. 그들은 특히 기존의 농공단지나 바이오 산업단지와도 가깝고 조만간 경북도청이 이전될 신도시와도 지리적으로 가깝다는 이점 때문에 주택건설 사업을 할 적당한 장소라고 판단했던 것이다. 그때부터 그 한가롭던 산골에도 무자비한 개발의 광풍이 불어 닥쳤다.

대무건설은 그들이 개발 예정지로 결정한 열숲 일대 대부분을 소유하고 있던 강성만 교수의 부친인 강응용 옹은 물론 그외 임야와 전답을 갖고 있던 다른 지주들과 토지에 대해 매매계약을 체결하고 계약금과 중도금의 일부를 지불했다. 그러나 승승장구하는 것 같던 대무건설은 갑작스러운 부도 사태를 맞게 되고 워크아웃 대상 기업이 되는 바람에 토지매매 계약의 잔금을 지불할 수 없게 되었다.

그러자 굴지의 대기업인 하정건설이 나서서 대무건설이 개발을 추진하며 지주들과 체결한 부동산 매매계약을 포함해 열숲 일대의 개발 사업권을 양수하는 계약을 체결하게 되었다.

영창종합건설이란 곳이 하정건설과 대무건설 사이의 사업권 양도·양수 계약을 중간에서 연결해 주면서, 대무건설이 체결한 부동산 매매계약서의 매수인 명의를 하정건설로 변경해 주는 작업을 진행하게 되었다. 그렇게 일이 순조롭게 풀려갈 것만 같았다.

그러자 어찌 보면 전화위복인 셈이라고 강응용 옹은 물론 다른 지주들은 안도했다. 그러나 그것은 세상 물정 모르는 시골 양반들의 순진한 생각일 따름이었다.

견물생심이라 했다. 돈을 보면 욕심이 커지는 것이 사람의 마음이고 당연한 이치였다. 몇몇 지주들이 대무건설과 맺었던 기존의 계약을 고집하면서 매매대금을 올려주지 않으면 하정건설과 재계약을 하지 않겠노라고 나서기 시작했다.

처음에 강응용 옹은 그런 지주들을 설득했다. 저간의 상황을 다 아는 마당에 이제 와서 금액을 올리는 것은 무리라는 것이 그의 말이었으나 그들은 그 말을 듣지 않았다. 그리고 급기야 매매대금을 올려야 한다는 일부의 생각은 전체 지주들에게도 영향을 주었고 강응용 옹을 제외한 모두가 동조하기에 이르렀다.

그리고 그들은 가장 많은 땅을 소유하고 있는 강응용 옹을 설득하고 자기들 편에 서서 앞장서 주기를 원했다. 자기들 모두의 땅을 합친 것보다 훨씬 더 넓은 땅을 가진 강응용 옹이 합세하지 않으면 하정건설에서 자기들의 요구를 들어주지 않으리라 여긴 것이다. 지주들 대부분이 친인척이거나 평생 함께 살아온 동리 사람들이었다. 강응용 옹은 그들의 청을 거절하지 못했다.

"내 나중에 알고 보니 영창건설 쪽 사람들이 그 양반들을 부추긴 거더구만. 하지만 아무런 증거도 없고, 증언을 한다 해도 그걸 믿어줄지는 모르겠네. 아무튼 일이 그렇게 되다 보니, 자연스럽게 하정건설 쪽에서는 우리 선친을 수괴쯤으로 생각하고 압박하기 시작했다네."

그리고 얼마 후 영창건설의 이름으로 '귀하들이 승계계약에 협조해 주지 아니하여 부득이 토지 수용권을 발동하려 한다.'는 내용의 통고서가 날아왔고, 영창건설은 지주들의 막도장을 이용해서 대무건설과 맺었던 것보다 훨씬 낮은 금액으로 부동산매매계약서를 허위로 위조하기 시작했다. 한마디로 그들을 부추겼던 영창건설에게 뒤통수를 맞은 것이다.

그걸 알게 된 지주들과 강응용 옹은 영창건설과 하정건설에 항의하고 경찰에도 신고했으나, 매매계약서가 위조되었다는 어떤 확증도 찾지 못했다. 이대로 가다간 열숲 일대가 헐값에 하정건설로 넘어갈 판국이었다.

게다가 하정건설은 얼마 전에 법원에 열숲 일대의 부동산 소유권 이전에 대한 가처분 신청까지 내놓은 터였다.

"일단 영창건설 쪽의 계약서 위조 건의 처리와 함께 하정건설 명의의 가처분에 대해 이의신청을 접수해야 합니다. 그리고 지난번에도 말씀드렸지만 무엇보다 계약서가 위조되었다는 명백한 증거를 찾는 게 시급합니다."

준하의 말에 강성만 교수는 어두운 얼굴로 고개를 끄덕였다.

"나도 나름 노력해 봤지만 별무효과였다네."

"증거를 찾는 일은 제가 직접 할 테니 다른 어르신들께 미리 말씀을 좀 드려놔 주십시오. 가서 찾아봬야 할 일이 많지 싶습니다."

"그건 걱정 말게. 내 자네한테 지난번에 말 듣고 한 사람씩 만나서 의중을 떠보고 얘기를 했다네. 어디든 자네가 가면 아는 대로 적극적으로 협조를 해줄 거야."

"예, 그럼 일단 오늘은 계약자 몇 분을 만나뵙고 매매서류를 다시 검토해 보도록 하겠습니다. 어쨌든 모든 시작은 그 서류에서부터니까요."

준하와 강성만 교수가 이야기를 나누는 동안 은수는 인터뷰할 채비를 하고 안채의 대청마루에 앉아 있었다. 준하가 따로 시간을 낼 수 없으니 이동하는 틈틈이 인터뷰를 진행하자고 했기 때문이었다. 지난밤 그렇게 무섭도록 폭우가 쏟아지던 하늘은 언제 그랬냐는 듯이 화창하기만 했고, 맑고 푸른 하늘에 점점이 하얀 구름이 떠서 흘러가는 모습이 마치 한 장의 사진처럼 인상적이었다. 문득 청명한 바람 한 줄기가 불어와 그녀의 이마 위 머리카락을 흔들었다.

문득 휴대전화를 꺼내서 사진을 찍고 싶어졌다. 이 아름다운 풍경을 현우와 함께 봤으면 얼마나 좋았을까. 따뜻한 햇살 아래 웃는 아이의 얼굴이 떠올랐다.

달칵, 소리를 내며 사분합문이 열리고 준하가 방 밖으로 나왔다. 은수가 자리에서 일어서자 그녀를 보는 얼굴에 미소가 서렸다. 마루에 내려서며 댓돌 위에 놓인 신발을 신던 준하도 그녀처럼 하늘을 올려다보았다.

"바람도 선선한 게 걷기에 딱 좋은 날씨네요, 김은수 씨."

"멀리 가신다면서요?"

"자동차로 가기엔 애매한 거리라 기왕이면 걸어가려구요. 그 편이 인터뷰하기에도 좋지 싶은데요, 시간도 어느 정도 벌 수 있고."

두 사람은 야트막한 언덕 너머에 있다는 강성만 교수의 오촌당숙을 만나기 위해 길을 나섰다. 호젓한 시골길은 어느덧 가을의 정취가 흠뻑 느껴졌다. 햇살은 따사롭고, 사시사철 때 없이 푸른 대숲 사이로 불어오는 바람은 시원했다.

은수는 녹음기를 켜고 지난번에 이어서 그에게 미국에서 지냈던 학창 시절에 대해 질문했다. 전에는 카페나 사무실 등의 공간에서 인터뷰가 이뤄졌던 터라 테이블 위에 녹음기를 켜두기만 하면 됐지만, 지금은 야외에서 더군다나 길을 걸으며 이야기를 나누는 터라 보다 선명한 음질을 위해서 은수는 질문을 마치고 준하 쪽을 향해 녹음기를 내미는 수고로움을 감수했다.

"대학 생활은 만족스러우셨나요?"

그런데 그녀의 질문은 받은 준하가 대답은 하지 않고 그녀를 향해 손을 내밀었다. 무슨 의돈가 싶어서 눈썹을 살짝 찌푸렸더니 준하가 슥 손을 뻗어서 그녀가 들고 있던 녹음기를 자기가 직접 손에 들더니 그제야 대답을 시작했다.

아침에도 그녀가 밥상을 치우려 하자, 그녀에겐 손도 못 대게 하더니 자기가 먼저 냉큼 들고는 부엌으로 가져가 설거지까지 해 버렸다.

"물론 만족스러웠습니다. 내가 배우고 싶었던 걸 실컷 배울 수 있었으니까요. 어딜 가든 읽고 싶은 책들로 가득했고, 내가 무슨 말을 해도 어린아이가 지껄이는 소리라 무시하거나, 이상한 헛소리하는 녀석으로 취급하지 않고 진지하게 대화하고 토론해 주는 사람들로 가득했으니까요."

"즐거우셨겠네요."

"즐겁기도 했지만, 별난 녀석 취급 받지 않는 게 더 신이 났던 것 같습니다. 한국에 있을 땐 아무래도 그런 시선들이 많았으니까요. 7살 때부터 한국대 천체물리학과 교수님께 지도를 받았는데 그분 연구실로 가면 부모님 연배의 대학원생들이 쭉 둘러앉아서는 저 어린 녀석이 뭐라고 지껄이는지 두고 보자 하는 눈빛으로 내내 날 지켜봤거든요."

준하는 아무렇지 않은 듯 담담하게 말했지만, 은수는 그 기억이 별로 유쾌하지 않았으리란 걸 쉽게 알 수 있었다. 7살이면 지금의 현우보다 겨우 한 살 많은 나이이다. 그런데 어른들에게 둘러싸여 시기와 질시, 그리고 경계의 눈초리를 받는다면 어떤 아이가 위축되지 않았을까.

"그래서 나중엔 거길 한 번 갔다 오면 하루는 꼬박 몸살을 앓았습니다. 아무래도 너무 긴장한 탓이었겠죠. 아무튼 그래서 아버지는 심각하게 한국을 떠나 다른 곳으로 갈 생각을 하셨습니다."

준하의 아버지가 선택한 곳은 천체물리학으로는 가히 세계 최고라 일컫는 미국의 프린스턴 대학이었다. 그 유명한 아이슈타인이 재직했던 학교로 무엇보다 프린스턴 대학 당국과 물리학과의 책임자인 스콧 프레멘 교수가 준하에게 큰 관심과 호의를 보여왔다. 그래서 그들은 준하가 9살이 되던 해에 미국으로 건너갔고, 그는 그곳에서 대학을 다니고 박사 과정을 마쳤다.

준하는 그곳에서 데이비드 스퍼겔 교수를 도와 렌즈 위에 필터를 씌운 '고양이 눈'(Cat's eye)이라는 특수 렌즈를 만들었다. 그 렌즈는 항성에서 쏟아지는 엄청난 양의 빛을 10만분의 1로 줄여주는 것으로 미국항공우주국(NASA)과 유럽우주국(ESA)이 주축이 되어 개발한 고성능의 우주망원경인 허블망원경보다 적어도 4배 이상 강력한 렌즈였다. NASA는 곧 그 렌즈를 탑재한 탐사선을 발사해 태양에서 가까운 20~30개 항성 주변을 관측하기로 했다. 그리고 이러한 성과로 인해 NASA에서는 준하에게 지대한 관심을 보이게 되었다.

그야말로 어린 소년이 해냈다고 믿기에는 실로 놀라운 성과였다.

"그때가 12살 때였던 건가요?"

"아마도 그럴 겁니다. 13살인 거 같기도 하고. 미국과 우리나라는 나이 계산이 다르잖아요. 그래서 전 늘 그런 나이를 세는 숫자에 약했죠. 하하."

"네?"

준하의 애매한 대답에 은수는 순간 당황했다. 전에 정호가 천재들의 기억력에 대해서 뭐라고 했던가.

"하하. 무슨 천재가 자기 나이도 제대로 기억 못하나 싶어서 당황했군요?"

준하는 은수의 표정만 봐도 다 안다는 듯이 웃었다.

"일반적으로 사람들이 착각하는 게 있는데 보통 천재라고 불리는 사람들이 모든 면에서 뛰어난 건 절대 아닙니다. 사실 대부분의 천재들은 자기들이 관심 있는 분야가 아니면 그 외에는 영 젬병이에요. 뇌를 너무 한곳에만 집중해서 사용해서 그런 부작용이 있는지 몰라도 천재라는 사람들을 보면 항성 간의 거리나 질량은 단숨에 계산하고 리스트나 라흐마니노프의 피아노 연주를 손쉽게 하지만, 실상은 당장 토스터기 작동법도 몰라서 애먹는 사람도 많죠."

사람들이 갖고 있는 선입견과 편견. 준하는 자라면서 온통 그런 것들에 둘러싸여 있었을 것이다. 그리고 은수도 준하가 어린 시절 천재였다는 걸 알고 그런 고정관념으로 그를 대한 것 또한 사실이었다.

"그리고 그 당시의 제 머릿속에는 온통 우주와 별, 그리고 제가 하던 연구와 매일 읽어대던 수많은 논문들로 가득 차 있어서 그거 말고는 다른 데 전혀 관심이 없었습니다. 대학까지 매일 아버지가 데려다 주시고 끝날 때도 거의 데리러 오곤 하셨는데, 한 번은 일 때문에 너무 늦으셔서 혼자 집으로 오다가 길을 잃어 미아가 된 적도 있어요."

"미아요?"

어린아이 혼자서 집으로 돌아가다 길을 잃었다는 말에 어린 아들을 키우는 은수는 인상을 찌푸렸다. 그렇지 않다 하더라도, 어린 준하가 겪었을 그 시간을 생각하자 마음이 아팠다. 아무리 보통 사람보다 지적 능력이 뛰어난 천재라도 아직 어린아이였다. 그런데 홀로 얼마나 무섭고 막막했을까. 가슴이 아렸다.

역시 그녀의 표정에 그런 마음이 고스란히 드러난 것인지 준하는 그녀를 보면서 히죽 웃고 말았다.

"그렇게 끔찍한 경험은 아니었으니까 그런 표정 하지 말아요. 예쁜 이마에 주름 잡히니까."

은수는 평소라면 그의 그런 너스레에 눈을 흘겼을지도 모르지만 이번에는 그저 아무런 말도 하지 않았다.

우리 나이로 아마 11살이었을 것이다. 미국 나이로는 9살, 혹은

10살쯤.

보통의 아이들도 자기 집 주소나 전화번호 정도는 확실하게 외우고 있거나, 가까운 거리라면 혼자서 충분히 찾아갈 수 있을 나이였다. 그러나 10년 남짓의 짧은 인생을 사는 동안 내내 책과 연구밖에 몰랐던 준하는 그런 평범한 일상과는 거리가 멀었다. 어린 준하는 자신의 머릿속에서 벌어지고 있는 무수한 별과 우주에 관한 일들 말고는 다른 어떤 것에도 관심이 없었다.

88개의 별자리의 학명과 기원을 줄줄 외우는 건 기본이었고 복잡한 양자역학이나 천체분광학의 복잡한 파동함수나 확률밀도함수 등도 손쉽게 풀고, 태양계는 물론 웬만한 행성들의 복잡한 궤도 하나하나를 정확하게 기억하고 항성 간의 시차 측정도 할 수 있지만, 그는 집 주소를 외우지 못했고, 학교에서 집으로 가는 방법도 몰랐다.

막 미국에서 국제 변호사 자격을 취득하고 중요한 재판을 앞두고 있던 아버지는 도저히 올 수 없었고, 어머니는 얼마 전에 음주운전으로 적발되는 바람에 간신히 딴 면허증이 취소된 상태였다. 택시라도 타고 데리러 올 수 있었겠지만, 어머니는 이미 낮부터 마신 술에 취해 있었고, 무엇보다 그녀는 아들이 다니는 대학을 싫어했다.

학교 측에서는 그가 아직 어린 나이였기 때문에 가급적 오후 6시 이전에는 집으로 돌아갈 것을 권하고 있었다. 미국은 아동 학대와 보호에 대해 법적으로 무척 엄격한 나라였다. 그래서 처음에는 같은 실험실을 사용하는 대학원생이 그를 데려다 주기로 했다.

하지만 막상 버스 정류장에 다다르자, 흔히 nerd라고 부르는 전형적인 모범생 타입의 소심한 남자였던 그 대학원생은 갑자기 걸려온 여자친구의 전화에 준하만 남겨놓고 휑하니 가버렸다.

"꼬마 천재, 너 집쯤은 혼자서 갈 수 있지?"

일말의 망설임도 없이 또래보다 몸집도 작았던 열 살 남짓한 꼬맹이에게 그 말을 던지고 사라지는 그 대학원생을 보면서 준하는 아무런 대꾸도 하지 못했다. 그로서는 자신이 갈 수 있을지 없을지 알 수가 없었던 것이다.

그는 살고 있는 집의 주소를 몰랐다. 집이나 부모님의 전화번호도 마찬가지였다. 한 번도 먼저 전화를 건 적이 없었기 때문에 외울 필요도, 알 필요도 없었던 것이다. 집으로 돌아가는 길의 풍경이라도 기억하고 있었다면 그 흔적을 더듬어서라도 찾아갈 수 있었겠지만, 늘 손에 책을 들고 있던 그는 차를 타고 창밖의 풍경에 눈을 주는 일은 없었다.

오가는 버스를 보면서 어떻게 해야 하나 생각하던 그는 일단 그가 아는 풍경이 나오기 전까지 걸어가기로 했다. 무모한 생각이었으나, 또래보다, 일반적인 사람보다 아무리 지능이 높다 하더라도 그도 겨우 열 살 난 어린아이였을 뿐이었다. 게다가 무척 보고 싶던 논문이 있던 터라 그는 아직 해가 긴 하늘을 보면서 천천히 걸어가자 마음먹었다.

그러나 그의 생각보다 집은 멀었고, 주변엔 신경도 쓰지 않은 채 논문에만 몰두해서 걷던 그는 나중엔 집과도, 대학과도 멀리 떨어진 낯선 곳에 다다르고 말았다. 그러다 문득 고개를 드니 북두칠성이 보였다. 계절에 관계없이 항상 북쪽에 위치하고, 멀리서도 쉽게 찾을 수 있는 별. 그의 방 창문에서 보이던 북두칠성의 위치를 떠올리면서 집으로 가는 방향을 머릿속으로 가늠했다.

그런데 그렇게 고개를 올리고 별을 바라보다 보니 또다시 그의 머릿속에 광활한 우주가 펼쳐지기 시작했다. 머리 위에서 반짝이고 있는 천억 개 이상의 무수한 별, 그러나 눈으로 볼 수 있는 것은 고작 6천 개. 준하는 보이지 않으나 분명히 존재하는 그 셀 수 없이 많은 별들의 비밀이 궁금했다. 밤하늘에서는 그저 빛나는 점으로밖에 보이지 않는 그 별들이 알면 알수록 마치 하나의 생명체처럼 저마다 다른 모습을 하고 있었다. 그리고 지금 자신이 그것을 알아가는 과정에 있다는 것이 미치도록 흥분되고 가슴 벅찼다.

집으로 가는 길을 찾아야 한다는, 아니, 애초에 집으로 가야 한다는 생각 자체는 머릿속에서 까마득하게 사라진 지 오래였다.

그렇게 넋을 놓고 밤하늘을 올려다보다 보니, 시간은 어느덧 1, 2등급의 별을 육안으로 확인할 수 있었던 항해박명에서 천문박명으로 넘어가 있었다. 그러고 보니 처음 대학을 나섰을 때는 해가 진 지 얼마 되지 않은 시민박명이었던 것이 생각났다.

결국 그는 새벽 3시가 가까워서야 아버지의 신고로 뒤늦게 그를 찾아 나선 경찰에 의해 발견되었다.

"그렇게 별이 좋았던 거예요?"

그의 이야기를 다 듣고 난 은수가 놀라서 물었다.

그녀는 전혀 몰랐다. 준하가 그토록 별과 우주에 관심이 많은 지, 좋아하는지. 고등학교 때 함께 많은 이야기를 나누고, 수많은 책과 영화를 봤지만, 준하는 특별히 별이나 우주에 관해 이야기한 적은 없었다. 정말 미치도록 좋아했을 텐데. 아니, 아예 별과 우주에 빠져 살던 아이가 아닌가!

"한때 그랬죠."

"그럼 지금은 어떤데요?"

은수의 질문에 준하가 한쪽 어깨를 으쓱거렸다.

"글쎄요, 여전히 문득 하늘을 올려다보면 내 머리 위엔 아름다운 별이 변함없이 반짝이고 있지만 언젠가부터 난 몇억 광년이나 떨어진 먼 곳의 별보다는 내 가까운 곳에 있는 것들이 더 좋아지더군요."

"그래도 별을 무척 사랑하셨잖아요. 그런데 그렇게 쉽게 놓게 되던가요? 저처럼 평범한 사람의 머리로는 사실 김준하 씨가 그렇게 별과 우주에 빠져 있던 것도 잘 이해가 안 가지만, 또 어느 날 그 모든 걸 아무렇지 않게 놓아버린 것도 잘 이해가 안 되네요."

은수의 질문에 준하가 그녀를 지그시 바라보며 이렇게 답했다.

"별보다 더 소중한 걸 찾았거든요. 밤하늘이 아닌 곳에서."

자기 앞에 서 있는 은수를 바라보는 그의 검은 눈동자가 별처럼 빛났다. 입가에는 미소가 배어났다. 천천히 그녀 쪽으로 몸을 기울이며 준하가 물었다.

"그런데 김은수 씨는 나랑 사귀어주실 건지 결정하셨습니까?"

은수가 막 입을 떼려고 하자 준하가 한 손을 어깨 높이로 들며 말했다.

"부탁인데 지금 말고, 조금 더 생각하고 대답해 주시죠."

"아무리 시간을 두고 생각해도 답은 안 바뀌어요."

단호한 그녀의 대답엔 준하가 눈매를 부드럽게 휘면서 미소 지었다.

"나중에 다시 묻겠습니다. 그러니까 그때 다시 대답해 줘요. 그 대답을 받아들일 테니까."

은수는 눈을 가느스름하게 뜨고 준하를 마주 봤다. 그는 여전히 그녀를 보며 살랑이는 가을바람처럼 웃고 있었다. 밝은 가을 햇볕이 두 사람을 따사롭게 비추었다.

17

「오늘은 법원에 갔다가 바로 일 마무리할 거니까 1시에 그 근처로 와. 나중에 문자로 장소 정해서 보낼게.」

아침에 일어나자 준하에게서 문자가 와 있었다. 지난번 안동을 다녀온 이후로 바쁘게 일을 하는지 한동안 만날 수가 없었다.

준하는 매일 아침 일찍 이렇게 문자를 주곤 했다. 지금처럼 어디에서 보자거나, 혹은 일이 바빠서 오늘은 볼 수 없다라는 내용이었다. 그리고 은수는 자연스럽게 그 문자에 따라 하루의 일과를 정했다. 대개는 출판사에 출근해서 잡다한 일들을 처리하고 녹음한 것들을 정리하며 시간을 보냈다. 그렇게 지내다 보니 한결 시간의 사용이 여유로워졌다. 그래서 어제는 모처럼 현우와 함께 놀이공원을 다녀왔다.

전에 학원에서 일하던 때는 상상도 할 수 없는 일이었다. 평일에 현우와 둘이서 놀이공원에 가다니.

은수는 나들이는 반드시 가족 전체가 해야 한다는 생각을 갖고 있었다. 어려서 아직 엄마와 단둘이 살 때 간혹 어디라도 놀러 가 보면 다른 아이들이 엄마는 물론 아빠와 함께 온 것이 그렇게 부러울 수가 없었다. 엄마랑 둘이서만 온 아이는 자기밖에 없는 것 같았고, 사람들이 다 저를 보며 수군거리는 것만 같았다. 그래서 언젠가부터 엄마와 둘이서 사람 많은 곳에 가는 걸 꺼려하게 되었다. 그렇지 않아도 일하느라 바쁜 엄마 때문에 나들이도 거의 할 수 없었기에 오히려 다행이라고 생각하기도 했다.

그 기억 때문인지 은수는 소풍이나 나들이는 무조건 온 가족이 함께 가야 한다고 믿었다. 그러나 주말이면 늘 피곤하다, 지친다를 입에 달고 사는 남편과 함께 나들이를 간다는 것은 불가능했다. 그래서 간혹 현우와 둘이서 나들이를 하곤 했지만, 그때마다 그녀는 아이와 둘이만 온 자신을 사람들이 이상하게 보지나 않을까 하는 괜한 걱정에 사로잡혀서 그 시간을 즐겁게 보내지 못했다.

그런데 이번엔 달랐다.

현우와 그녀 단둘이서 나선 외출이었지만 누군가의 눈치를 살

피지 않아도 된다고 생각한 때문인지 한결 마음이 가볍고 기분이 좋았다. 비록 집에서 마을버스와 전철을 타고 가면 40여 분 거리에 있는 대규모 실내 공원은 평일임에도 발 디딜 틈도 없이 수많은 사람들로 붐볐지만 말이다.

주말이나 공휴일이 아니면 사람이 많지 않을 거라던 그녀의 예상은 완전히 빗나가 버렸다. 그래서 한참 줄을 서느라 놀이 기구를 몇 개 타지 못했는데도 현우는 무척 즐거워했다. 그녀도 아이와 함께 많이 웃었다. 신중하게 고르고 골라서 좋아하는 캐릭터 인형을 하나 사들고 지친 몸으로 전철을 타고 집으로 돌아와서도 잠자리에 드는 순간까지 그 인형을 꼭 껴안은 채 웃는 아이를 보면서 은수도 행복을 느꼈다. 전에도 거의 은수와 현우 둘만이 보내는 시간이 대부분이었던 탓인지 남편과 아빠라는 존재가 완전히 사라진 이후의 일상에 그들 모자는 그렇게 빠르게 적응해 갔다.

"무슨 좋은 일 있어?"

만나기로 한 장소에 나가자 약속 시간보다 20여 분 일찍 도착해서 먼저 앉아 있던 그녀를 본 준하가 자리에 앉으면서 제일 먼저 한 말이었다. 인터뷰할 준비를 모두 해놓은 채 앉아 있던 은수가 말없이 올려다보니까 준하가 그녀를 향해 가볍게 미소 지었다.

"며칠 전에 봤을 때보다 훨씬 생기 있고 좋아 보여. 어디 좋은 데라도 다녀온 거야?"

"아이랑 놀이공원에요."

그의 질문에 그녀는 선선히 대답했다.

"그랬구나. 아이가 좋아했겠다. 현우 놀이공원 좋아해?"

"싫어하는 애들은 없지 않나요?"

"그런가? 난 가본 적이 없어서."

막 녹음기의 버튼을 누르려던 은수는 잠시 멈칫했다. 그러나 곧 버튼을 누르고 질문을 다시 던졌다.

"김준하 씨는 어릴 적에 놀이공원에 간 적이 없나요?"

"네, 단 한 번도요."

그녀가 녹음을 하고 있다는 걸 아는 준하는 곧 단정한 존댓말로 대답했다. 그녀가 몇 번이나 싫다 하고, 항의했지만, 그는 여전히 단둘이 있을 때는 그녀에게 말을 놓았다. 이렇게 녹음기를 켜고 인터뷰를 진행할 때를 제외하고는.

"예상하시겠지만 천재 소년은 그의 비정상적인 지능을 확인하고, 입증하고자 하는 여러 연구소나 전문가들에게 불려 다니느라 바빠서 한가롭게 그런 곳에 다닐 시간이 없었죠."

"어머님이랑 한국으로 돌아와서는요?"

"이미 중학생이 된 나이였고, 어머니가 늘 편찮으셨기 때문에 그럴 기회가 없었습니다. 게다가 그 당시 중학생 남자애들은 놀이 공원에 가기보다는 우르르 몰려다니면서 피씨방에서 스타크래프트를 했거든요. 하하하."

평범한 일상을 살지 못했던 준하의 어린 시절 이야기를 들을수록 은수는 전에 정호가 했던 말에 대해서 계속해서 깊게 생각하게 되었다. 과연 천재라는 재능은 축복인 것인가.

천재는 보통 사람과 다르거나 보통 사람보다 뛰어난 사람이 아니라 어떤 한 분야에 대해서 특별한 재능이 있는 사람일 뿐이라고 준하는 말했다. 그런데도 사람들은 그들을 유별난 취급을 하며 신기해하고, 질시하고, 경원시한다고. 평생 천재가 되고 싶어 했던 정호라면 절대 동의할 수 없는 말이었겠지만, 은수는 딱 한 가지에는 절대 공감했다. 적어도 그가 아는 김준하는 유별난 천재라기보다는 그저 보통의 평범한 남자였다.

"아, 잠깐 녹음 좀 멈추죠."

"……?"

준하가 한 손을 내밀어서 녹음기 위를 살짝 덮더니 그녀를 보며 물었다.

"점심 못 먹었더니 배고픈데 어디 가서 식사하면서 마저 하죠. 우리 김은수 씨는 식사했어요?"

한쪽 눈썹을 슥 밀어 올리며 '우리 김은수 씨'라고 하는 준하를 보면서 은수는 묘한 기분에 눈을 가늘게 뜨면서 그를 바라보았다. 그냥 김은수 씨가 아니고 우리 김은수 씨라니. 마치 두 사람 사이의 친밀감을 강조하는 듯한 호칭이 거슬렸다. 그러나 둘만 있다고 말을 놓는 것보다는 낫다는 생각에 일단은 입을 꾹 다물었다.

"전 나오기 전에 간단하게 요기했습니다."

"그래? 그럼 어디 가서 밥 좀 먹자. 아침부터 아무것도 안 먹고 계속 여기저기 다녔더니 말할 기운도 없는 거 같다."

굳이 말할 필요도 없이 점심시간대의 법원 일대의 식당은 법원에서 근무하는 직원들과 인근 변호사 사무실에서 일하는 사람들로 발 디딜 틈도 없이 붐볐다. 그러나 아무래도 점심시간 끝 무렵이라 그런지 대부분이 거의 식사가 끝나가는 손님들이었다. 준하와 은수는 한 생선구이 전문점 앞에 서서 차례를 기다렸다. 작은 식당 안에는 빈자리가 없었지만, 곧 식사를 마친 손님들이 나올 거라는 주인의 말에 오면서 대충 둘러본 다른 식당들의 상황도 비슷했기에 굳이 다른 곳으로 가지 않기로 한 것이다.

무엇보다 식당이 있는 골목 어귀부터 풍겨오는 생선 굽는 냄새가 후각과 미각을 마구 자극한 탓에 입안에 고인 침이 사라지지 않을 정도였다. 은수도 시장기를 느낄 만큼 식욕을 자극하는 냄새였다.

식당 안의 출구 쪽에서는 한 무리의 남자들이 바깥으로 나오기전에 몸에 탈취제를 뿌리고 있었다. 값도 저렴한 편에 맛도 좋고다 좋지만 아무래도 생선구이는 냄새가 몸에 밴다는 치명적인 약점이 있었다. 자기 몸에 아직 냄새가 남아 있는지 코를 박고 킁킁거리던 한 남자가 문득 고개를 들다가 식당 밖에 서 있는 준하를 알아보곤 반색을 하며 투명한 유리로 된 문을 막 밀었다.

"어이, 김준하."

그런데 좁은 골목길에 짐을 한가득 실은 오토바이 한 대가 그의 동행인 여자 쪽으로 아슬아슬하게 지나갔다.

"조심해!"

그 모습을 본 김준하의 눈동자가 사납게 치켜뜨지더니 한 팔을 내밀어서 얼른 여자를 자기 품에 꼭 끌어안는 모습에 남자는 번쩍 치켜들었던 한 팔을 내리고 말았다.

물론 오토바이가 좀 위험하게 지나가긴 했지만, 그렇다고 저렇게 화를 내면서 여자를 무슨 헐리웃 영화 속 주인공처럼 극적으로 끌어안을 정도는 아니었는데도 마치 천 길 낭떠러지 끄트머리에서 있는 것처럼 여자를 꽉 끌어안은 채 서 있는 김준하를 보자니 어이가 없을 정도였다.

마침 골목 안 여기저기 식당에서 식사를 마친 손님들이 썰물처럼 빠져나가고 있던 터라 사람들이 지나가면서 그들을 흘긋거렸지만 김준하는 전혀 개의치 않는지 계속 여자를 품에 안고 있었다. 물론 여자는 그의 품에서 벗어나려고 바르작거렸지만, 김준하가 놓아주지 않았다.

"허, 뭐야, 저 녀석."

그런 준하를 보며 기가 막혀서 혀를 차는 남자의 이름은 임동석, 준하와 같은 사법연수원 동기로 현재 중앙지법에서 판사로 재직 중이었다. 연수원 시절 그는 자기보다 나이 어린 준하가 영 마뜩치 않았다. 나이가 어려서 싫은 것이 아니었다. 미래의 법조인이 되기 위한 사람들이 모여 있는 연수원에서의 생활은 치열한 경쟁의 연속이었다. 아무리 사시를 통과했다 하더라도 연수원에서의 2년간 성적에 따라 판검사가 되거나 원하는 좋은 로펌에 갈 수도 있고 그렇지 않으면 그저 그런 개업 변호사가 되거나 다른 길을 모색해야 하기 때문이었다.

그래서 모두들 하루하루 긴장감 속에서 살아갔다. 게다가 어려서부터 내로라하는 수재들에 사시까지 패스한 인재들만 모아놓았으니 그 경쟁심과 긴장감은 말도 못할 정도였다.

그중에서도 김준하는 단연 눈에 띄는 녀석이었다. 연수원내 성적이 늘 상위권에 머물러 있었지만 톱을 다투는 정도는 아니었다. 그런데도 눈에 띄는 이유는 그가 어떤 문제든 기계처럼 정확하고 빈틈없이 빠르게 처리해 나가지만, 그 안에는 어떤 열정도 보이지 않았기 때문이었다.

연수원에 온 녀석들은 대개가 네 부류였다. 어려서부터 가슴속에 불타는 정의감을 갖고 사회의 악을 징벌하고 정의를 구현하겠다는 사명감으로 불타는 극소수와 타고난 좋은 머리든, 아니면 후천적인 악과 끈기를 발휘하든 법조인이 되어 일에서 보람도 얻고 사회적으로 보장된 안정되고 탄탄한 인생행로를 걷겠다는 대다수. 그리고 악착같이 공부해서 어떻게든 판검사 출신의 변호사가 되어

큰돈을 벌거나, 아니면 변호사라는 직업 덕에 부잣집 딸과 결혼을 하거나 해서 그야말로 한 방에 인생 역전하겠다는 가장 한심한 녀석들 그리고 마지막으로 그도 아니면 정치적 포부를 실현하기 위해 그 초석으로 법조인이 되려는 야심가. 예전보다 못하다곤 해도 아직까지 법조인의 명함은 여의도로 가는 보증수표 중 하나였다.

그런데 김준하는 그중 어느 것도 아니었다. 어느 순간 그가 눈에 띄기 시작해서 계속 관찰하던 임동석은 그가 아무런 열정이나 열의도 없이 그저 흘러가는 대로 살아간다는 걸 깨닫고는 화가 치밀었다. 죽어라 공부하고 노력해서 겨우 나이 서른을 훌쩍 넘겨서 사시에 합격한 그로서는 자신의 삶에 대해 그토록 미온적인 준하가 달갑지 않았다. 아니, 못마땅하기 짝이 없었다.

그 당시의 동석에게 다른 누가 왜 그렇게 김준하에게 열을 내고 관심을 쏟느냐고 묻는다면 그는 딱히 답할 말은 없었다. 그러나 그저 어느 순간 김준하를 보기 시작했고, 한 번 가기 시작한 관심을 거둘 수가 없었다. 그래서 그의 연수원 생활은 김준하 관찰기나 다름없었다. 아마 그 기록문에 부제를 붙인다면 '매사에 의욕 없고, 무심한, 그러나 이상하게 요령 좋은 김준하에 대한 700일의 기록' 정도가 적당할 것이다.

물론 그렇다고 김준하가 모난 성격에 사람들과 잘 어울리지 못하는 소심한 녀석도 아니었다. 그는 언뜻 평범하고 무난한 성격이었으나 이상하게도 동석의 눈에는 그 모든 것이 그가 쓴 가면처럼

만 보였고, 그가 영혼 없이 알맹이는 어디 둔 채 껍데기만 허적거리며 다닌다는 생각을 떨칠 수가 없었던 것이다. 결국 김준하는 어떻게든 사람들 사이에서 튀어 보이지 않으려 애쓴다는 게 임동석이 내린 결론이었다.

아무튼 동석은 마치 죽은 생선의 눈깔처럼 아무런 열기도 띠고 있지 않은 준하의 눈동자가 이상하게 신경에 쓰이고 화가 나서 참을 수가 없었다. 어느 날은 자기가 왜 이렇게까지 김준하에게 집착하나 싶어서 화들짝 놀라기도 하고, 하루하루 공부할 시간도 모자란데 제정신이 아니라고 제 머리를 스스로 쥐어뜯기도 했다. 그러나 어떻게 해도 김준하에 대한 관심을 끊을 수가 없었다.

그렇게 2년 내내 김준하를 주시하다 보니 어느새 그는 준하에게 퍽 많은 관심을 갖게 되었다. 연수원 졸업 후 판검사 임용을 포기하고 녀석이 선앤진 로펌에 들어갔을 때는 오히려 그저 되는대로, 흘러가는 대로 갈 거 같던 녀석이 의외의 선택을 했다고 놀랐다. 그러나 나중에 선앤진의 김선국 대표가 그의 아버지란 소리를 듣고는 역시 그다운 선택이라며 혀를 끌끌 차기도 했다.

그런데 그가 여태껏 보아왔던 중에 지금의 김준하는 가장 낯설었고 정말로 의외의 모습이었다. 얼굴이 빨갛게 된 여자가 인상을 찌푸리며 항의하자 마지못해 소중하게 안고 있던 여자를 품에서 놓아주면서도 김준하는 전혀 미안해하는 표정은 아니었다. 여자를 자기 옆, 길 안쪽에 서게 하고는 그제야 안심이 되는지 씩 웃는 얼굴을 보면서 임동석은 처음으로 그에게서 생생한 활력을 느낀다고 생각했다.

화가 안 풀리는지 얼굴이 빨갛게 돼버린 여자에게 준하가 무어라 계속 말을 건네며 웃었다.

"하하, 미안."

애써 소리를 죽인 게 분명한 여자의 말소리는 하나도 들리지 않았고, 준하의 웃음소리는 선명했다. 말로는 미안하다면서 녀석의 표정은 하나도 미안함이 담겨 있지 않았다. 오히려 몹시도 즐겁게 보일 정도였다. 저토록 환하게, 기쁘게, 저리도 다정하게 웃는 김준하는 본 적도, 상상해 본 적도 없어서 처음 보는 김준하의 가식 없는 미소에 동석은 어쩐지 충격을 받은 것처럼 멍한 기분이었다.

여자가 있어서 저런가 생각하니 어이가 없었다. 그 어떤 것에도 열심이지 않던 녀석이 의외로 여자 앞에서는 생기 넘치는, 그런 녀석이었던가 싶으니 어째 허탈하고 괘씸하기도 했다.

그러고 보니 연수원 시절에도 인물 반반하고 허우대 멀쩡한 녀석에게 반한 여자 동기들도 더러 있었고, 심지어는 연수원 졸업 기념 앨범을 보고는 동석에게 준하를 소개시켜 달라는 사람까지 있을 정도로 김준하는 꽤 여자들이 좋아하는 스타일이었지만, 정작 그가 연애를 한다는 소리는 들은 적이 없었다. 하긴 김준하라면 연애도 절대 소리 소문 없이 티 안 나게 했을 것이다. 그러나 임동석이 아는 한 그가 연수원 시절에 여자를 만난다는 낌새는 전혀 없었다.

어떤 여자인가 좀 더 자세히 보니 짧은 단발머리에 유난히 낯빛이 하얀 그저 평범한 여자였다. 유별나게 예쁜 것도 아니고, 눈이 확 뜨일 정도로 몸매가 좋은 것도 아닌 그런 여자. 그렇다고 첫눈에 사람을 끌어당기는 그런 매력이 있는지도 동석은 알 수가 없었다. 대체 저 여자의 무엇이 김준하에게서 저런 표정을 이끌어낸 것인지 궁금해서 참을 수가 없었다. 그러니 직접 가서 확인해 보는 수밖에.

그래서 그는 혀를 끌끌 차면서 밖으로 나갔다.

"어이, 김준하!"

동석이 문을 열고 성큼 나가서 큰소리로 부르자 그때까지도 자기 옆의 여자를 보느라 정신없던 준하가 그제야 천천히 고개를 들었다. 아, 또 저 표정. 반가운 건지, 싫은 건지 도무지 알 수 없는 뜨뜻미지근하지만 무어라 흠잡을 데 없는 그의 미소를 보면서 동석은 입꼬리 하나를 삐딱하게 끌어 올리며 그에게로 걸어갔다.

"김준하, 잘살고 있냐?"

"임 판사님도 잘 지내십니까?"

빈틈없는 미소를 지으며 의례적인 인사를 건네는 준하를 보고 있자니 동석은 천하에 뭣 하나 관심 없고, 의욕 없던 김준하에게서 열의란 걸 끌어낸 저 여자가 더더욱 참 대단해 보였다. 형식적으로 악수를 하고 손을 놓으면서 동석은 한 손을 바지 주머니에

찔러 넣고 비뚜름한 시선으로 준하를 쳐다봤다.

"어째 여기까지 와서 연락 한 번도 안 하나? 다른 녀석들은 차 타고 지나만 가도 연락하기 바쁜데."

"변호사와 판사가 사사롭게 연락하는 건 많은 오해를 불러일으킬 수 있으니 지양해야 할 행동 아닙니까."

"그래서 안부 인사도 한 번 안 했다?"

"명절 때 문자는 보냈습니다만."

명백하게 주소록에 있는 사람들 전체를 선택해서 성의 없게 보낸 게 분명한 단체 문자를 들먹이는 김준하의 얼굴을 보자니 동석은 갑자기 배알이 뒤틀렸다. 그래서 준하의 옆에 서서 얼굴을 굳히고 있는 여자를 향해 눈짓을 하며 물었다.

"누구시냐?"

"아, 같이 일하는 분입니다."

준하의 말에 여자가 그를 쳐다보지도 않은 채 가볍게 고개를 숙였다. 사람들의 시선이 부담스러운지 아까부터 얼굴이 빨개서는 계속 바닥만 보고 있는 여자. 가까이서 본 모습도 아까 유리문 너머로 본 인상과 별반 다르지 않았다. 하얗고, 자그마하고, 여린 듯 보이지만 반듯한 이마와 살짝 끝이 들린 코가 조금 고집스러워 보였다. 그리고 눈동자가 무척 까맣고 맑은 게 인상적이었다.

그러나 그게 다였다. 저 무덤덤하다 못해 무기력하게만 보이던 김준하가 이토록 빤히 보일 정도로 열렬하게 빠질, 특별한 그 무언가를 가진 것처럼 보이진 않았다. 동석은 그래서 눈앞의 여자가 더 궁금했다.

"그래? 같이 일한다면 선앤진 변호사신가?"

"아닙니다."

"그렇군. 아, 저는 임동석이라고 합니다. 김 변이랑 연수원 동기고 현재 중앙지법에서 판사로 근무하고 있습니다."

여자가 작게 '네.'라고 대답하면서 다시 고개를 숙이곤 입을 다물었다. 동석이 다시 준하를 쳐다봤다. 이 정도면 인사시켜 달라는 의미라는 걸 웬만한 눈치 있는 사람들은 다 알 터였다. 그러나 김준하는 분명히 알면서도 모른 척했다. 오히려 그의 관심에 여자가 불편해하자 준하가 자연스럽게 자신의 어깨로 그녀의 모습을 가려서 그의 시선을 막는 걸 보면서 동석은 속으로 '오호, 요것 봐라.' 하는 심정이 되었다.

"식사하시고 나오시는 모양입니다. 저희는 그럼 이만 들어가 보겠습니다."

준하가 여자의 팔에 살짝 손을 대면서 말했다. 명백하게 '당신하고 이제 더는 할 말 없으니 가보시지.'라는 의미였다. 그러나 5년간의 고시 생활 끝에 간신히 사시에 합격한 임동석은 의지와 끈기 빼면 시체인 사나이였다.

"야, 김준하. 오랜만인데 얘기 좀 더 하자. 너 인마, 동기들 모임에서도 얼굴 보기 힘들고 이렇게 우연이라도 만났으니 회포 좀 풀

자고. 나 오늘 저녁 재판이라 시간 좀 있으니까 너희 식사 나올 때까지만 같이 앉아서 얘기하자. 어때?"

이쯤 하면 웬만해서는 그의 말을 거절할 수 없다는 걸 잘 아는 임동석은 능글능글 웃으며 준하와 그 옆의 여자를 바라봤다. 그런데 그런 그를 평소처럼 무감한 눈길로 바라보던 준하가 딱 잘라서 냉정하게 거절했다.

"안 됩니다."

웬만한 사람이라면 얼굴을 붉힐 정도로 가차 없는 거절이었다.

"자투리 시간 좀 내달라는데 그것마저 싫다는 거냐?"

"나중에 따로 연락드리겠습니다. 오늘은 동행이 있어서 곤란합니다, 임 판사님."

동행이 있는 걸 번연히 알면서도 한 청이었다. 그런데 동행이 있어서 안 된다고 거절하면 동석은 뭐가 되는가. 하지만 그는 준하가 절대 자기 뜻을 받아주지 않으리란 걸 직감했다.

"알았다, 인마."

그러나 그는 순순하게 물러설 위인은 절대 아니었다. 동석은 일부러 준하 옆에 숨듯이 서 있는 여자에게 정중하게 사과하며 자신의 명함을 건넸다.

"제가 결례를 저질렀습니다. 곁에 같이 계신데도 무례하게 동석하겠다고 떼를 썼으니 죄송합니다."

여태껏 한 번도 다른 누구에게 제대로 줘본 적은 없지만 지금

이 순간만큼은 그가 판사가 됐을 때 삼대가 감격할 일이라며 아버지가 자랑스럽게 '판사 임동석'이라고 새겨서 만들어주신 명함을 지갑 속에 넣고 다니길 잘했다고 생각했다.

그러나 그 명함은 여자의 손끝에 닿기도 전에 준하의 손길에 낚아채지고 말았다. 동석은 자신의 명함이 준하의 재킷 주머니 속으로 사라지는 걸 보면서 저 안에서 명백하게 구겨지고 있다는 것 또한 알 수 있었다. 아니면 곧 갈가리 찢겨서 쓰레기통으로 직행하든가.

"그만 가시죠. 점심시간 끝나갑니다, 임 판사님."

게다가 자기와 눈을 마주치며 싱긋 미소 짓고 있지만, 동석은 지금 준하의 말속에 칼이 박혀 있다는 걸 알았다. 눈빛이 매섭기 짝이 없었다. 별거 아닌 일에 바싹 독을 세우는 녀석이 신기하기도 하고, 재미있기도 했다. 그러나 더 지분거렸다가는 정말로 김준하한테 미운 털이 단단히 박힐 거 같아서 동석은 그대로 두 사람에게서 발길을 돌려야만 했다.

"그렇군. 그럼 나중에 전화 좀 해라, 술 한잔하자."

"봐서 그러도록 하죠."

끝까지 그를 밀어내는, 웃고 있지만 그 어느 때보다 차가운 준하의 등을 보면서 동석은 결국 피식 웃음을 터트렸다.

"자식 내가 뭐 어쩐다고 저렇게 날을 세워, 세우길. 쩝."

왠지 쓸쓸한 생각에 푸념을 하던 동석은 저도 모르게 한숨을 내쉬었다.

"제길, 사춘기가 길었어, 임동석."

아, 그도 이제 이 말도 안 되는 오랜 짝사랑을 접어야 할 때인 모양이라고 생각하며 여자친구인 지애에게 전화를 걸었다.

"지애야, 난데. 어제는 내가 정말 잘못했다. 그러니까……."

식사를 하는 내내 은수는 어쩐지 준하의 기분이 좋지 않다고 생각했다. 아침도 걸러서 시장하다던 그는 정작 노릇노릇하게 잘 구운 전어구이에는 손도 대지 않은 채, 밥도 먹는 둥 마는 둥 했다. 좀체 보이지 않던 울적한 분위기 때문에 은수는 결국 그에게 묻고 말았다.

"어디 안 좋아요?"

그러자 고개 들어 그녀를 본 그가 기운 없이 대답했다.

"아니."

"열숲 일 잘 안 돼요?"

"쉽진 않지만, 어떻게든 하고 있어. 걱정 안 해도 돼."

"그런데 왜 그렇게 안 먹어요. 배고프다면서요. 맛없어요?"

"아니. 맛있네. 너도 어서 먹어."

그가 다시 은수를 보며 힘없이 웃었다.

예전에도, 다시 만나게 된 지금도 그는 딱 한 번을 빼고는 그녀 앞에서 이렇게 힘없는 모습을 보여준 적 없었다. 그때의 기억이 아직도 생생한 은수는 저도 모르게 마음이 무거워졌다. 그래서 현우에게 하는 것처럼 젓가락으로 하얗고 기름기 잘잘 흐르는 생선살을 발라서 그의 밥 위에 얹어주며 말했다.

"무슨 일인지 모르지만, 일단 먹어요. 먹고 기운 나야 뭐라도 하죠."

은수가 놓아준 생선살을 보면서 그가 입매를 휘어 올리면서 웃었다. 그러곤 수저 가득 밥을 퍼서 입에 넣고 씹으며 고개를 끄덕였다.

"정말 맛있다."

은수는 계속해서 생선살을 발라주었고, 준하는 부지런히 밥을 먹었다. 곧 밥 한 공기를 다 비워낸 그를 보면서 그녀는 살며시 미소 지었다.

식당을 나와서 인터뷰를 할 마땅한 장소를 찾을 겸 거리를 걸으면서도 은수는 오늘따라 묘하게 가라앉은 준하가 계속 신경 쓰였다. 그러나 두 사람은 나란히 서서 갈색 잎을 매단 나무들이 늘어선 거리를 묵묵히 걸었다. 살갗에 와 닿는 바람이 확실히 차가워졌고, 사람들 옷차림새는 점점 더 길어지고 두꺼워지고 있었다. 그래도 햇살은 여전히 따스해서 가만히 눈을 감고 볕을 쬐고 싶을 만큼 기분이 좋았다.

두 사람은 한 카페의 테라스에 자리를 잡았다. 가을볕이 좋은데도 카페 뒤편의 작은 정원으로 난 테라스에는 손님이 아무도 없었다. 은수와 준하뿐. 그래서 인터뷰하고 녹음하기에 더없이 좋은 곳이었다. 각각 커피와 허브차를 시켜놓고 이야기를 시작하려 은수는 녹음기를 꺼내 들었다. 그러나 준하의 안색이 여전히 어두운 것이 마음에 걸렸다.

"혹시……."

은수가 입을 떼자 멍하니 거리 어딘가를 바라보던 준하가 그녀에게 시선을 주었다.

"어디 아픈 거 아니에요?"

"괜찮아. 보시다시피 멀쩡해."

그때 종업원이 다가 와서 그들 앞에 작은 접시를 내려놓았다. 촉촉하고 밝은 노란빛의 쿠키가 담긴 접시였다.

"레몬쿠키입니다. 저희 가게에서 요즘 개발한 새 상품인데 한번 드셔보시고 품평 좀 해주세요."

"네, 감사합니다."

종업원이 가고 나자 준하가 은수를 지그시 바라보며 물었다.

"왜, 내가 걱정돼?"

"아뇨, 그런 건 아니지만, 오늘 좀 이상해서요."

"아, 그랬나?"

밝고 긍정적인 사람이라고 늘 웃을 수만은 없다는 걸 잘 안다. 하지만 은수는 준하의 변화가 신경 쓰였고 도저히 모른 척할 수가 없었다. 얼마 후면 미국으로 떠나느라 한국의 일을 정리하는 것만으로도 바쁠 텐데 서울과 안동을 오가면서 사건을 처리하고 있었다. 인터뷰 건만 아니라면, 아니, 은수의 처지 때문에 배려해 주기 위해서가 아니라면 그대로 한동안 안동에 머물면서 일을 처리해도 될 것을 그는 아이를 두고 오래 집을 떠나 있을 수 없는 그녀를 위해서 일주일에 서너 번 서울과 안동을 오갔다. 게다가 틈틈이 시간을 쪼개서 책을 위해 이렇게 인터뷰까지 하고 있으니 아무리 건장한 성인 남자라도 힘에 부칠 것이다.

오늘따라 유독 피곤해 보이는 준하의 안색을 살피면서 은수는 미안하기만 했다.

"많이 피곤하죠?"

"아니."

준하가 다시 가볍게 웃으며 대꾸했다.

"어제도 안동 갔다가 밤에 올라온 거죠?"

"응. 그래도 이번엔 소기의 성과가 있었어. 서류에 기재된 계좌가 이상한 점을 발견했거든."

"잘된 거죠?"

"그렇지. 그 매매 문서가 허위로 작성됐다는 결정적 증거 중의 하나가 될 수 있으니까."

준하의 말에 은수는 진심으로 기뻤다. 그가 옛 은사를 위해 힘들게 애쓰고 있는 만큼 성과가 있기를 바라고 있었고, 그 계약 때문에 돌아가시는 순간까지도 편안히 눈감지 못했던 선친을 떠올리며 마음고생하는 강성만 교수를 위해서라도 어서 일이 제대로 풀리기를 바랐다.

"그럼 안동엔 또 언제 가요?"

"일단은 내일 아침에 갔다가 저녁에 다시 올까 싶어."

무리한 강행군이다. 서울에서 안동 송산리까지는 편도로 3시간 정도 걸리는 거리였다. 그러나 하루에 왕복을 하자면 적어도 6시간 이상이 걸린다. 게다가 준하는 그 먼 거리를 직접 운전해서 일주일에 서너 번씩 오가고 있었다. 그런데 어제 갔다 왔는데 내일 또 가다니 몸이 남아날 리 없었다.

"우리 인터뷰 때문이면 그러지 말고 이번 금요일에 같이 내려가요. 특별히 급한 일이 있는 게 아니라면요."

뜻밖의 말에 준하가 그녀를 빤히 쳐다보며 물었다.

"그래도 되겠어? 이번 주말에는 상은이가 현우 봐줄 수 있는 거야?"

처음 한 주는 상은이가 아르바이트 시간을 바꿔서 현우를 돌봐주었지만, 그다음에는 그러기가 어려웠다. 그래서 은수는 안동까지 동행할 수 없었다. 그걸 아는 준하가 걱정스럽게 물어오자 은수는 천천히 고개를 끄덕였다.

"그럴 거 같아요. 그러니까 인터뷰 일정 때문에 그렇게 무리해서 가는 거라면 그냥 금요일이나 주말에 함께 움직여요."

"내가 그렇게 안 좋아 보여?"

준하가 은수를 빤히 보며 물었다.

"많이 지쳐 보여요. 피곤해 보이고."

은수가 걱정스러운 얼굴로 말하자, 갑자기 준하가 한숨을 내쉬더니 고개를 푹 숙였다가 일으켰다.

"아, 이거 어쩐지 창피한걸."

커다란 손으로 자기 얼굴을 쓱 훔쳐내며 마른세수하는 준하를 보면서 그녀는 어찌 된 영문인지 몰라 어리둥절했다.

"음……. 내가 오늘 안 좋아 보인 건 사실 피곤해서가 아니라 다른 이유 때문이야."

대체 무슨 소리인 걸까.

"아까 식당 앞에서…… 만난 내 연수원 동기 있지? 그 형이 자꾸 너한테 관심을 보이고 쳐다보잖아. 인사 못해서 안달내고, 명함까지 주고. 그래서…… 화가 났어."

멋쩍은 듯 대답하는 준하를 보면서 은수는 아무런 말도 하지 못했다. 지금 질투를 했다는 건가? 그 남자한테? 하지만 그 남자의 태도 어디에서도 그녀에게 관심을 보이며 접근한다는 기색은 보이지 않았다. 그런데도 준하는 그저 그녀에게 인사하고 명함 한 장 건넨 것만으로도 질투를 느낀 것이다.

순간 은수는 가슴이 먹먹해졌다.

아, 이 남자를 어떻게 하면 좋을까. 정말로 어쩌면 좋을까.

"너무 유치해서 할 말을 잃은 거야?"

자기 자신도 민망한지 자기 몫의 커피를 마시면서도 그는 아까 생각에 분이 안 풀리는지 아직도 눈매가 날카로웠다.

"그 인간이 하여간 예전부터 보면 의외로 행동파거든. 생긴 건 굼뜨게 생겨서. 어디서 예쁜 여잔 알아보고 판사씩이나 되는 양반이 길거리에서 그렇게 들이대는지. 나 원 참. 기가 막혀서."

이를 바드득 갈면서 말하는 준하를 보자 문득 예전 기억 한 토막이 떠올랐다.

"처음 봤을 때도 예뻤고, 보면서 점점 더 예뻐졌고, 지금은 정말로 한시도 안 보면 미쳐 버릴 만큼 너 예뻐. 다른 놈들이 너 쳐다만 봐도 화나고, 아까처럼 너한테 집적대고 들이대는 놈들이 많아질까 봐 겁날 만큼 너 예뻐, 김은수."

정말로 기가 막힌 것은 김준하였다. 어쩜 이렇게 하나도 변하지 않았을까, 이다지도 미련할까. 누가 봐도 정말로 평범하고 예쁠 것 하나 없는 자신을 그는 어째서 지금도 이렇게 한결같이 어여쁘다 말할 수 있는 것일까. 문득 가슴이 욱신거리는 것처럼 아파왔다.

"……정말 바보 같아."

"뭐?"

그녀의 말을 듣고 아마 임동석에 관한 말인 줄 지레짐작한 준하는 모처럼 얼굴에 화색이 돌면서 고개를 크게 끄덕였다.

"그렇지? 그 형이 좀 그렇긴 해. 그렇게 무턱대고 들이댄다고 네가 눈이나 하나 깜빡할 줄 알고. 하여간 판사 영감님 자중 좀 하셔야 해."

기분이 좋은지 아까만 해도 꼬박꼬박 임 판사님이라 부르며 딱딱하게 굴던 준하는 어느새 형이라고 부르며 싱글싱글 웃었다. 그런 준하를 보며 은수가 피식 실소를 터트렸다. 세월이 흐른 만큼 변한 것 같으면서도 사실은 하나도 변하지 않은 그 때문에 은수는 어이가 없어 웃음이 났다.

"그분 말고 그쪽이요."

그녀의 말에 준하가 이맛살을 찌푸리고 말았다.

"내가 왜?"

"어딜 봐서 그분이 저한테 관심이 있다는 거예요? 그냥 예의상 인사하는 거였지."

"하, 이래서 김은수 네가 순진하다는 거야. 세상에 어떤 남자도 관심 없는 여자한테 그렇게 집적대고 들이대진 않거든. 더더군다나 널 몇 번이나 봤다고. 처음 본 거잖아. 그런데도 끈질기게 너랑 인사하려고 애쓰는 거 못 봤어?"

자기 말이 맞다는 걸 입증이라도 하듯이 자못 심각하게 강변하는 준하를 보면서 은수는 그예 웃고 말았다. 그러자 그가 눈을 가느스름하게 뜨고 그녀에게 물었다.

"왜 웃는데?"

"김준하 씨 때문에요."

은수는 손으로 입을 가린 채 작게 웃고 있었다. 그러나 눈꼬리에는 어느새 너무 웃은 탓에 눈물이 맺혔다.

"김준하 씨 정말 웃겨요. 정말로 어처구니가 없네요. 착각도 그 정도면 중증인 거 알아요?"

"하, 절대 착각 아니거든. 그 양반이 너한테 관심 있는 거 맞대두!"

"이런 아줌마 관심 갖고 쳐다볼 남자가 어디에 있다고 이래요."

"은수 너 또 모르는 소리 한다."

"김준하 씨, 그만해요, 좀."

민망함에 은수는 얼굴을 붉히며 소리쳤고, 결국 두 사람은 서로를 마주 보며 피식, 웃고 말았다. 은수는 민망함을 덜기 위해 앞에 놓인 접시에 손을 뻗어 진저브레드맨 모양의 쿠키 하나를 들어서 입에 넣었다. 준하도 트리 모양의 쿠키를 집어 들었다. 한입 깨물자 레몬의 상큼함과 촉촉한 단맛이 입안에 퍼졌다. 여느 것처럼 너무 시지도 않고 알맞게 새콤한 것이 입에 착 달라붙었다. 그리고 혀끝에 은은하게 감도는 이 감칠맛은……. 아몬드였다!

그 순간 은수의 눈이 화등잔만 하게 커지면서 막 쿠키를 한입 베어 물고 있는 준하를 향해 소리쳤다.

"김준하 씨, 안 돼요! 먹지 마! 아몬드 들었어요!"

그 말에 놀란 준하가 얼른 입에 든 쿠키를 뱉어냈지만, 이미 일부가 그의 목으로 넘어간 상태였다. 단숨에 얼굴이 새빨갛게 달아오르고 기도가 부었는지 컥컥 숨을 몰아쉬었다.

"숨 못 쉬겠어요? 그래요?"

준하는 고통스러운지 대답도 못하고 얼굴은 물론 눈동자까지 뻘겋게 충혈 되어서는 한 손을 목에 갖다 대고는 힘겹게 숨을 토해냈다. 억지로 숨을 내쉬기 위해 애쓰는 모습이 보는 사람마저 고통스러울 지경이었다.

"병, 병원에 가야 하는데."

고통스러워하는 준하를 보면서 처음엔 놀라서 어쩔 줄 몰라 하던 은수는 곧 애써 침착을 되찾고는 가방에서 휴대전화를 꺼내 들었다. 빨리 응급실에 가야 했다. 화면을 터치하는 그녀의 손은 부들부들 떨리고 있었다. 그러나 억지로 입술을 깨물며 평정을 유지하려 애썼다.

"119 부를게요. 잠깐만 기다려요."

"은, 은수야……."

"말하지 말아요! 지금 힘들잖아……."

"됐어……."

"되긴 뭐가 돼요. 얼른 병원 가서 호흡 가라앉히고 약물치료 해야 되니까 잠깐만 기다려요."

"……좋아지고 있어. 전화하지 마."

"좋아지긴! 전에도 이러다가 큰일 날 뻔했잖아요!"

결국 은수가 버럭 소리를 지르고 말았다.

갓 스무 살의 봄, 그녀는 생전 처음으로 막 본격적인 연애를 시작했고 그래서 연애를 하면 생전 하지 않던 유치한 짓이 하고 싶어진다는 걸 그때까지 잘 몰랐다. 나중에야 그녀 자신도 자기 안에도 이런 면이 있었나 싶을 정도로 과감하고 민망한 짓들도 많이 했지만, 절대로 처음에는 그렇지 않았다.

연인들의 날이라는 2월의 발렌타인 데이 때는 민망하기도 하고, 과자 회사의 쓸데없는 상술에 놀아나고 싶지 않다는 생각에 은수는 준하에게 아무런 것도 선물하지 않았다. 그렇지만 같은 고등학교에 다녔던 다른 여학생 몇이 그에게 초콜릿을 선물한 걸 보고는 가슴이 이상하게 욱신거렸다. 처음에는 그냥 버리려던 준하는 은수가 왜 버리느냐고 따져 묻자 그녀더러 상은이 갖다주라면서 그 초콜릿을 그녀에게 떠넘겼다. 그걸 받아 들고 터덜터덜 집으로 걸어오는데 이상하게도 너무 비참해서 견딜 수가 없었다. 울컥 눈물도 날 것 같았다.

뭐가 비참하냐고 물으면 특별히 대답할 말은 없었다. 자기가 주기 싫어서 남자친구에게 초콜릿 안 줘놓고 다른 여자들이 선물한 걸 보니 화가 났다고 말하기도 민망했다. 아무튼 그때 일이 내내 마음에 걸렸던 은수는 3월의 화이트 데이에 선물을 준비했다. 그날이 되자 두 사람은 약속을 정하고 데이트를 했다. 초콜릿도 받은 적 없으면서 준하는 그녀에게 작고 하얀 꽃다발을 건네주었고, 은수는 자기가 직접 만든 초콜릿을 내밀었다.

뭐든지 아기자기한 것을 만들기 좋아하는 동생 상은이까지 합세해서 만든 아몬드 초콜릿이었다. 그걸 받아 든 준하는 몹시 기뻐했다. 긴장과 수줍음으로 얼굴을 빨갛게 물들이고 있는 은수 앞에서 하나를 꺼내서 입에 넣었다. 그러곤 곧 호흡 곤란으로 쓰러지고 말았다. 그는 아몬드 알레르기가 있었던 것이다.

나중에 왜 그런 멍청한 짓을 했냐며 울며 화내는 은수에게 준하는 이렇게 말했다.

"다른 누구도 아니고 천하의 김은수가 나를 위해 만들어준 거잖아. 그건 네 마음이니까 꼭 먹고 싶었어. 씹지 않고 그대로 삼켜 버리면 될 줄 알았는데. 미안."

준하는 얼굴이 새하얗게 질려서 떨고 있는 은수에게 힘겹게 말했다.

"과자…… 깨물기만 하고 삼키진 않았어."

"정말이에요?"

"……응."

정말 그의 말처럼 삼키진 않았는지 그는 곧 안정을 찾았고, 은수도 놀란 가슴을 겨우 진정시킬 수 있었다. 숨을 고르면서 천천히 물 한 모금을 마시던 준하가 문득 그때 일이 생각나는지 그녀를 보며 말했다.

"김은수 정말 침착하게 대처하는구나, 너 예전엔 너무 놀라서 울었잖아."

준하가 가볍게 놀리듯 말했지만, 은수는 그를 가만히 쳐다보기만 했다. 그렇지 않아도 준하가 서서히 제대로 안색이 돌아오고 숨도 수월하게 쉬는 모습을 보니 다행이다 싶어서 겨우 떨리는 가슴이 가라앉으면서 저도 모르게 코끝이 시큰하던 참이었다.

전에는 갑자기 쓰러져서 숨도 못 쉬고 괴로워하는 준하를 보면서 바보 멍청이처럼 그저 엉엉 울기만 했었다. 누군가가 부른 응급차가 달려오고 구급대원들이 응급조치를 하는 동안 그 옆에서 은수는 준하가 잘못될지도 모른다는 생각에 한없이 무서워서 계속계속 울기만 했었다. 잔뜩 부어오른 얼굴에 산소마스크를 쓰고 구조대 들것에 실려 가면서도 준하는 그녀에게 손을 내밀고는 '괜찮아, 울지 마.' 라고 속삭였다.

하지만 그녀는 더 크고 섧게 울었고, 그 후로도 그때 죽을 것 같던 준하의 모습이 떠오를 때면 가슴이 아파서 그녀는 한참을 목놓아 울곤 했다. 지금도 다시 그녀 앞에서 쓰러지는 준하를 보면서 은수는 또다시 심장을 후벼 파는 공포와 두려움에 눈물이 터질 것 같았다.

"아줌마잖아요."

그러나 목구멍까지 치밀어 오르는 울음을 간신히 내리누르며 애써 담담하게 말했다.

"아이 키우다 보면 별일 다 겪어요."

마음의 동요를 들키지 않으려 그녀의 어조는 더 건조하고 차가웠다. 그러나 그녀의 말끝에는 투명한 울음이 묻어났고, 눈물을 흘리지 않기 위해 애써 힘을 주고 있는 눈가는 불그스름하게 젖어들었다.

"놀라게 해서 미안해."

준하가 은수를 보며 나지막한 목소리로 속삭였다. 아직 부은 기도가 덜 가라앉았는지 탁하게 울려 나오는 목소리가 그녀의 마음을 더 아프게 했다.

"그쪽이 왜 사과해요. 그쪽 잘못 아니잖아. 내가 먼저 먹었는데도 몰랐어. 얼른 말해줬어야 했는데, 내가 몰라서……."

그 순간 준하의 입술의 그녀의 입술을 덮었다. 부드러운 살결이 서로를 느끼는 순간, 은수는 숨을 삼키고 말았다. 서로의 온기가 고스란히 전해지는 그 따뜻한 입맞춤은 몹시 다정했다. 놀라서 눈을 동그랗게 뜨고 있던 은수는 저도 모르게 살며시 눈을 감았다.

지금 이 순간 그녀는 그저 한 명의 여자였다. 오랫동안 잊고 있었다. 그녀가 여자라는 걸, 그리고 이런 특별한 느낌이 있다는 걸. 지난 시간 동안 다 말라 죽어버린 줄 알았던 감정이 가슴속에서 다시 일렁이는 것이 느껴질 만큼 설레고, 가슴 떨리는 키스였다.

"은수야, 난……."

겹쳤던 입술을 떼면서 준하가 지독하게 가라앉은 목소리로 낮게 읊조렸다.

"정말 죽을 거 같았어."

❖

"레몬쿠키 어떠셨어요?"

친절하게 웃는 종업원에게 은수가 조심스럽게 물었다.

"혹시 쿠키 안에 아몬드가 들어갔나요? 겉으로 봤을 땐 보이질 않아서요."

"아, 네. 그건 저희 가게만의 조리 비법인데요. 반죽할 때 레몬의 신맛을 좀 중화시키기 위해서 아몬드 가루를 몇 스푼 넣어요. 그러면 너무 시지 않고 특유의 향미가 은은하게 감돌아서 어른들 입맛에도 딱이죠. 어떻게 마음에 드셨나요?"

"네, 정말 맛있네요. 그런데요. 이런 말씀 불쾌하게 듣지 마시고 들어주세요. 아시겠지만 요즘은 각종 알레르기를 겪는 사람들이 많잖아요. 견과류나 특히 아몬드에도 그런 알레르기를 일으키는 사람들이 있거든요. 가급적이면 그 쿠키를 파실 때 아몬드 가루가 들어갔다고 설명을 해주시거나 메뉴에 간단하게 적어두시면 좋을 거 같아요."

"어머나, 저희는 그런 생각은 못했네요. 혹시 아몬드 알레르기 있으세요?"

놀란 종업원이 다급하게 묻자 은수는 손을 내저었다.

"아뇨, 제가 아니라 제 지인이 그래서요. 아무튼 그렇게 해주시면 참 좋을 거 같아서 실례인 줄 알면서도 말씀드렸어요."

"아유, 실례는요. 저희가 미처 생각하지 못한 부분 알려주셔서 감사합니다. 메뉴에 적을 때 꼭 신경 쓸게요."

"네, 그렇게 해주시면 정말 감사하죠."

"안녕히 가세요."

"네, 그럼."

은수는 예전부터 이렇게 아몬드가 들어갔지만 겉으로 봐서는 알 수 없는 음식들이 있는 곳을 알게 되면 그곳에 가서 혹시 모를 아몬드 알레르기 환자들을 위해서 아몬드가 들어 있다는 걸 표시해 달라고 부탁하곤 했다. 그건 그녀의 오랜 버릇 같은 거였다. 누군가가 알레르기로 고통스러워하는 걸 알게 된 후로, 혹시 그가 불시에 일을 당하지 않길 바라는 마음에서 그녀가 할 수 있는 최선을 다한 것이다.

그리고 그녀가 그렇게 종업원과 이야기 나누는 것을 준하는 카페 문 앞에 서서 물끄러미 바라보고 있었다. 카페 앞 화단에 심어져 있는 은수를 닮아 소박하고 예쁜 하얀색 마가렛이 가을바람에 한들거렸다.

18

열숲.

점심을 먹은 후 산책을 겸해서 인터뷰를 하기 위해 은수와 준하는 그곳을 찾았다. 동야고택으로부터 걸어서 2, 30분 정도 걸리는 거리였으나 고즈넉하고 인적이 드물어서 무척 아름다운 곳이었다. 은수는 이렇게 아름다운 곳이 사람들의 욕심과 이전투구에 희생된다는 생각을 지울 수가 없었다. 재판이 어떻게 마무리되든 곧이 숲은 파헤쳐지고, 나무가 베어지고, 땅이 깎이고. 그렇게 개발이란 미명하에 파괴될 것이 분명하기 때문이었다.

그래서일까. 열숲은 유난히 더 아름다웠다.

가을의 숲은 아름답고 다채로운 색으로 물들어 있었다. 갈색,

노란색, 붉은색, 황금색과 구릿빛 그리고 여전히 선명한 초록이 어우러져 눈을 두는 곳마다 눈부시게 부서지는 가을 햇살이 마치 대성당의 스테인드 그라스를 투과하는 것처럼 다채롭게 빛났다. 은수가 걸을 때마다 바스락바스락 낙엽 밟히는 소리가 귓가에 생생했다. 그녀보다 한 발 앞서 걸어가는 준하의 머리와 등 위로 내려앉는 가을 햇빛이 마치 투명한 황금의 막처럼 그를 감싸고 있었다.

문득 준하가 걸음을 멈추고 고개를 돌리더니 그녀와 눈을 마주쳤다. 언제나처럼 은은한 미소가 담긴 검은 눈동자가 그녀의 얼굴을 찬찬히 살폈다. 그러더니 준하가 은수를 향해 천천히 손 하나를 내밀었다.

당황한 은수가 저도 모르게 아랫입술을 꼭 깨물고 물끄러미 바라보기만 하자, 그가 한쪽 눈썹을 치켜 올리며 은근하게 채근했다.

"이제 내 손 좀 잡아주시죠, 김은수 씨."

그녀의 눈빛에 드러난 망설임을 다 안다는 듯, 그녀 안에 있는 불안과 머뭇거림 또한 모두 안다는 듯, 그러나 상관없다는 듯 준하는 환한 미소를 지으며 그녀를 마주했다.

"함께 가고 싶으니까 손잡아, 김은수."

그러나 은수는 선뜻 그 손을 잡을 수가 없었다. 그 손을 잡는다면 다시 놓는 것은 예전보다 더 힘들 것이고, 그 손을 잡고 가는 길은 예전과는 비교도 할 수 없을 정도로 거칠고 척박할 터였다. 그러나 힘든 것이, 아픈 것이 두려운 건 아니었다.

다만, 그녀가 저 손을 잡는 것이 과연 옳은 것인지 판단할 수가 없었다. 그는 그녀의 이혼도, 아이도 다 괜찮다고, 상관없다고 했다.

그러나 그저 서로 좋아하는 마음 하나만으로도 세상 끝까지 갈 수 있었던 스무 살 시절과 지금은 엄연히 달랐다. 그녀는 김은수라는 여자이기 이전에 한 아이의 엄마였다. 여전히 그를 보며 마음 설레고 심장 떨린다 해도 쉽사리 저 손을 잡을 수가 없었다. 햇살을 등지고 서 있어서 준하의 얼굴이 잘 보이질 않았다.

그때였다. 갑자기 준하가 홱 몸을 돌려 성큼 그녀 앞으로 다가왔다. 그리고 그녀의 손을 단번에 덥석 잡았다. 그녀의 바로 눈앞에 준하가 얼굴을 바짝 들이밀며 말했다.

"이렇게 잡으면 되잖아."

그 순간, 은수의 가슴 저 깊은 곳에서 무언가 뜨뜻한 것이 치밀어 올랐다. 그래, 이렇게 잡으면 되는 손이다. 너무도 간절히 잡고 싶었던 손. 마음속에서 간사한 생각이 솟아나서 은수에게 속삭였다.

이제 어차피 준하가 미국으로 가기까지 남은 시간은 한 달 정도였다. 그렇다면 그 시간만이라도 다른 건 모르는 척, 아무것도 알지 못하는 척하면서 그저 이 손을 이렇게 잡고 있어도 되지 않을까? 단 한 달이라면?

"은수야, 난 이제 절대로 이 손 안 놔."

마치 그녀의 마음속을 들여다도 본 듯이 뜨거운 눈길로 준하가 그녀를 응시하며 말했다. 마주 보는 은수의 눈빛은 자디잘게 흔들렸다. 더는 뒤로 물러설 곳도, 핑계대고 도망갈 곳도 없다.

"알아……."

흘러나오는 그녀의 대답을 듣는 준하의 눈빛이 일순 짙어졌다.

"나도 이 손 안 놓고 싶어."

그 순간 준하가 그녀를 와락 끌어안았다. 마치 온몸이 그에게 에워싸진 것처럼 삽시간에 은수는 준하의 품 안에 들어가 있었다. 숨이 막힐 만큼 꽉 끌어안으며 그가 절박한 목소리로 말했다.

"그럼 놓지 마."

"그래도…… 될까?"

은수는 그의 어깨에 얼굴을 묻으며 울먹였다.

"당연하지. 절대 내 손 놓지 말고 꽉 잡아. 난 너 절대로 안 놔줄 거니까."

"……응."

그녀의 목덜미에 준하의 뜨겁고 습한 숨결이 느껴졌다. 쿵쿵 누구의 것인지 알 수 없는 커다란 심장고동 소리가 들려왔다. 맞닿은 가슴과 가슴 너머로 전해지는 그 소리는 두 개의 심장이 원래부터 하나였던 것처럼 뛰는 듯했다. 온몸으로 전해지는 준하의 체온과 그의 체취, 그리고 그의 마음이 온전하게 은수에게로 흘러들어와 가득 차고 넘쳤다.

이 남자를 사랑하는 걸 이제 더는 막을 수 없다. 단 한 달의 유예를 둔 사랑이지만 은수는 그 시간 동안 지난 6년간 전하지 못했던 자신의 사랑을 그에게 주리라 생각했다.

후회 없이, 남김없이 그를 사랑하고, 그녀의 모든 사랑을 준하에게 주고 싶었다. 그러면 다시 그와 헤어지고 영영 다시 볼 수 없게 된다 하더라도 그를 사랑했던 그 기억만으로도 평생을 살 수 있으리라. 그래서 다시 헤어지는 슬픔과 상처를 안게 되더라도 그녀는 이 순간 이 남자를 사랑하는 걸 택하기로 했다.

단 한 달, 그녀에게 주어진 그를 사랑할 수 있는 시간에.

"아, 여기에 일하러 온 게 아니라 너랑 여행 온 거였으면 참 좋겠다."

안동에 내려온 이튿날 아침 식사를 마치고 사랑채 쪽마루에 걸터앉아서 두 사람은 인터뷰를 진행했다. 준하는 오후에 열숲 매매계약과 관련된 다른 증인을 만나러 가기로 돼 있었다. 고추잠자리가 날아다니는 하늘은 눈이 시리도록 푸르고, 마당가의 감나무에서는 어느덧 붉은 감이 수줍게 익어가고 있었다.

달칵, 녹음기의 정지 버튼을 누르면서 은수가 살풋 인상을 썼다.

"김준하 씨 인터뷰에 집중 좀 해주시죠."

그러자 준하가 고개를 돌려 그녀를 보더니 바짝 그녀 옆으로 다가왔다. 그렇지 않아도 좁은 쪽마루에 나란히 앉아 있던 터라 은수는 누구라도 지나가다 그들을 보면 어쩌나 마음을 졸였지만, 준하는 강성만 교수 외에는 사람 없는 집이라면서 개의치 않았다. 그래도 은수는 조심스럽기만 했다. 그의 손을 잡기로 했지만 그녀는 아직 이 상황이 몹시 낯설기만 했다. 6년, 아니, 9년 만에 다시 누군가를 마음에 담고 만난다는 것이.

준하가 자연스럽게 그녀의 손을 잡고 손가락 사이로 자기의 손가락을 밀어 넣어 깍지를 끼면서 말했다. 손바닥으로 서로의 체온이 전해졌다. 저도 모르게 은수의 얼굴에 미소가 피어올랐다.

"우리 내일 서울 올라가기 전에 하회마을 들렀다 가지 않을래? 안동에 여러 번 내려왔는데도 정작 거기는 한 번도 못 가봤거든. 잠시라도 들렀다 가자."

"여기서 가까워?"

"차로 이동하면 2, 30분쯤이면 갈 수 있다더라. 안동탈춤 공연도 한다고는 하는데 그러면 너무 늦어지니까, 그냥 하회마을만 보고 가자. 현우, 주말에 엄마랑 떨어져 있어야 해서 섭섭해하지 않아?"

준하의 입에서 자연스럽게 현우의 이름이 흘러나왔다. 그는 매번 이렇게 현우를 언급했고, 그녀와 대화를 하면서 현우에 대해 이것저것 묻기도 했다. 그녀의 생활에서 가장 중요한 부분이 현우이고, 이제 김은수는 그녀 하나가 아니라 아들인 현우까지 포함된 존재라는 걸 잘 안다는 듯 그는 그렇게 현우를 대했다.

"조금. 그렇지만 상은이가 새로운 게임을 구해온다는 말에 얼마나 눈빛을 빛냈는지 너도 봤다면 걔가 엄마 없다고 과연 서운해할까 싶을걸."

은수는 아들의 작고 까만 눈동자를 떠올리며 저도 모르게 미소 지었다.

"너 많이 닮았어."

"응?"

"현우. 몇 번 못 봤지만 신기하게 보는 순간 아, 김은수 아들이구나 바로 알겠더라. 나중에 너 어렸을 때 사진 좀 보여줘 봐. 아마 현우랑 똑같을 거 같다."

은수는 천천히 고개를 끄덕였다.

현우는 정말로 그녀를 많이 닮았다. 아이가 태어나마자 얼굴을 확인한 전남편과 그의 아버지는 '에구 외탁을 했구만, 쯧.' 하고 혀를 찰 정도였으니까. 정말로 신기했다. 갓 태어난 아기 때는 물론 자라면서 현우는 점점 더 많은 부분을 제 엄마와 닮아갔다. 머루처럼 까맣고 둥근 눈동자가 그랬고, 남자아이치고는 너무 수선스럽지 않고 수긋한 성품이 그러했다. 책 읽기를 좋아하고, 생각이 많은 것도 그녀와 닮은 듯했다.

그래서 은수는 아이가 더 사랑스러웠다. 하지만 아이는 점점 자라면서 자기만의 고유한 개성이 생겨나기 시작했다. 제 엄마도, 전남편도 전혀 닮지 않은 부분들이 점점 많아지고 있었다. 그게 아이가 커가는 거구나 싶어서 대견하기도 하고, 마치 그녀의 작은 판박이 같던 모습이 조금씩 사라지는 게 조금 아쉽기도 했다. 그리고 그녀의 마음 깊은 곳 어딘가에서는 그녀도 모르는 무언가가 조금씩 흘러나왔다. 그러나 그녀로서는 정말로 알 수가 없었다.

"참, 현우 낚시 좋아해?"

"낚시?"

"안동 오가다 보니까 낚시터가 더러 보이는데, 보면 어린 꼬마들이 꽤 많더라고. 물어보니까 어린애들이 낚시 좋아한다고 하더라. 그래서 보면서 현우도 하면 좋아할까 싶더라고."

은수는 순간 마음이 뭉클했다. 현우를 생각해 주는 준하의 마음이 너무 고맙고, 기쁘다. 그러나 그녀가 준하의 손을 잡고 있는 것은 단 한 달이었다. 그리고 그 후에 그는 미국으로 갈 것이다. 그러니 은수는 현우와 준하 사이에 어떤 시간과 추억도 만들어주고 싶지 않았다. 아이는 이미 부모의 이혼으로 인해서 주변 사람과 이별하는 아픔을 겪어야 했다. 아이가 준하에게 마음을 주었다가 그가 떠나는 슬픔을 겪게 하고 싶지 않았다.

"모르겠어. 우리 현우 아직 낚시 같은 거 해본 적 없거든."

"그래? 그러면 다음에 안동 올 때 현우 데리고 와서 같이 낚시하러 가자. 나도 몇 번 안 해봤지만 낚시하면 꽤 재밌어. 현우랑 같이 낚시해서 같이 매운탕 끓여 먹자."

환하게 웃으며 말하는 준하를 보면서 은수도 미소를 지었다. 우리라는 말이 마음을 따뜻하게 했다. 준하와 그녀 그리고 현우까지. 당연하게 우리라는 범주에 현우를 포함시키는 준하의 배려가 고맙지 않다면 거짓이었다.

"김은수."

갑자기 준하가 짐짓 인상을 쓰면서 그녀의 이름을 불렀다.

"왜?"

그녀가 의아함에 눈을 동그랗게 뜨고 올려다보는 순간, 그가 그녀의 입술에 키스했다. 따뜻하고 촉촉한 입술은 금세 그녀의 입술을 훔치고 떨어졌지만, 은수는 순식간에 홍당무처럼 얼굴이 빨개지고 말았다.

"뭐, 뭐 하는 거야?"

"누가 그렇게 예쁘게 웃으면서 나 쳐다보래?"

그녀의 항의에도 준하가 한쪽 어깨를 으쓱하면서 대수롭지 않게 대꾸했다. 은수는 기가 막혀서 주먹 쥔 손으로 그의 어깨를 툭 쳤다. 그러자 준하가 다시 그녀의 뺨에 촉, 입을 맞췄다.

"하지 마, 너."

"안 돼. 너 정말 너무 예뻐, 김은수."

은수가 얼굴을 비틀며 피해도 그는 그녀의 이마와 뺨, 코끝과 턱, 그리고 눈과 귀 사이에 맥박이 뛰는 관자놀이에 이르기까지 곳곳에 키스 세례를 퍼부었다. 그리고 어느덧 가볍고 장난스럽게 이어지던 입맞춤 끝에 준하의 숨결은 조금 거칠어져 있었다. 은수의 귓불 바로 아래에 입술을 누르고 있는 그의 숨결이 뜨거웠다.

"……으웃. 하지 말라니까, 간지러워."

준하의 입술이 그녀의 하얀 목덜미를 지분대기 시작하자, 은수는 조금 두려운 마음이 들기 시작했다. 그녀의 숨결도 조금씩 달 뜨기 시작했던 것이다. 몸이 뜨거워지는 것 같았다. 서로 한 손을 꽉 잡고 몸을 맞댄 채 나란히 앉아 있는 터라 그녀의 가빠진 숨결을 그도 고스란히 느꼈을 터였다.

"너 되게 달콤해."

어깨와 목이 만나는 민감한 곳에 입술을 묻은 채 준하가 속삭였다. 문득 내리쬐는 가을 햇살이 피부에 따갑게 와 닿았다. 그러나 그의 입술이, 숨결이 닿은 자리는 더 뜨거웠다.

"그만해……."

두려움에 젖은 은수의 목소리가 떨렸다. 행여나 누가 볼까, 누가 올까 두려운 건 아니었다. 그녀 안에서 솟아오르기 시작한 은밀하고 뜨거운 열기에 무서워졌을 뿐이었다. 그녀는 막연하게 알고 있었다. 그 불길이 치솟기 시작하면 그녀 스스로 도저히 통제

할 수 없으리란 걸 말이다. 지금, 이제 막 하루가 시작되는 아침, 사방이 환하게 트인 사랑채 쪽마루에 앉아서도 그녀의 몸은 주체할 수 없이 달아오르고 있었다.

항의하는 그녀의 입술을 막으려는 듯 준하의 뜨거운 입술이 다시 그녀의 것을 삼키듯 덮쳤다. 입술보다 그의 체취가, 그리고 그보다는 그의 뜨거운 체온이, 그 뜨거움이 먼저 그녀를 잠식했다.

부드럽고 조심스럽던 전의 입맞춤과는 달리 농밀하고 깊은 입맞춤이었다. 그의 입술이 그녀의 입술을 빨아올리고 혀끝이 입술을 매만지듯 핥았다. 은수의 입에서 뜨겁고 축축한 호흡이 토해지는 순간 그 혀가 부드럽게 유영하듯 그녀의 입안으로 들어왔다.

깜짝 놀란 은수는 저도 모르게 준하와 맞잡은 손을 꽉 움켜쥐었다. 하지만 손을 잡은 채 그녀에게로 몸을 기울이고 있던 준하는 다른 팔을 내밀어 그녀의 허리께를 잡아당기며 더 깊숙하게 입술을 맞물렸다.

뜨겁게 살아 움직이는 그 무엇처럼 움직이는 혀의 돋아난 돌기들이 그녀의 잇몸을 훑고, 여린 살결을 자극했다. 모조리 삼켜 버릴 것처럼 맑은 타액을 삼키고, 빨아들였다. 그러고는 겁먹고 움츠려 있던 그녀의 혀를 찾아서는 마침내 얽어맸다. 두 개의 살결이 마치 하나처럼 서로를 비비고 휘감기자, 은수의 입에서는 연이어 신음이 흘렀다. 너무 뜨거워서 견딜 수가 없었다. 그냥 이대로 그 뜨거움에 온몸이 녹아버릴 것만 같았다.

그런데 그 순간 준하가 그녀에게서 입술을 뗐다. 헉헉, 거칠게 숨을 내쉬며 그녀를 바라보는 준하의 눈길은 마치 화난 사람처럼 보였다. 은수는 정신을 차릴 수가 없어서 그저 멍하니 그를 바라만 보았다.

"은수야……."

그녀의 젖은 입술을 엄지손가락으로 천천히 어루만지듯 쓸면서 준하가 괴로운 듯 속삭였다. 아직도 열기와 혼란과 막 피어오르기 시작한 욕망으로 떨고 있던 은수는 홀린 듯 그를 보고 있었다. 그러자 준하가 얼굴을 찡그리면서 억지로 입가를 끌어 올리며 그녀를 자기 품에 조심스럽게 안고는 그녀의 이마 언저리에 부드럽게 입 맞추고, 다시 정수리에 입술을 묻으며 말했다.

"나 그렇게 보지 마."

가슴이 들썩일 정도로 가쁘게 숨을 내쉬는 준하의 거친 숨결과 심장박동이 은수에게도 고스란히 전해졌다. 그녀는 그의 어깨에 얼굴을 기댔다.

"……어떻게 보는데?"

간신히 입술을 뗀 은수가 질문하는 순간 준하가 길게 한숨을 내쉬었다.

"지금이 아침이 아니라 밤이었으면 좋겠다고 생각하게 만들어, 지금 네 눈길은. 아니, 아침이어도 상관없으니까 당장 어디라도 너와 단둘이 있는 곳으로 가고 싶게 만들어."

한 손으로 그녀의 머리를 소중하게 떠받치듯 안은 준하는 마치 애원하는 것처럼 말했다.

"그러니까, 제발 그렇게 나 보지 말아줘. 못 견디겠어."

그러고는 그녀를 더 꼭 끌어안았다. 목덜미까지 새빨갛게 물든 은수는 숨이 막혀서 아무런 말도 할 수 없었다. 혈류가 얼굴로 몰린 것처럼 화끈거리고, 심장은 미친 듯이 쿵쿵 뛰었다. 가슴이 벅차와 은수는 아무런 말도 할 수가 없었다.

두 사람이 막 인터뷰를 다시 시작하고, 얼마 안 있어 사랑채 마당으로 강성만 교수가 누구와 함께 들어섰다. 두 사람은 바로 자리에서 일어서서 두 노인을 맞았다. 준하가 성큼성큼 걸어서 두 사람 앞에 서자 강성만 교수가 그를 옆의 노인에게 소개했다.

"준하 군, 여기는 내 사촌 형님 되시네. 형님, 이 청년이 제가 일전에 말씀드린 그 변호삽니다. 지금 저희 소송을 맡아서 진행해주고 있습니다. 그리고 이쪽은 같이 일하는 김은수 양."

"안녕하세요."

"처음 뵙겠습니다, 김준합니다, 어르신."

"그래, 나 강흥수일세. 내 이야기는 들었네. 자네가 우리 성만이 제자라고."

강성만 교수의 사촌 형인 강홍수는 깡마른 체구에 검은 얼굴을 한 꼬장꼬장한 70대의 촌로였다. 그러나 눈빛만은 청년의 그것처럼 형형했다.

"예, 대학 시절에 잠시 교수님께 수학했습니다."

"그런데 변호사야?"

"후에 법학으로 전공을 바꿨습니다."

"그런데도 은사라고 이렇게 도와주다니 기특하구만."

강홍수가 고개를 끄덕였다.

"내 동생한테 대충 듣기는 했네만 정확하게 내가 뭘 해주면 되게나."

"어르신, 일단 안으로 들어가서 말씀하시죠."

"그래, 그럼세."

세 사람은 강성만 교수가 거처하는 안방으로 자리를 옮겼다. 가면서도 준하는 고개를 돌려 은수를 바라보았고, 그의 눈에 담긴 미소를 보며 그녀도 웃었다.

남자들이 가고 나자 은수는 녹음기를 집어넣고는 안채에 이어진 부엌으로 갔다. 아무래도 차라도 한잔 내가야지 싶었다. 강성만 교수의 부인께서 다치신 이후로 친척이며, 이웃들이 와서 챙겨준다고는 하지만 아무래도 주인 없는 살림은 볼썽사나울 정도로 휑해 보였다. 은수는 찬장에서 찻잔을 찾아 꺼내고 부엌 한편에 놓인 전기주전자에 물을 끓였다. 아직도 예전의 검은 무쇠 솥과

부뚜막, 아궁이가 고스란히 남아 있는 부엌에 최신식의 전기주전자는 퍽 이질적이면서도 묘하게 어울렸다. 물이 끓자 전에 마셨던 옥로를 꺼내서 다기용 주전자에 넣고 차를 만들었다.

작은 소반에 찻상을 차려서 들고 안방 문 앞에 간 은수는 나직하게 소리를 냈다.

"교수님."

그러자 안에서 답이 들려왔다.

"찻상 내왔어요. 드시면서 이야기 나누세요."

곧 스르르 문이 열리고 준하가 나와서 상을 받아 들려 했다. 은수가 그의 뒤에 앉아 있는 두 노인을 보고는 살짝 고개를 흔들었다. 준하는 못마땅한 표정을 지었지만, 그녀는 자신이 직접 찻상을 들고 방 안으로 들어섰다.

"아이고 고맙네. 어째 손님한테 이렇게 차 대접까지 받는구먼. 미안허이."

"아니에요. 차 드시면서 천천히 이야기 나누세요."

은수는 직접 찻잔에 세 잔의 녹차를 따라서 남자들 앞에 놔주었다. 쪼르르, 이름처럼 맑은 옥색의 녹차를 따르자 특유의 향긋한 향이 금세 은은하게 퍼졌다. 강성만과 강홍수가 차를 한 모금 마시고는 흐뭇한 미소를 지었다.

"차를 내린 이가 음전해서 그런가 향이 깊고 그윽하구만."

무뚝뚝할 것 같던 강홍수의 칭찬에 은수는 얼굴에 살며시 미소를 지었다.

"그럼 나가보겠습니다."

조용히 문을 닫고 나가는 은수의 모습을 준하는 줄곧 눈을 떼지 못한 채 바라보았다.

세 사람의 이야기는 한동안 길게 이어졌다. 은수는 그사이 동생 상은이에게 전화를 걸었다.

[언니, 안 바쁜가 보네 또 전화한 거 보면.]

상은이는 그녀의 전화를 받자마자 타박부터 했다. 예쁜 얼굴을 찡그리고 있을 동생의 얼굴을 상상하며 은수는 미소 지었다. 어려서는 밝고 구김살 없는 녀석이었는데 초등학교를 졸업할 무렵부터 급격하게 기울어진 가세 때문에 나름대로 마음고생이 심했던 탓인지 상은이는 어딘지 모르게 냉소적인 면이 컸다. 그러나 마음만은 여전히 곱고 착한 동생이었다.

이번 주에도 아르바이트 순서 바꾸기 힘들다고 투덜대면서도 은수가 주말에 안동에 내려간다 말하자마자 바로 제 방으로 들어가서는 같이 일하는 동료에게 밥 살 테니, 제발 한 번만 순서를 바꿔달라며 엄청 조르더라고 친정엄마가 전해주셨다.

"상은아, 현우가 너 힘들게 안 해? 말 잘 들어?"

[어우, 현우 모친. 모친께서는 아드님을 그렇게 몰라? 당연히 나 힘들게 하지! 이게 게임만 했다 하면 어찌나 승부근성이 발휘되는지 아주 날 잠 못 들게 한다구!]

동생의 너스레에 은수는 빙그레 웃고 말았다.

"그럼 너희 설마 어제도 밤에 잠 안 자고 게임했니?"

[나도 이제 늙어서 그렇게는 못하고, 그냥 좀 하다 잤어. 알았어, 알았다고. 자!]

옆에서 현우가 제 이모에게 전화 바꿔달라 조르는 소리가 들려왔다.

[엄마? 엄마 잘 주무셨어요? 밥은 맛있게 드셨어요? 일은 많이 했죠? 엄마 내일 오는 거 맞죠? 현우도 밥 많이 먹었는데, 이모가 장조림 뺏어 먹어서 할머니가 또 해주신대요. 엄마, 엄마 보고 싶어요.]

하룻밤 떨어져 있었는데도 제 엄마에게 하고 싶은 말이 산더미처럼 쌓인 아이는 쉴 새 없이 말을 쏟아냈다. 그 흥분한 목소리가 귀여워서 은수는 더 활짝 미소 지었다.

"현우야, 엄마 내일 일 다 끝내고 올라갈 거니까 할머니 말씀 잘 듣고, 이모랑 재미있게 지내고 있어."

[네! 엄마 사랑해요! 빨리 와요!]

아이의 사랑한다는 말 한마디가 은수의 가슴에 따뜻하게 스며들었다. 배시시 입가에 미소를 머금은 채 은수는 혜인에게도 전화를 걸었다. 임신 중독증으로 임신 내내 힘들어하던 혜인이 곧 해산 예정일을 앞두고 있었다. 진통이 오면 꼭 연락을 해달라고 신신당부를 하긴 했지만, 그래도 마음이 안 놓여서 하루에도 몇 번

씩 전화를 했다.

[어이구, 정작 전화해야 할 때는 한 통도 없던 게 요즘은 어째 이리 전화가 잦으시대?]

혜인은 은수가 이혼을 하면서도 자기에게 한마디 말도 없었던 것에 대해 아직도 화가 나 있었다. 그래서 잔뜩 비꼬는 말투였지만 은수는 누구보다 자신을 아끼고, 그래서 더 속상해하는 친구의 마음을 알기에 조금도 섭섭하지 않았다.

[너 뭐야. 일 때문에 안동인지 어딘지 간다더니 뭐 이렇게 한가해, 아침 댓바람부터 전화질이고.]

옆에서 태교를 위해 제발 고운 말 좀 쓰라고 간절히 부탁하는 재원의 목소리가 들려왔다.

"조금 짬이 나서. 너 어떤가 해서 전화했지."

[어떻긴. 오늘이라도 당장 가서 확 낳아버리고 싶지.]

말은 무뚝뚝하게 하지만 은수는 혜인이 자기 뱃속의 아이를 얼마나 끔찍하게 소중히 여기는지 알고 있었다. 그렇지 않다면 누구보다 정열적이고 활동적인 차혜인이 병원 침대에 꼼짝 않고 누워서 석 달을 버틸 순 없었을 테니까. 은수가 지옥 같은 이혼을 하는 동안 혜인은 유산의 위험이 크다는 의사의 말 때문에 병원에 입원해서 온종일 양팔에 두세 개씩의 링거를 맞으며 석 달을 보냈다. 아이를 지키겠다는 지극한 모정이 아니면 결코 할 수 없는 일이었다.

"그러게 어서 네가 몸 풀어야, 만날 네가 노래 부르며 오매불망

하는 클럽 가서 신나게 놀 텐데. 아쉽다."

[뭐야, 아줌마. 너 그 말 진심이야?]

"그럼. 네가 무사히 애만 낳아봐라. 내가 클럽부터 풀코스로 쏜다. 그러니까 무사히 아기 낳기만 해."

결혼 전은 물론 결혼해서도 혜인은 클럽에서 살다시피 했다. 워낙 밤 문화를 좋아했기 때문이었다. 그러나 그녀는 오로지 적당하게 흥이 오를 때까지 술을 마시고 춤을 추는 것이 목적인, 아주 건전한 클럽마니아였다. 만날 집에서 아이 키우고 일만 하는 은수를 보면서 한 번 가서 스트레스 풀고 오자고 졸라댔으나 은수는 한 번도 간 적이 없었다.

[뭐야, 너 좋은 일 있냐?]

혜인이 대뜸 하는 말에 은수는 저도 모르게 당황했다.

"뭐? 왜?"

[이상하잖아, 김은수. 너 지금 목소리가 이상하게 들뜨고 흥분했다.]

얼굴도 보이지 않고 단지 목소리만 들었을 뿐인데도 그녀의 십년 지기 친구는 그 마음을 단박에 알아맞힌다. 정말로 무서울 정도였다. 아까 준하와 나눴던 그 키스의 열기와 흥분이 아직도 그녀에게서 가시지 않고 있었다. 입술이 열을 품은 것처럼 뜨겁고, 뱃속에서는 야릇한 감각이 여전히 뭉글거렸다. 그러나 은수는 애써 숨을 고르며 아닌 척했다.

"우리 임산부께서 또 이상한 데 촉 세우시네. 일하러 왔는데 뭔 좋을 일이 있어."

[너 함께 일하는 남자 몇 살이라고 했지? 잘생겼어? 총각이야? 사진 있으면 보내봐. 이상해, 이년 이거 너 그 남자랑 뭔 썸씽 있지?]

우다다다 쏟아지는 친구의 질문에 살짝 켕기는 기분이 들었지만 은수는 끝까지 시치미를 뗐다.

"네가 늘 말하는 대로 애 딸린 이혼녀한테 썸씽은 무슨. 엉뚱한 데 관심 두지 말고 너 진짜 오늘이라도 진통 오면 꼭 나한테 연락해. 알았지?"

은수가 그렇게 전화를 끊고 어쩐지 화끈거리는 볼은 양손으로 감싸고 있는데 준하가 사랑채 마당으로 들어섰다. 은수는 반가운 마음에 저도 모르게 자리에서 발딱 일어섰다. 그녀를 바라보며 걸어오는 준하의 얼굴에는 미소가 가득했다.

"어르신은 가셨어?"

"응. 교수님하고 나가셨어."

준하가 당연하다는 듯이 그녀의 손을 잡으며 말했다.

"일은 어때, 성과가 있는 거야?"

"오늘 오신 저 어르신께서 이번 소송의 결정적인 실마리를 주신 것 같다."

"정말? 잘됐네."

일이 잘 풀릴 거라는 준하의 말에 은수가 활짝 웃으며 기뻐하자, 준하가 이마를 찌푸리며 그녀를 내려다봤다.

"너 아까 내가 한 말 벌써 잊은 거야?"

무슨 소린가 싶어서 은수가 그를 빤히 쳐다보자, 준하가 갑자기 그녀에게 짧지만 짙은 키스를 퍼부었다. 그러곤 이렇게 말했다.

"내 앞에서 너무 예쁘게 웃지 말랬지? 심장 터져서 죽을 것 같단 말이야."

준하는 강성만 교수의 동의를 얻어 하정건설의 가처분에 대해 이의신청을 접수했고, 하정건설 또한 이에 응하면서 열숲 일대의 소유권 이전 등기절차 이행과 그 지상 3동의 건물 철거를 요구하는 소송을 제기했다. 하정건설은 강응용 옹이 생전에 자신들과 체결한 부동산매매계약서를 증거로 제출했는데, 그 계약서의 주소 계좌번호란에는 알 수 없는 글씨가 기재되어 있었고, 날인란에도 강응용 옹의 막도장이 찍혀 있었다.

매매계약서를 강응용 옹이 직접 체결했다는 걸 믿을 수 없다고 의심하자 그에 대한 반박으로 하정건설 측이 내세운 증인은 강흥수의 조카인 강문재였다. 그는 강응용 옹이 하정건설을 대리한 최우섭과 계약을 체결한 것을 곁에서 지켜보았다고 증언했다. 최우섭 역시 강응용 옹이 사망한 직후 불의의 사고로 유명을 달리했기에 그 계약을 이뤄지는 것을 본 증인은 강문재 하나였다.

그는 당시에 강응용 옹이 서랍에서 가져온 막도장을 최우섭에게 건네주어 계약서에 날인하게 하는 것을 똑똑히 보았다고 했다. 그리고 함께 가져온 통장의 계좌번호를 불러주어 최우섭이 현장에서 이를 계약서에 써 넣는 것도 지켜보았노라고 했다.

그러나 준하가 조사한 바에 따르면 그 계좌번호는 매매계약이 이뤄지기 몇 달 전에 이미 예금 계약이 해지된 계좌번호였다. 그러나 그 사실이 밝혀진 후에도 강문재는 강응용 옹이 통장을 보고 계좌번호를 불러줘서 최우섭이 써 넣는 것을 분명히 봤다고 주장했다.

증거는 불확실하고, 유일한 증인은 하정건설에 유리한 증언을 고집했다. 난감한 상황이었다.

그런데 얼마 전 먼 곳에 사는 데다 지병 때문에 오랜 와병 생활을 하던 강흥수가 강성만에게 연락을 해왔다. 멀리 떨어져 살아도 친척이기에 이 소송에 대해 대략 들어 알고 있던 그는 몸이 좀 나아지자 걱정이 돼서 먼 길을 찾아왔고, 강성만이 보여준 매매계약서 복사본을 보다가 이상한 점을 발견했다.

계약서에 기재된 계좌번호의 필체가 아무래도 눈에 익었던 것이다. 독특하게 기울여 쓴 전체적인 모양새와 특히 숫자 8을 쓸 때 일반적인 사람들처럼 한 번에 죽 연결해서 그리지 않고 작은 동그라미 두 개를 아래위에 배열해 놓은 듯한 필체가 분명히 본 듯한 필체였다. 아무래도 자신의 조카 강문재의 것인 듯싶었다.

"그래서?"

준하에게서 대략적인 이야기를 듣던 은수는 자기도 모르게 그를 채근했다. 그러자 준하가 어깨를 으쓱하며 대답했다.

"우선은 어르신께서 댁에 돌아가셔서 필체를 대조할 수 있는 다른 문서가 있는지 찾아보시기로 했어. 그렇게 되면 일단 우리는 다른 매매계약서들의 문서를 그거하고 비교해 봐야겠지. 그리고 만약 강문재 씨가 영창이나 하정 쪽과 손을 잡고 그런 일을 벌인 거라면 다른 서류들이 분명히 더 있을 테니 찾아봐야지."

두 사람은 점심을 먹기 위해 집을 나섰다. 평소에는 마을 어귀의 식당에 가곤 했는데 준하가 오늘은 다른 것을 먹어보자며 그녀를 차에 태웠다.

"왜? 얼른 밥 먹고 인터뷰도 해야 하고 너 매매 서류들도 더 찾아보고 해야 하려면 시간 없잖아. 바쁜데 가까운 데 가서 먹어."

"김은수, 금강산도 식후경이란 말 몰라?"

운전대를 잡은 준하가 룸미러를 보면서 은수에게 너스레를 떨었다. 은수가 저도 모르게 미간을 찌푸리자, 한 손을 내밀어 그녀의 이마에 갖다 대었다가 떼면서 말했다.

"그렇게 인상 쓰지 마. 아무리 바빠도 나, 너하고 데이트 할 시간은 있으니까."

준하의 말에 은수는 무어라 대꾸를 할 수 없었다.

"인터뷰 말고, 나 너하고 데이트 하고 싶어. 그리고 교수님이 오늘 점심 때 강흥수 어르신하고 일가친척들과 식사 함께 하시면서 자연스럽게 서류 살펴보신다고 했으니까 걱정 마. 아무래도 나보다는 그분들이 하시는 게 더 수월하고 낫잖아."

말은 그렇게 하지만 교수님과 강흥수 어르신께서 보고 오신 서류들에 대해 다시 면밀한 검토 작업은 준하의 몫일 터였다.

그들이 도착한 곳은 한적한 강가에 위치한 작은 식당이었다. 여느 관광지처럼 자연 경관을 해치면서 마구잡이로 들어서 있는 가든이나 고기집이 아니라 그저 원래부터 거기에 있었던 것처럼 소박하고 세월의 흔적이 고스란히 느껴지는 낡은 식당은 퍽 정감이 갔다. 주인할머니께서 추천해 주시는 백반으로 식사를 마치고 나온 두 사람은 물결이 잔잔하게 흐르는 강가를 함께 거닐었다. 청량한 바람이 두 사람의 머릿결을 스치고 지나는 감촉이 퍽 좋았다.

"아무리 생각해도 말이야 나는 되게 운이 좋은 거 같아."

준하가 그녀의 손이 아니라 아예 어깨를 감싸 안고 걸으며 말했다. 은수가 무슨 말이냐고 하자 그녀를 바라보며 뻐기듯 말했다.

"김은수가 나를 좋아하잖아."

"뭐?"

황당하다 못해 어이가 없어서 그를 바라보자 준하자 사뭇 진지하게 덧붙였다.

"우리 과거가 어쨌든 지금 어떻든 그런 거 상관없이 용기내서 내 손 잡아줄 정도로 너, 나 좋아하잖아."

그의 말에 은수는 반박할 수 없었다. 그의 말이 맞다. 모두 옳다. 그러나 그 마음에, 그 시간에 유예를 두었다는 걸 그는 모른다. 그리고 그가 모르는 건 옳지 못하다 생각했다. 그건 그를 속이는 거나 마찬가지다. 그리고 은수는 더는 준하에게 그러고 싶지 않았다.

"준하야……."

"응."

"너 미국 들어가는 거 한 달쯤 남았지?"

기분 좋게 호를 그리며 휘어 올라 있는 준하의 입매를 보면서 은수가 물었다.

"어. 일단은 그래."

기분 좋게 귀에 감기는 목소리.

"우리……."

다정한 눈빛이 그녀를 응시하고 있었다. 그러나 은수는 속으로 이를 악물며 그에게 말했다.

"우리 그럼 딱 한 달만 만나자."

갑자기 준하의 얼굴이 굳어버렸다. 지금 자기가 무슨 이야기를 들었는지 이해할 수 없다는 듯이 이마를 잔뜩 찌푸린 그를 보면서 그녀도 아까 그처럼 손을 뻗어 그의 이마에 난 주름을 펴주고 싶노라 생각했다.

"이렇게 한 달만 사랑하자."

"너, 지금 뭐라는 거야?"

지독하게 낮고, 위험스러울 정도로 차가운 목소리로 준하가 물었다. 은수는 가슴이 떨렸지만 아무렇지 않은 척 애써 태연하게 말했다.

"현실적으로 나 아무렇지 않게 너 만날 자신 없어. 넌 괜찮다고 말하지만, 난 내가 이혼녀라는 거, 아이 있다는 거 절대 간과하고 못 가."

"김은수!"

고통스러운 사람처럼 버럭 소리를 지르는 준하를 보는 그녀의 마음도 아팠다. 그러나 어쩔 수 없었다. 지금 그녀가 할 수 있는 최선의 선택이었다.

"그게 싫다면 나, 네 손 못 잡아."

"너 지금 그게 말이 된다고 생각해!"

준하의 눈동자가 활활 불이 붙은 것처럼 타올랐다. 그러나 그가 그걸 간신히 누르고 있음을 은수는 알 수 있었다.

"이게 말이 돼, 나한텐."

그녀는 여전히 자신을 감싸고 있는 그의 팔을 떨쳐 내면서 물었다.

"그럼 넌 어떡할 건데? 너 미국 가는 거 정해져 있는 거 아냐? 듣자니까 그거 너희 로펌에서 장래가 촉망되는 변호사들만 특별히 가려 뽑아 보내는 거라며."

"안 가도 돼. 늦춰도 돼. 네가 원한다면 너하고 현우랑 함께 갈 수도 있어."

"하, 김준하. 넌 그게 말이 되니? 내가 뭐라고 네가 미국 가는 걸 포기해. 나 그런 식으로 네 앞길 막는 일 안 하고 싶어."

"그건 그렇게 중요하지 않아."

"왜 안 중요해, 네 일이고, 미래잖아."

"하, 너 몰라서 이래? 난 촉망 받던 과학자의 길도 버렸던 사람이야. 내가 하는 일은, 그냥 내가 살아가는 수단일 뿐이지 그게 내 목적은 될 수 없어. 하지만 김은수, 넌 항상 내 인생의 유일한 목표야."

은수는 흔들리는 시선을 들키지 않기 위해서 얼른 고개를 옆으로 돌렸다. 진심이 담긴 뜨거운 눈길을 마주하는 것만으로 그녀의 결심은 흔들렸다.

"그래, 그건 네 문제니까 네가 결정하는 게 맞겠지. 하지만 네가 미국 가든 안 가든 난 너랑 계속 길게 사귈 마음, 애당초 없었어. 그냥 잠시 만나면서…… 그래 즐기고 싶었어, 예전 기분 느끼게."

"김은수, 거짓말하지 마."

준하가 두 팔로 그녀의 어깨를 움켜잡으며 상처 입은 짐승처럼 으르렁거렸다.

"내가 알던 김은수는, 아니, 지금도 내가 아는 김은수 너란 여자는 즐기기 위해서 잠시 잠깐 남자 만날 수 있는 애 아니야."

"아니. 어차피 너도 알 테지만 나 살면서 남편한테 여자로서 사랑 못 받고 살았어. 그래서 이혼하고 네가 다가왔을 때, 나한테 사귀자고 했을 때 마음 설레었어. 인정할게. 그런데 그건 그냥 멋진 총각이랑 가볍게 즐기는 연애하고 싶은 마음이었어. 널 보니까 다시 결혼 전으로 돌아간 것 같은 착각도 느꼈거든."

그녀의 어깨를 움켜쥐고 있는 손에 힘이 들어갔다. 그녀를 바라보는 그의 눈동자가 너무 아파 보여서 은수는 이대로 멈춰야 할 것만 같았다. 그러나 그럴 수는 없었다.

"하지만 준하야, 난 결혼했었고, 이혼했지만 아이 있는 여자야. 나한테 아이와 내가 살아가는 현재 생활이 가장 중요해. 그리고 나 더 이상은 아이한테 상처 주고 싶지 않아."

준하도 은수가 일부러 모질게 말하고 있음을 안다. 김은수는 예전부터 연기 따위는 젬병이었다. 그에게 아무리 태연한 척 거짓말을 하고 그를 속여도 그는 한눈에 알아볼 수 있었다. 다른 건 다 필요 없었다. 그녀의 투명한 눈동자를 보면 그녀의 마음이 고스란히 드러났으니까. 지금처럼 저렇게 아파서, 슬퍼서 어쩔 줄 몰라 하는 눈빛을 하고 그런 말을 해봐야 그는 절대 속지 않았다.

"내가 너한테 손 내밀었을 땐 한 달이니 뭐니 시간 정하고 그때만 생각하고 만나는 거 아니었어. 난 앞으로 평생 너하고 함께 하고 싶어. 그래서 손 내민 거고 너도 내 손 잡았잖아!"

"난 한 달만 함께할 생각이었어, 처음부터."

"두려워서 그러니? 무서워서 이러는 거야?"

"그래, 두려워. 우린 예전에도 우리 사랑 못 지켰던 사람들이야. 그런데 앞으로 또 어떻게 될 줄 알고 네 손 덥석 잡겠니? 아무리 지금도 널 보면 가슴 떨리고 네가 좋지만 난 그때처럼 무모할 수 없어. 그때보다 더 겁쟁이야, 난!"

아무리 말해도 조금도 흔들리지 않고 자꾸만 자기를 설득하려는 준하 때문에 은수는 답답하고 화가 났다. 그냥 이렇게 그녀가 제안하는 대로 한 달만 만나지. 그러면 나도, 이 사람도 후회 없을 텐데 하는 생각이 들기도 했다.

그러나 그녀는 김준하를 알고 있었다. 그가 그녀를 원할 때는 그녀의 모든 것을 원한다는 의미였다. 그리고 한 달의 유예라는 것이 자기의 욕심이라는 것도.

"그땐 우리가 어렸잖아. 우리 스스로도 못 지킬 정도로 약했어. 하지만 지금은 아니야. 난 너하고 나 지킬 수 있을 만큼은 강해졌어. 그리고 너만 있으면 더 강해질 수 있어."

"몇 번을 말하잖아. 난 혼자가 아니야, 나한텐 아이가 있어. 그래서 함부로 네 손 잡을 수 없어. 이번에도 실패하면 그건 나 혼자만의 문제가 아니야. 모르겠니?"

"알아. 그리고 내가 은수 너와 함께 가겠다고 했을 땐 당연히 현우도 함께인 거야. 네 아들이잖아. 네 아이니까 나한테는 그 아이도 너만큼 중요해. 네 일부니까!"

은수는 가슴이 저려왔다. 눈앞의 남자가 진심을 말하는 걸 알기에 더 그러했다.

"그러니까 아이 때문에 이런다고 말하지 마. 그냥 우리만 보고 우리만 생각해. 아이, 너, 나. 그렇게 셋이 우리라는 거 믿으라고!"

"준하야, 세상은 달라."

"세상이라니 무슨 소리야!"

"세상은 너하고 나하고 내 아이를 우리라고 하지 않아. 사람들은 우리더러 아이 있는 이혼녀가 총각을 만난다고 말할 거고, 그게 비난이든 아니든 내 아이는 상처 받을 거야."

슬픔을 감추지 못하는 은수를 보면서 준하는 더는 아무런 말도 하지 못했다.

"이미 난 아이에게 한 번 상처 줬어. 나한테 좋은 남편이었든 아니든, 그래도 아이한테는 아빠였어. 그런데 그런 사람을 내가 뺏은 거야. 나 내 욕심 때문에 아이한테 더는 죄 짓고 싶지 않아."

그녀의 목소리 끝이 가늘게 떨렸다. 은수는 자기 팔을 잡고 있는 준하의 손을 가만히 잡으며 말했다.

"그러니까 준하야, 우리 이 손 한 달만 잡자. 그게 싫다면 난 네 손 못 잡아."

어느새 차가워진 가을바람이 강가에 무성한 억새풀을 휩쓸고 두 사람에게도 차디차게 불어왔다.

19

막 가을이 깊어갈 무렵 혜인이가 아기를 낳았다. 은수가 준하와
안동에 내려간 그 주말, 오전에 통화했을 때만 해도 아무런 말도
없던 혜인이 그날 오후부터 진통을 시작했다는 연락을 해왔다. 그
러나 밤이 이슥하도록 아기를 낳았다는 연락이 오지 않았다. 임신
내내 유산 기미가 있어 거의 운신도 못하고 지내며 고생한 친구가
출산만은 수월하길 바랐던 은수는 걱정이 돼서 견딜 수가 없었다.
그래서 그저 무사히 출산할 수 있기를 바라고 또 바랐지만, 아기
가 쉽게 나올 생각을 안 했다. 난산이었다.

다음날, 하루 내내 가슴 졸이는 은수를 보고 준하가 일정을 조
금 당겨서 아침 일찍 서울로 올라왔다. 그리고 그날 저녁 드디어

혜인이가 긴 진통 끝에 아기를 낳았다. 자기를 닮고, 남편인 재원을 닮은 예쁜 여자아이. 워낙 진통 시간이 긴 난산이라 산모도, 하루를 꼬박 곁에서 지켜보던 남편 재원과 친정어머니도 모두 탈진한 상태였지만, 산모와 아기 모두 건강하다는 기쁨에 얼굴만은 빛나고 있었다.

은수와 함께 병원에 온 현우는 강보에 싸인 작은 아기를 보고는 한눈에 반해 버렸다.

"엄마, 엄마!"

"아들 왜?"

"애기가요, 날 보고 웃어요."

아직 눈도 뜨지 못한 채 배냇짓 하는 걸 보고 자기더러 웃는다며 황홀한 표정을 짓는 현우를 보고 있자니 은수야말로 웃음이 나왔다. 그러다 문득 평소엔 형제 없어도 한 번도 외롭다 말한 적 없는 아이가 사실은 함께 놀고, 함께 자랄 형제를 갖고 싶었던 건 아닐까 하는 생각이 들었다.

"현우야, 우리 딸 진짜 예쁘지?"

신생아 면회실 유리 너머로 보이는 갓 낳은 자기 딸을 보면서 재원이 젠체했다. 어깨에 잔뜩 힘이 들어가고 기분 탓인지 콧대도 삐죽하게 솟아오른 듯 보였다. 그러나 눈에 넣어도 아프지 않을 귀한 보석을 얻은 아기 아빠는 그렇게 잘난 척을 해도 하나도 밉지 않았다.

"네, 삼촌!"

현우가 여전히 아기에게 눈을 못 떼면서 대답했다. 재원은 계속 싱글벙글 웃었다.

"은수 씨, 아무리 봐도 우리 딸이 제일 예쁘죠?"

"그럼요. 여럿이 있는데 봐도 한눈에 딱 들어오는 게 정말 예쁘네요. 크면 엄청 예쁘겠어요."

"지금도 엄청엄청 예쁩니다."

자기 딸을 보며 황홀하게 말하는 재원을 보고 미소 지으면서도 어쩐지 마음 한편이 저릿해 왔다. 잘났든 못났든 내 자식이니까, 내 새끼니까 사랑한다는 재원의 저 모습은 아마 보통의 평범한 아빠들의 모습일 터였다. 자신도, 현우도 가져보지 못한.

"그런데 삼촌, 진짜 저 애기가 혜인이 이모가 낳은 거예요?"

유리창에 얼굴을 바싹 갖다 대고 하염없이 아기를 바라보던 현우가 재원에게 물었다.

"그럼."

"그런데 이모랑 삼촌이랑 왜 하나도 안 닮았어요?"

"뭐? 아니거든, 저기 봐라, 저기. 저 오똑한 코는 이 삼촌이랑 똑같고, 조조 앵두 같은 입술은 너희 이모랑 똑같잖아!"

현우는 어릴 적부터 자기 엄마와 가장 친한 친구인 혜인을 이모라 불렀다. 그리고 재원은 삼촌이라고 불렀다. 결혼 전에야 상관없었지만, 결혼 후에 가끔 재원은 현우를 보면서 '너 때문에 우리 집안 족보가 요상하게 꼬이는구나.' 라고 아이가 알아듣지 못할 말을 하며 고개를 절레절레 내젓곤 했다.

그런데 자기를 하나도 닮지 않았다는 현우의 지적에 흥분해서는 정작 자기 입으로 삼촌, 이모 하는 재원을 보고 있자니 은수는 저도 모르게 쿡, 웃음이 새어 나왔다.

신생아 면회 시간이 끝나고 세 사람이 아쉬움을 뒤로한 채 어쩔 수 없이 혜인이 있는 병실로 향하는데 그 앞에 익숙한 모습의 남자가 서 있었다. 준하였다.

현우의 손을 잡고 신나서 걸어오던 재원은 은수가 그를 보고 발걸음을 멈추자 그녀의 시선을 따라 움직였다. 그러곤 그 시선 끝에 있는 남자가 고등학교 후배였던 김준하라는 걸 단박에 알아봤다.

"야, 너, 김준하!"

병원 복도라는 걸 잊었는지 큰 목소리로 그의 이름을 부르곤 성큼성큼 걸어갔다.

"야. 인마 이게 몇 년 만이냐. 반갑다."

손을 내밀어 세차게 악수를 하고는 한 손으로 준하의 어깨를 툭툭 치며 반가움을 표시했다. 준하도 손을 맞잡으며 웃었다.

"선배, 하나도 안 변하셨네요. 오랜만입니다."

"하나도 안 변하긴, 나야 벌써부터 배 나오고 머리 벗겨진다고 혜인이한테 만날 구박받는구만. 너야말로 어쩨 못 본 지 10년이다 됐는데도 여전하냐. 하나도 변한 거 없이. 에휴, 징하게 부러운 놈!"

재원이 어느덧 넓어진 자기 이마를 한 손으로 문지르면서 스무 살 청년 시절의 모습 그대로인 준하를 보며 부러움에 한숨을 내쉬 었다.

"그런데 여기 어떻게 왔어. 누구 아는 사람이 애기 낳았냐? 아 니면 혹시 네 와이프?"

"하하, 저 아직 결혼 안 했습니다, 선배."

"그래? 그럼 누구 아는 사람 애기 보러 온 거야?"

그러다 재원은 준하의 눈길이 은수에게 머물러 있다는 걸 깨달 았다. 그리고 아까부터 그녀도 그러하다는 것도. 고대하던 딸을 낳은 데다 너무 오랜만에 김준하를 만난 것이 반가워서 재원은 그 만 깜빡 잊고 있었다. 김은수와 김준하의 지난 역사를!

혜인이 징글징글한 바퀴벌레 한 쌍이라고 부를 정도로 서로에 게 빠져 있었던 두 사람의 모습이 재원에게도 아직 생생하게 기억 났다.

혹시 그냥 못 본 척 지나쳐야 하는데 자기가 눈치 없이 준하에 게 아는 척해서 두 사람 모두 불편하게 만든 게 아닌가 하는 걱정 이 엄습했다. 만약 이 사실을 혜인이가 알았다간 그는 마나님한테 뼈도 못 추릴 게 뻔했다.

"축하드립니다, 선배. 득녀하셨다구요."

그런데 뜻밖에도 준하가 한 손에 들고 있던 꽃바구니를 그에게 건넸다.

"뭐? 나?"

"네, 은수가 아까 말해줬습니다. 혜인이가 딸 낳았다고. 그래서 축하 인사드리려고 온 겁니다."

"어?"

준하의 말에 재원은 어안이 벙벙해서 태연하게 미소 짓고 있는 그와 난감한 표정의 은수를 번갈아가며 쳐다봤다.

"그래서 지금 그 둘이 같이 있다는 거야?"

"아니, 그게 아니고, 일단 자기한테 준하…… 그 녀석 들어와도 되는지 물어보려고 나만 먼저 들어온 거야. 자기 컨디션이랑 상태도 좀 봐야 하고……."

"지금 그게, 그 소리잖아!"

혜인이 남편을 보며 신경질적으로 소리를 질렀다. 지금 9년 전에 미국으로 가버린 후 감감무소식이던 김준하가 은수의 말을 듣고 갑자기 자기가 입원한 병원에 왔다는 것만으로도 황당해 죽겠는데, 남편은 또 그 두 사람을 함께 내버려 두고 이렇게 쪼르르 혼자 들어왔단다. 김준하가 줬다는 커다란 꽃바구니까지 들고서.

"……현우도 있어, 제 엄마랑."

"지금 그걸 말이라고……!"

성질대로 버럭 소리를 지르려던 혜인은 배가 땅기는 느낌에 일단 참고 깊게 심호흡을 했다. 꼬박 만 하루의 진통을 겪고 출산한 지 아직 채 하루도 안 됐던 터라 몸을 제대로 추슬러야 했다.

"자기, 정확히 다시 말해봐. 그러니까 김준하가 분명히 그랬단 말이지, 은수한테 들었다고."

"응, 대충 듣자니까 둘이 무슨 일을 같이 한다고 그러던데? 그래서 같이 있어서 자기 진통하는 거랑 우리 애기 낳은 것도 알았다고 그러고. 자기는 정말 은수 씨한테 들은 거 하나도 없었어?"

"없어."

혜인이 이를 빠드득 갈면서 말했다. 출산 후의 산모는 절대 치아를 조심해야 한다고 딱딱한 것도 씹지 말라고 친정어머니가 그렇게 누누이 일렀건만 너무 성질이 치받쳐서 참을 수가 없었던 것이다. 으득, 이를 악무는 아내를 보면서 재원은 차마 말릴 엄두도 못 냈다.

혜인은 화가 나서 견딜 수가 없었다.

그렇지 않아도 은수가, 그 멍청할 정도로 답답한 것이 자기한테 말도 안 하고 이혼한 걸 뒤늦게 알고 나서도 속에서 천불이 나서 뒤집히는 줄 알았는데, 이젠 다른 사람도 아니고 김준하를 다시 만난 걸, 그것도 둘이 함께 일하는 걸 말도 안 하고 있었다고 생각하자 당장 김은수를 요절내야겠단 생각뿐이었다.

"자기야, 내가 자기 얼마나 화나는지는 충분히 아는데, 은수 씨

죽이려다 자기 몸 상한다. 그러니까 아직은 몸조리 중이니까 좀 참자, 우리. 응?"

그녀의 생각을 손바닥 읽듯 빤히 아는 재원이 혜인을 달랬다.

"알았으니까 일단 그 두 연놈들 들어오라 그래."

원래 혜인이 너무 화가 나면 거친 말을 사용한다는 걸 잘 알고 있었지만, 태교 때문에 한동안 쓰지 않던 육두문자를 다시 거침없이 내뱉는 아내를 보면서 재원은 두려움에 몸을 부르르 떨었다. 그러나 은수가 너무나 어이없이 비참하게 이혼을 하면서도 자기와 의논은커녕 한마디 말도 안 해서 분노가 폭발할 지경인 데다, 김준하 문제까지 겹쳤으니 혜인이 얼마나 열이 받을지 그는 충분히 짐작하고도 남았다.

하지만 사실은 혜인도 은수가 왜 자신의 이혼에 대해 말 못했는지 잘 알고 있었다. 유산의 위험이 커서 임신기간 내내 조심해야 했던 아내. 그런 친구에게 차마 그 흉측하고 기막힌 이야기들을 할 수는 없었으리라.

아무튼 재원은 머리 위에서 화염이 활활 타오르고 있는 아내를 보면서 얼른 문을 열고 병실 밖으로 나갔다.

"김준하, 들어가자. 우리 마나님이 너 얼른 들어오란다. 은수 씨도 들어가 봐요. 현우는 삼촌이랑 맛있는 거 사러 가자."

재원이 현우에게 손을 내밀며 미소 지었다. 그 미소에는 '지금 혜인이 엄청 화났으니까 각오하고 들어가세요.' 란 의미가 명백하게 담겨 있었다.

"엄마, 나 삼촌이랑 갔다 와도 돼요?"

"그럼. 가서 맛있는 거 사갖고 와."

"엄마 거랑 이모 거, 그리고 저 아저씨 거 사오면 되죠?"

현우가 고사리 같은 손가락을 꼽으며 물었다.

"이런. 현우, 아저씨도 챙기는 거야? 고맙다."

준하가 상체를 수그려서 현우와 눈높이를 맞추며 인사했다. 그
러자 현우가 초롱초롱한 검은 눈동자를 빛내며 말했다.

"전에 아저씨가 나 초밥 사줬잖아요."

"어?"

뜻밖의 말에 은수가 놀라서 아이를 쳐다봤다. 분명히 그때 경비
아저씨는 현우 아빠 친구가 갖다줬다고 말했고, 은수도 굳이 누가
사다줬는지 말하지 않았다. 그런데도 아이는 어떻게 알고 있는 것
일까?

"맞죠?"

현우의 말에 준하가 잠시 은수를 바라보다가 다시 아이를 향해
고개를 끄덕였다.

"그래 맞아. 우리 현우 기억력 좋구나."

준하가 손을 내밀어 현우의 숱 많은 머리카락을 부드럽게 쓰다
듬었다. 그러자 현우가 기분이 좋은지 배시시 웃었다. 잘 웃고 다
정한 아이지만 낯선 사람과 친해지고 마음을 여는 데는 꽤 오래

걸리는 아이였다. 그런데도 준하를 보고 스스럼없이 웃는 모습에 은수는 내심 놀랐고, 또 어쩐지 마음이 아렸다.

"아저씨가 병원 앞에도 오고, 엄마랑 전화도 하는 것도 들었어요. 엄마랑 출장 갔잖아요."

"그랬구나. 맞아."

자신의 아들과 준하가 서로 눈을 마주 보며 다정하게 이야기 나누고 웃는 모습을 보고 있자니 은수는 저도 모르게 가슴 한쪽이 뻐근해져 왔다. 그래서 얼른 아이에게 말했다.

"현우야, 삼촌이랑 빨리 가서 맛있는 거 사와. 엄마는 혜인이 이모한테 가 있을게."

"네."

현우가 가고 나자 두 사람은 서로 아무런 말 없이 혜인이 있는 병실로 들어갔다.

"차혜인이 나한테 욕이나 안 하면 다행일 텐데."

은수가 막 병실 문을 열자 준하가 나직하게 중얼거렸다. 아니나 다를까, 바로 어제 몸 푼 산모가 침대 헤드를 올려서 몸을 일으키고 허리를 꼿꼿하게 세운 채 팔짱을 낀 상태로 들어오는 두 사람을 노려보고 있었다. 정말로 심상치 않은 기색이었다.

"김은수."

"너 그렇게 있으면 안 돼, 얼른 누워."

은수가 얼른 침대 곁에 다가가서 침대 헤드를 내리려 하자, 혜인이 그녀의 손을 매섭게 탁 쳐냈다.

"나, 너랑은 따로 얘기할 테니까 일단은 너도 나가라."

"혜인아."

"내가 네 연놈 둘이 다시 만난 게 진짜인지, 같이 있는 거 내 두 눈으로 확인하려고 너도 들어오라고 한 건데 봤으니까, 일단 넌 나가. 나 김준하랑 할 말 있다."

"네가 무슨 할 말이 있어."

갑자기 혜인이 홱 고개를 돌려서 눈을 흡뜬 채 자기 곁에 선 친구를 노려보았다. 평소에도 매서운 눈매였으나 오늘은 더 심했다.

"왜? 이번에도 난 절대 네 일에 상관하면 안 되는 거야? 그래, 김은수? 절친이란 년이 지가 무슨 심청이라고 그따위 결혼하면서는 물론이고, 결혼하고 6년 동안 생고생 하면서도 제대로 말 안 해줘서 병신처럼 남편이란 새끼한테 당하고 사는 것도 하나도 몰라야 하는 거고, 그 개차반 같은 새끼가 너한테 이혼하자고 생난리 치는 것도 다 끝난 다음에 알아야 하는 거고, 9년 전에 떠나서 소식 한 자 없던 옛날 애인을 다시 만난 것도 절대 몰라야 하는 거니? 그래?"

한 번 터진 차혜인의 입에서는 쉴 새 없이 말이 쏟아졌다. 한껏 격앙된 채 딱딱 끊어지는 말투로 내뱉는 말들은 모두 은수를 향한 비난이자, 그런 친구에게 아무런 도움도, 힘도 돼주지 못했던 자신에 대한 자책이었다.

그래서 은수는 친구에게 더욱 미안했다.

　"우리 다시 만나는 거 아니야, 일 때문에……."

　"일 때문이든 뭐든! 네년은 나한테 한마디 말도 안 했잖아. 또 나는 하나도 모르고 있다가 나중에야 병신처럼 일 다 터진 다음에 알아야 한다 이거잖아. 이래 놓고도 너하고 나하고 친구야? 말로만 절친인 거야?"

　"그런 말이 어디 있어."

　"어디 있긴! 네년 하는 꼴을 봐. 지금 우리가 친구인지 남인지!"

　결국 은수는 혜인의 뜻대로 병실 밖으로 나갈 수밖에 없었다. 몸을 돌려 문으로 향하는 그녀를 바라보는 준하의 얼굴에 언뜻 미소가 스쳤다. 하지만 그녀는 시선을 피했다. 오늘 갑자기 병원에 나타난 그가 원망스럽기도 했다. 그러나 그 모든 것은 핑계였다. 혜인을 저토록 화나게 만든 것은 다른 누구도 아닌 바로 자신이었으니까.

　은수가 문을 닫고 나가자 준하가 뚜벅뚜벅 혜인의 침대 곁으로 다가갔다.

　"반갑다, 차혜인."

　"난 너 안 반가워."

　미소 지으면 건네는 준하의 인사에도 혜인은 냉랭하게 대꾸했다. 준하도 그저 한 번 어깨를 으쓱하고는 바지 주머니에 두 손을 찔러 넣었다.

"뭐 그럴 줄은 알았어."

"지랄하고 있네."

준하를 보며 헹 콧방귀를 낀 혜인은 그에게 곧바로 가차 없이 질문을 쏟아내기 시작했다.

"너 결혼했냐?"

"아니."

"한 적은?"

준하가 단호하게 고개를 저었다.

"말로 해, 말로."

"한 번도 결혼한 적 없다."

"현재 애인은?"

"없어."

"직업은?"

"변호사."

"변호사?"

변호사라는 말에 혜인이 눈을 날카롭게 뜨면서 그를 위아래로 훑어보았다. 그러더니 다시 포문을 열었다.

"하바리 월급 변호사야, 아님 대형 로펌이나 뭐 그런데 있어? 연수원 졸업 성적은 어땠어? 판검사 못 돼서 변호사 하냐?"

"연수원 성적은 그렇게 나쁘지 않았고, 판검사는 적성이 아니었어. 지금 일하는 곳은 선앤진 로펌이고, 덧붙여 말하자면 그곳 대표 김선국 변호사가 내 아버지셔."

"아버지?"

"그래."

"그럼 어머니는?"

"5년, 아니, 이제 햇수로 6년 됐구나. 돌아가셨어."

어머니가 돌아가셨다는 말에 혜인이 잠시 멈칫하자, 준하가 씩 웃으며 가볍게 농을 했다.

"뭐 더 묻고 싶으면 물어봐. 차혜인 씨가 원한다면 신체 사이즈부터 통장 잔고 액수까지 뭐든지 성심성의껏 대답할게."

그러자 혜인이 눈을 부라리며 그에게 정말로 하고 싶던 질문을 던졌다.

"지랄하지 말고, 너 은수 곁에 다시 나타나서 알짱거리는 이유가 뭔지나 어서 말해."

"표면적으로는 은수가 일하는 출판사에서 기획 중인 책의 주인공이 나라서 은수가 나를 인터뷰하고 있지."

"내가 지랄하지 말라고 했다."

"하하, 넌 변함없구나, 정말."

"너도 음흉한 거 하나도 안 변했거든. 고등학교 때도 은수한테 눈독 들이고 3년을 스토커질한 놈이잖아, 네놈이. 그런데 또 이러냐? 너 출판사 그것도 네놈이 뒤에서 공작질했지?"

준하는 침묵함으로써 그녀의 질문에 답했다. 그러자 혜인이 한 껏 날 선 목소리로 그를 추궁했다.

"뭐야, 너 설마 은수가 너 안 기다리고 결혼했다고 복수라도 하려는 거냐?"

"아니."

그녀의 말에 준하가 씁쓸한 미소를 지으며 고개를 흔들었다. 그러나 혜인은 말을 멈추지 않았다.

"아픈 어머니 때문에 미국 간다면서 언제 오겠다고 기약도 없이 가버린 애인 못 기다리고, 병든 아버지에 식구들 건사하느라고 결혼해 버린 게 잘못은 아니잖아? 죽이고 싶을 정도로 한심하긴 하지만. 그러니까 너 애당초 은수한테 원망이나 비난 같은 거 할 생각이면 그냥 꺼져라."

"비난도, 원망도 안 해."

"그래? 그런데 왜 은수 앞에 알짱거려?"

혜인이 눈에 쌍심지를 켜고 버럭 소리를 질렀다. 그러자 준하가 음울한 목소리로 답했다.

"은수…… 다시 찾고 싶어."

"하, 미친놈."

어이가 없어서 그를 바라보던 혜인이 냉정한 목소리로 물었다.

"너 김은수 성격 몰라?"

그 말이 무엇을 의미하는지 준하는 잘 알고 있었다. 누구보다 열심히 사는 만큼 자기 자신에게 혹독할 정도로 엄격한 김은수. 그런 그녀가 과연 너를 받아들일 수 있다고 보느냐는 질문이었다.

"나보다 더 잘 아는 게 너 아냐? 그런데 그런 말이 나오니?"

"그래도 찾고 싶어."

"아무리 니놈이 언제 오겠다고 말도 안 하고 훌쩍 떠났어도 걔는 언제고 너 기다린다고 스스로 다짐했었어. 그런데 3년 만에 걔네 아버지 쓰러지시고, 혼자 버티다 버티다 안 돼서 현우 아빠 그 개새끼가 친정 도와준다고 해서 그 새끼랑 결혼한 거야. 아무리 사정이 그렇다 하더라도, 김은수 그년은 니가 먼저 떠난 건 생각도 안 하고, 그저 자기가 너 못 기다렸다고 자책하고 땅굴 파는 애야."

"알아."

"그런데 네가, 유부남도 아니고, 홀아비에, 이혼남도 아니고, 멀쩡한 총각 그대로 다시 떡하니 나타나서, 그것도 전도양양한 변호사 양반이 돼서 나타나서 다시 시작하자 그러면 그년이 얼씨구나 좋다 하고 받아들일 거 같애? 걔 성격에 죽어도 너 못 받아들여. 더군다나 우리 현우가 있어."

혜인이 말하지 않아도 준하도 잘 알고 있었다. 어제도 은수의 그런 마음과 부딪치고 말았으니까. 그러나 그는 은수에 대한 마음을 접을 수가 없었다. 그건 그에게 숨 쉬지 말라는 것과 같았다.

"그러니까 포기해라."

"포기할 수 있었으면 진즉에 했어."

준하의 말에 혜인은 콧방귀를 꼈다. 하지만 그녀도 그의 말이 진심이란 걸 알았다. 다만, 그 누구보다 은수의 성격을 알기에 그렇게 말할 수밖에 없었다. 어떤 식으로든 이젠 친구가 힘든 일을 겪지 않길 바라기 때문이었다.

"6년 전에 은수 결혼한다는 말 듣고도 쉽게 포기가 안 되더라."

"허이구, 미국 가서 3년 동안 연락 한 번 제대로 안 한 놈이 그 소식은 또 어떻게 들었대?"

"그러게. 그냥 우연처럼 그 소식이 들려오더라. 그때서야 나 미친놈처럼 다시 한국으로 들어왔어."

그때가 생각나는지 준하가 헛헛한 웃음을 짓자, 혜인의 언성이 다시 날카롭게 높아졌다.

"3년 동안은 대체 뭐 하느라 연락도 안 한 건데? 너 그냥 은수랑 헤어질 생각이었던 거 아냐?"

"맞아."

"미친 새끼."

"처음엔 그랬어. 실종됐다 다시 돌아온 어머니가 돌아가실 때까지 함께 있어 드리자고 결심했어. 그런데 그게 얼마나 걸릴지 알 수가 없었지. 1년이 될지, 10년이 될지. 그래서 은수 그냥 놔주자고 생각했어, 처음에는. 그때는 그게 은수 인생을 위해서 내가 해줄 수 있는 최선인 줄 알았다. 하지만 돌아올 거였어. 반드시 돌아오려 했어."

다시 실종된 줄 알았던 그의 어머니가 사실은 외할머니에 의해 그동안 쭉 요양원에 계셨다는 걸 9년 전에 알았다. 할머니는 어머니가 많이 위독하다는 요양원의 연락을 받고서야 준하와 미국에 있는 아버지에게 비로소 어머니의 행적을 알렸다.

신경쇠약과 우울증은 어머니 집안의 내림이었다. 준하의 개명 전 이름인 은수. 그것과 똑같은 이름을 가진, 그러나 17살에 자살한 그의 외삼촌도 그 병 때문에 그리되었다고 한다. 그래서 딸이 만신창이가 돼서 미국에서 돌아오자 외할머니는 하나밖에 없는 딸마저 그렇게 잃을까 겁이 나서 요양원에 보내 치료하도록 했다. 그러다 그 딸이 의사에게 얼마 살지 못한다는 말을 듣자 그제야 남편과 자식에게 알린 것이다.

요양원에서 지내며 어느 정도 안정을 되찾은 그의 어머니는 남편과 아들에게 미안해했다. 자신이 가진 병 때문에 그들 가정을 불행하게 만들었다면서. 천재 과학자로서의 길을 포기한 아들에게 너무나 미안하다 사과했다. 그리고 무엇보다 자신 때문에 멀쩡하던 한쪽 다리를 절게 된 남편에 대한 그녀의 죄책감은 이루 말할 수가 없었다.

그러나 준하는 자기 때문에 미국에 가지 않았다면 어머니가 이렇게 망가지진 않았을 거라고 생각했다. 그는 어머니를 위해 뭐든지 하고 싶었다.

어머니는 세 가족이 다시 행복하게 살고 싶다고 했다. 그것이 마지막 소원이라고. 그래서 아직 미국에서 변호사로 개업하고 있던 아버지를 따라서 세 식구가 함께 미국으로 건너갔다. 그러곤 어머니가 돌아가실 때까지 미국의 대학에서 평범한 학생으로 지내면서 어머니와 함께 이곳저곳을 여행 다녔다. 아버지는 일 때문에 같이 못 가는 경우가 많았지만, 어머니는 예전처럼 신경질을 내거나 불행해하지 않았다. 남편, 아들과 보내는 평범한 일상, 그것이 어머니가 바라는 전부였다.

쇠약해진 얼굴로 부드럽게 웃는 어머니의 모습을 보면서 준하는 가슴속에 쌓였던 죄책감을 조금이나마 덜 수 있었다. 하지만 그 다른 쪽에서는 은수에 대한 그리움과 미안함이 깊이를 알 수 없을 정도로 켜켜이 쌓여만 갔다.

그리고 그렇게 3년이 흘렀을 때 그에게 은수의 결혼 소식이 들려왔다. 그는 당장 한국으로 날아왔다.

혜인이 퍼뜩 무슨 생각이 머리를 스치는지 갑자기 날카로운 소리로 물었다.

"김준하, 너 똑똑히 대답해라. 너 6년 전에 들어와서 은수 만났냐?"

"……그래."

"하, 역시 너였구나."

6년 전 결혼을 앞둔 은수가 며칠간 연락이 되지 않은 적이 있었다. 그녀의 어머니는 물론 곧 결혼을 앞둔 그 남자까지도. 그 누구도 그녀와 연락이 닿질 않았다. '잠깐 바람 쐬고 온다고 해서 난 금방 올 줄 알았지. 얘가 왜 이래.' 은수의 어머니는 가족들 때문에 마음에도 없는 결혼을 등 떠밀리듯 하는 딸이 혹시 무슨 일이라도 벌일까 두려워했고, 혜인 또한 그랬다.

그러나 불안해하면서도 혜인은 차라리 그 미련한 친구가 도망이라도 쳤으면 좋겠다고 생각했다. 그녀의 어깨를 짓누르고, 발목을 잡아채는 모든 짐과 굴레를 훌훌 벗어 던지고 자유롭게, 자기만 생각하며 이기적인 선택을 하길 바랐다.

그러나 이틀 후 그녀는 언제나처럼 창백하고 말간 얼굴을 한 채 돌아왔다. 그러나 어딘가 초연해 보이는 낯빛을 보면서 혜인은 그녀의 미련한 친구가 결국 그 길을 선택하기로 결심했다는 생각에 속으로 눈물지었다.

그런데 그때의 그 짧은 실종에 김준하가 있었다는 걸 알게 되자, 친구의 그 돌출행동이 단박에 이해가 되면서도 버럭 화가 났다.

"멍청한 것들, 미련한 것들! 결혼 전에 그렇게 만나서 야반도주까지 했으면 끝까지 갔었어야지! 애를 돌려보내길 왜 돌려보내!"

혜인은 급기야 준하를 향해 베개를 집어 던지며 화를 터뜨렸다.

"이 병신들!"

정말로 병신짓이었다. 그러나 6년 전, 결혼을 한다는 은수를 다시 만났을 때 준하는 화를 낼 수도 없었고, 그녀를 잡아끌고 도망칠 수도 없었다. 그에게는 미국에 두고 온 병든 어머니가 있었고, 은수는……

"내 이름이 왜 은수인지 말한 적 있지? 엄마가 출생 신고하러 동사무소 갔다가 직원 거 보고 그대로 지었다고 했잖아. 나 사실 김은수가 아니라 이은수였어. 우리 아버지 만나 김씨 성을 받을 때까진."

사생아. 그녀는 자신이 아버지 없이 태어나 자란 아이였노라고 고백했다. 허허로운 세상 어디에도 마음 둘 곳 없어서 외롭고 힘들 때 그녀와 어머니 곁에 있어 준 사람이 지금의 아버지라고. 그런 분이 병들어서 죽어 가는데 자신이 할 수 있는 게 아무것도 없어서 괴롭다며 우는 은수를 보면서 준하는 정말로 자신과 그녀가 한 틀에서 찍어낸 영혼의 쌍둥이란 생각을 했다.

바보처럼 가족 때문에 자신의 사랑을 잡지 못하는 미련퉁이들……

하룻밤을 함께 보내고 꼬박 이틀을 같이 지낸 후에 그들은 이별했다. 3년 전 공항에서는 잘 가란 말도 못했던 그들은 비로소 서로에게 '안녕'이라고 말했다.

"갔다 와."

"갔다 올게."

스물한 살의 그들은 서로에게 기다려라, 기다리겠노라 굳이 다짐하고 약속하지 않았어도 그냥 알고 있었다. 그 간단한 인사말 속에 널 기다릴게, 날 기다려 줘. 그 마음이 담겨 있다는 걸. 그 당시 스물한 살의 남자는 그것이 사랑하는 여자를 위해서 할 수 있는 유일한 방법이라고 믿었다. 기다려 달라 말하지 않는 것, 구속하지 않는 것. 자기는 반드시 그녀에게 돌아올 것이기에, 그리고 그녀도 그러하리라 믿었기에 무모할 정도로 순진할 수 있었다. 그러나 21살, 어렸던 그들은 몰랐다. 인생이란 그렇게 뜻대로 흘러가지 않는다는 것을 말이다.

그래서 24살이 되어 그들은 서로에게 아프게 이별을 말했다.

믿을 수 없는 고통이었다. 헤어지지만 언젠가 다시 만나리란 기대를 품었던 3년 전과는 비교할 수 없는 절망과 슬픔이 그들을 아프게 했다. 한때 세상 전부였던 이를, 그렇게 떠나보내면서 그들은 이제야 비로소 그들이 어른이 되었다는 걸 느꼈다. 어떤 고통과 아픔도 가슴속 깊은 곳에 묻어두고 살아가야만 하는 그런 어른이.

그리고 다시 서른이 되어 만난 은수는 여전히 준하에게 세상에서 갖고 싶은, 함께 하고 싶은 유일한 여자였다.

화가 나서 씩씩거리며 준하를 한참 노려보던 혜인이 여전히 오만상을 찌푸린 채 그에게 말했다.

"은수 이혼한 지 얼마 되지도 않았어."

"알아. 하지만 그렇다고 천천히 가는 건 못해. 못 기다리겠어."

"미친놈, 9년이나 걸려서 돌아와 놓고는."

"그러니까, 그 세월을 돌아서 왔으니까."

"뭐 그렇게 안달 내다가 겁 많은 토끼가 아예 동굴 속에 처박혀서 안 나온다고 후회는 하지 마라, 이 엉큼한 늑대 새끼야."

"절대 그렇게 안 해."

자신만만하게 대답했지만, 그는 이미 그 토끼가 겁을 집어 먹었다는 걸 안다. 그리고 지금 그의 머릿속에는 어떻게 해야 그의 작고 사랑스러운 토끼가 용기 내서 다시 그의 손을 잡아줄 것인지 온통 그 생각뿐이었다.

그래서 그 첫 걸음으로 차혜인을 찾아온 것이다. 그를 알고, 은수를 아는 사람. 그리고 그들의 사랑을 지지해 줄 수 있는 존재. 만약 그 반대편에 선다면 가장 버겁고 힘든 상대이겠지만, 준하는 혜인이 누구보다 은수의 행복을 바란다는 걸 알고 있었다.

"뭐 그러든지."

혜인은 조금 화가 풀린 듯 표정이 누그러져 있었다. 그러나 다시 인상을 쓰며 진지하게 말했다.

"너 우리 현우는 어쩔 거야?"

"어쩌다니? 차혜인, 현우가 김은수의 일부인 거, 아니, 어쩌면 은수의 세상 전부인 거 나 잘 알아. 그리고 난 은수의 전부를 원하는 거야. 은수의 불완전한 한 조각만 갖고 싶지 않아. 그러니까 걱정 마라. 알잖아, 나 욕심 많은 놈인 거."

"어쭈, 말은 잘해요."

혜인은 준하를 보며 눈을 흘기면서도 그의 말에 적잖이 안심이 되었다.

준하는 물론 현우와 은수까지 피곤하다는 이유로 등 떠밀어서 내보낸 후 침대에 누워 있는 혜인의 표정은 묘하게 가라앉아 있었다. 그게 심상치 않아서 재원은 조심스럽게 아내 곁으로 가 물었다.

"자기야."

"왜?"

똑바로 누워서 천장만 바라보는 혜인은 남편에게 곁눈도 주지 않았다. 그저 물끄러미, 마치 천장을 뚫어버릴 것처럼 한곳만 응시하는 그녀의 얼굴에 서린 것은 근심과 걱정이었다.

"그래서 김준하는 용서하기로 한 거야?"

"용서? 내가 왜?"

"아니, 그냥……."

"내가 뭐라고 걜 용서하고 말고 해. 그건 은수 몫이고, 김준하가 할 노릇이지."

퉁명스러운 아내의 대답에 재원은 고개를 갸웃했다. 용서도 안
했는데 김준하를 살려서 내보냈단 말인가? 아까의 그 살기를 보자
면 김준하 정도는 한입에 털어서 아드득 씹어 먹어도 시원치 않을
텐데?

"그럼?"

"그냥. 이제 슬슬 1호, 2호 합체하는 것도 좀 보고 싶고……."

가만히 뇌까리는 말 속에 아내의 진심이 담겨 있음을 재원은 단
박에 알아챘다. 혜인은 은수를 친구 이상으로 아꼈다. 그리고 그
런 친구가 행복하지 않은 결혼 생활을 힘겹게 유지하다 이혼했을
때, 이혼한 것을 가슴 아프게 여긴 것이 아니라 은수가 자신의 행
복을 위해서 좀 더 빨리, 적극적으로 행동하지 못했음을 안타까워
했다. 이혼을 했어도 은수가 먼저 하자고 했어야 한다면서 화를
내던 재원의 아내, 혜인.

지금도 화난 사람처럼 심각한 표정을 짓고 있지만 그게 친구에
대한 걱정 때문임을 재원은 믿어 의심치 않았다.

"그런데 자기야."

"응?"

심각하게 천장만 보던 혜인이 갑자기 그를 똑바로 바라보며 사
뭇 진지하게 말했다.

"보니까 공부 잘하는 것들이 다 똑똑하게 사는 건 아닌 거 같다.

우리 딸내미 키우면서 공부 너무 열심히 시키지 말자."

"뭐, 뭐?"

"봐봐. 김은수도 그렇고 김준하도 그렇고 남들 부러워하는 일류대 척하니 들어가면 뭐 해. 지들 마음 제대로 몰라서 몇 년이나 헤매고 이제 와서 다시 어쩌네 마네. 여보야, 그건 아니잖아?"

재원은 예상하지 못했던 아내의 말에 당황하고 말았다. 차혜인, 여태껏 그렇게 무게 잡고 심각하게 생각한 게 그거였니?

"공부 잘한다고 다 잘사는 건 아니니까 우리는 애한테 공부 강요하지 말자고!"

그러나 그런 아내를 보면서 재원은 마지못해 고개를 끄덕여야 했다.

20

혜인에게 쫓겨나듯 내몰린 준하와 은수는 함께 병원을 나섰다. 그날, 강가에서 말다툼한 이후로 제대로 얼굴도 안 보고, 말도 나누지 않던 두 사람 사이에는 어색한 침묵이 감돌았다.

"차 갖고 왔어. 타. 집에 데려다 줄게."

"됐어. 버스 타고 가면 돼."

"현우 피곤해. 고집 부리지 말고 말 들어."

준하는 어느새 잠이 들어 은수 품에 안겨 있는 현우를 번쩍 들어서 자기가 안더니 성큼성큼 앞서 걸었다.

"뭐 하는 거야. 이리 줘."

"조용히 해. 애 깨겠다."

은수가 화급히 뒤를 따라가며 현우를 돌려달라 했지만 준하는 그녀의 말을 들어주지 않았다. 현우를 차 뒷좌석에 눕히고 은수가 타기를 기다렸다가 차에 시동을 켜고 곧 출발시켰다. 은수는 무릎 베개를 해서 현우를 안고 있었다.

"현우 몇 살이야?"

"여섯 살."

"여섯 살도 아직 낮잠 자나? 현우는 밤에 원래 몇 시쯤에 자?"

룸미러 너머로 눈길을 마주하며 준하가 현우에 대해 물었다.

"아직 7시밖에 안 됐잖아. 좀 일찍 자는 거 같아서. 들어가는 길에 함께 저녁 먹고 가려고 하는데 어때?"

"그냥 집에 데려다 줘. 현우 어제 자기 이모랑 늦게까지 놀아서 많이 피곤해. 꽤 오래 잘 거야."

"그래? 그래도 저녁은 먹여서 재워야 하는 거 아냐?"

"한숨 자고 집에 가서 먹이면 돼."

은수는 아무렇지 않게 이야기 건네는 준하를 보면서 지금 그의 마음이 어떤지 짐작할 수가 없었다. 어제는 분명히 화가 나 있었다. 그녀가 미국 가기 전까지만 만나자는 말에 그는 불같이 화를 내며 자기는 절대 그럴 수 없노라고 말했다. 오늘도 혜인 때문에 전전긍긍하는 그녀에게 올라가자는 단 한 마디만 했을 뿐이었다.

그의 눈빛은 화난 사람보다는 상처 입은 것처럼 보여서 그녀의 마음을 더 아프게 했다. 결코 그에게 상처를 주려한 것은 아니었다. 그를 힘들게 하고 싶지도 않았다. 그런데도 결과적으로 그녀는 또 그에게 상처를 준 꼴이 되어버렸다. 그것이 은수는 못 견디게 슬펐다.

현우를 바라보며 차창 밖으로 흘러가는 도심을 불빛들을 물끄러미 바라보던 은수는 문득 다시 룸미러 너머로 준하와 시선이 마주쳤다.

"김은수."

단단하고 기분 좋게 귓속을 파고드는 준하의 중저음. 그녀가 가만히 시선을 응시하자 그가 그녀를 똑바로 주시하며 말했다.

"난 너 절대 포기 안 해. 내 손 잡을 때까지 기다린다."

덜컹 은수의 심장이 다시 소리도 없이 나락으로 떨어져 내렸다. 그리고 무람함 없는 마음이 그녀 안에서 고개를 쳐들었다. 어쩌면 그냥 이대로 저 남자의 손을 잡아도 되는 건 아닐까? 정말로 그래도 되는 건 아닐까……. 그러나 은수는 결국 아무런 말도 못 한 채 입술을 꾹 눌러 깨물었다. 룸미러 너머로 그녀를 바라보던 준하도 더는 아무런 말도 하지 않았다. 그렇게 세 사람을 태운 차는 어둡지만 화려한 도심의 밤을 달려갔다.

월요일이라 출판사에 갔던 은수는 전혀 반갑지 않은 불청객을 만나야 했다. 정소연이었다. 그녀의 출현을 달가워하지 않는 건 은수만이 아니었다. 정호는 갑자기 출판사 문을 밀고 들어온 자신의 사촌 여동생을 보며 불쾌한 기색을 노골적으로 드러냈다.

"너 아직 한국에 있었냐?"

그러나 소연은 그런 것 따위에는 아랑곳하지 않은 채 여전히 화사한 웃음을 지었다.

"조금 있으면 오빠가 가지 말라고 울면서 매달려도 갈 거야."

"하, 너의 헛소리는 듣고 싶지 않고. 아무튼 너 저번에 미국 간다고 온갖 친지들 다 모아놓고 환송회랍시고 한다고 야단법석 떨고 선물까지 막 뜯어냈잖아. 너 나한테서도 귀걸인지 뭔지 받아갔지 않았냐! 그런데 왜 몇 달이 지났는데도 아직까지 있는 거야!"

정호는 소연이 드디어 떠난다는 사실에 기뻐서 눈물을 머금고 12개월 할부로 카드를 긁어서 사주었던 귀걸이가 생각나서 버럭 소리를 질렀다. 그러나 소연은 까딱도 하지 않았다.

"오빠도 참 그런 싸구려 귀걸이 갖고 뭘 그렇게 생색을 내고 그래?"

"싸구려? 몇십만 원짜리 싸구려도 있냐!"

정호가 광분해서 소리를 버럭버럭 지르든 말든 상관없다는 듯이 소연은 은수를 향해 노골적으로 적의를 드러내며 다가갔다. 거드름 피우면서도 나름 요염하게 걷는 걸음걸이며 몸짓이 꼭 고양이 같다고 정호는 생각했다. 버릇없고 싸가지 없는 도둑고양이.

정말로 딱이었다.

"그런데 김은수, 너 여기 꽤 오래 버틴다."

"저 싸가지 말하는 거 하곤."

고양이가 가르랑 거리는 것처럼 간드러진 목소리로 웃으며 비아냥거리는 소연을 보며 정호가 혀를 끌끌 찼지만 정말로 탐욕스러운 고양이처럼 눈을 반짝이는 소연은 컴퓨터 모니터만 쳐다보는 은수를 보며 집요하게 말을 걸었다.

"얼마 못 가 잘릴 줄 알았더니 의외네. 하긴 저 오빠가 사람이 좀 물러 터지긴 했어."

"야! 너 인마 헛소리 작작 하고 그만 가. 일 잘하고 있는 사람한테 웬 시비야!"

보다 못한 정호가 손을 휘휘 저으며 소연을 내몰려고 했다. 그러나 그녀는 끈덕지게 버티면서 오히려 정호에게 신경질을 부렸다.

"자꾸 이딴 식이면 내가 이모한테 가서 오빠가 웬 이상한 여자 갖다 놓고 직원이랍시고 데리고 있다고 꼰지르는 수가 있어!"

"뭐? 아이구 그러든가 말든가 맘대로 해라!"

"하, 그 여직원이 애 딸린 이혼녀에 오빠한테 꼬리친다고 해도 이모랑 이모부가 과연 가만히 계실까?"

정도를 넘어선 소연의 말에 정호도 더는 참을 수 없는지 언성을 높이며 딱딱한 목소리로 사촌동생을 나무랐다. 그전에 그는 은수에게 먼저 사과부터 했다.

"은수 씨, 내가 곧 이 녀석 쫓아낼 테니까 애 헛소리 신경 쓰지 말아요. 정말 미안해요."

은수는 짧게 한숨을 내쉬며 자리에서 일어섰다. 가뜩이나 요 며칠 신경을 많이 써서 그런지 머리도 아프고 몸이 안 좋은데 정소연 때문에 더 컨디션이 안 좋았다. 월경 날짜가 가까워서 그런 것도 같았다.

"저 잠시 손 좀 씻고 올게요."

"아이구 저 얼굴 새파랗게 질린 것 좀 봐. 은수 씨 정말 미안해요. 내가 다녀올 동안 꼭 이 녀석 내쫓을 테니까 안심하고 갔다 와요."

은수는 위생용품이 든 작은 파우치를 꺼내 들고 사무실을 나섰다. 뒤에서 그녀를 째려보는 정소연의 시선이 느껴졌지만 개의치 않고 걸어갔다.

은수가 문을 닫고 나가는 걸 본 정호는 이내 소연을 향해서 버럭 소리를 질렀다.

"너 이 자식! 사람이 해도 될 말이 있고, 하면 안 될 말이 있는 거지. 어디서 그렇게 못돼 처먹은 소릴 지껄여! 당장 꺼져!"

"오빠는 왜 자꾸 나더러 가라고만 그러는데. 나 할 말 있어서 온 거란 말이야. 들어보지도 않고."

스무 살도 아니고 서른 살 먹은 여동생이 울먹이며 앙탈을 부리자 정호는 정말 짜증이 나서 돌아버릴 것만 같았다. 어려서부터 온 집안의 막둥이라 어른들이 오냐오냐하고, 사촌들도 나이 어린 녀석이라 그러려니 하면서 내버려 둔 게 이런 말도 안 되는 성격 파탄자를 만든 게 확실했다.

"내가 요즘 얼마나 속이 상하는지 알고는 있어? 난 그래서……."

"그건 네가 만나는 한심한 녀석들한테나 하소연하고 너 우리 사무실에서 나가. 얼른얼른!"

소연의 등을 떠밀어서 강제로 밖으로 내보내던 정호의 주머니에서 갑자기 그의 휴대전화가 울어댔다. 전화기를 꺼내 액정에 떠오른 발신자 이름을 확인한 정호의 얼굴에 금세 화색이 돌았다.

"아, 김준하 씨 어쩐 일이십니까. 저한테 전화를 다 주시고. 하하하. 어이구 그런 데까지 신경을 다 쓰셨습니까? 제가 먼저 챙겼어야 하는 건데. 감사합니다. 네, 네 그럼요, 알겠습니다. 그건 걱정 마시고, 나중에 뵙죠. 하하하."

입이 귀에 걸려서 전화 받는 그를 인상을 잔뜩 쓴 채 바라보던 소연이 그가 전화를 끊기도 전에 앙칼진 고양이처럼 덤벼들었다.

"오빠, 뭐야, 김준하라니! 설마 그 김준하야?"

"어이쿠 깜짝이야. 너 뭐야, 안 갔어?"

"오빠가 방금 전화한 김준하가 그 김준하가 맞냐고?"

"야야, 넌 또 뭔 헛소리야 그 김준하냐니."

정호의 멱살을 부여잡고 늘어지던 소연은 일순간에 갑자기 손을 탁 하고 놨다.

"하긴 설마 우리 준하가 오빠 같은 사람하고 알고 지낼 턱이 없긴 하지."

소연은 습관적으로 오른손 엄지를 입에 넣고 잘근 씹으며 표독스러운 표정을 지었다. 조만간 미국으로 떠난다던 준하가 아직도 한국에 머물러 있었다. 로펌에서 맡고 있던 기업 간 소송 건이 마무리되는 대로 떠난다고 해서 그녀도 따라갈 요량으로 운영하던 어학원까지 정리하고 그가 언제 떠나는지 이제나 저제나 기다렸지만 벌써 석 달이 넘었는데도 그는 갈 생각을 안 하고 있었다.

김선국에게 직접 가서 물어봐도 그도 준하가 무슨 생각인지 미국행을 미루고 있다고 말할 뿐 자세한 건 말해주지 않았다. 게다가 그녀가 온갖 선물로 구워삶아서 자신의 눈과 귀로 만들어둔 로펌 여직원 말에 의하면 사무실에 나오는 건 일주일에 하루 이틀 정도일 뿐 지방에서 새로 사건을 맡았는지 요즘 들어 지방을 가는 일이 꽤 잦다고 했다. 그리고 사무실에 나와도 오후가 되면 바로 퇴근을 해버린다나.

소연은 기를 쓰고 어떻게든 준하에 대해 알아내려 했지만 좀체 알 수 없었다. 애초에 그녀의 전화는 받지도 않으니 어떻게 해볼 수도 없었다. 우연을 가장하고 그의 집 앞에서 기다렸다가 만나볼까도 했지만, 그랬다간 더욱더 싸늘한 경멸의 눈초리만 받을 게

뻔해서 이러지도 저러지도 못하고 있었다.

"흐흐, 은수 씨 우리 오늘 점심 밖에 나가서 근사한 거 먹어요. 제가 쏘겠습니다."

은수가 사무실로 돌아오자 정호가 마치 주인 맞는 강아지처럼 쪼르르 달려가서 말했다.

"뭐야, 밖에서 먹을 거야? 뭐 먹을 건데? 난 모처럼 갈비 먹고 싶어."

은수가 답하기도 전에 소연이 냉큼 끼어들자 정호가 싸늘한 눈초리로 그녀를 보며 퉁명스럽게 말했다.

"됐으니까 넌 가라."

그래도 소연이 버티자 급기야 정호는 소연을 사무실 밖으로 억지로 밀어내고 아예 문을 잠가 버렸다. 진즉에 이랬어야 한다고 생각하면서. 탕탕 문을 두드리고 발로 차는 소리가 들렸지만 그는 전혀 듣지 못하는 것처럼 은수에게 말했다. 요란스럽던 소리는 곧 잠잠해졌다.

"은수 씨 가시죠. 오랜만에 우리 좋은 데 가서 점심 거하게 먹자구요."

"저 지난번 번역한 원고 교정 다 못 봤는데요. 그거 늦어도 다다음주에 출간하실 거라고 하신 거잖아요. 전 간단하게 도시락 싸왔으니까 대표님은 맛있는 거 드시고 오세요."

"아이고, 우리가 일주일에 몇 번이나 얼굴 본다고. 이렇게 볼 때

회식도 하고 좀 그럽시다."

"그럼 일 끝나고 저녁에 하시죠."

"그러면 길게 못 보잖아요. 길게. 은수 씨도 회식 일찍 끝내고 일찍 집에 들어가는 게 좋죠?"

그러면서 억지로 은수의 등을 떠밀다시피 해서 사무실 밖으로 나온 정호와 은수가 차에 타는 걸 소연은 길 건너, 주차해 둔 자신의 차 안에서 보고 있었다.

정호가 은수를 태우고 도착한 곳은 출판 단지에서 꽤 떨어진 한정식 전문점이었다. 마치 안동의 고택처럼 고아한 풍취가 넘치는 한옥 건물을 보며 은수는 얼떨떨한 기분이었다. 으리으리한 아흔아홉 칸짜리 한옥을 고스란히 옮겨놓은 듯 솟을대문이 서 있는 그곳은 식당이라기보다는 마치 어느 왕의 행궁 같다는 느낌마저 줄 지경이었다.

"대표님, 이런 데 너무 비싸지 않아요? 대출금 갚는 것만 해도 허리 휘시는 분이 이건 너무 과한데요."

"하하하, 그렇다고 사람이 풀만 뜯고 살 수 있습니까? 가끔은 이렇게 코에 바람도 좀 쐬어주고 목구멍에 기름칠도 좀 하고 그래야 숨구멍 트여서 살죠."

막상 안으로 들어서니 어느 종가의 안채를 고스란히 옮겨놓은 듯 야트막한 꽃담으로 둘러싸인 단아하고 소박한 정취가 느껴지는 곳이었다. 맵시 있지만 간소한 한복 차림의 종업원이 안내한

곳에 이르자 댓돌 위에 남자 구두 한 켤레가 놓여 있었다. 아까부터 싱글싱글 웃고 있는 정호의 얼굴을 보며 짚이는 구석이 있는 은수가 가만히 그를 쳐다보자, 신발을 벗다 말고 민정호가 애써 민망함을 감추며 허허허 소리 내서 웃었다.

"아니, 난 김준하 씨가 오랜만에 만나서 식사하자고 해서……. 은수 씨야 자주 보지만 난 그때 이후로 한 번도 못 봤잖아요."

"알죠, 대표님 마음. 그런데 김준하 씨랑 식사하는 거 딱히 제가 거절할 이유도 없는데 왜 말 안 하셨어요? 제가 모르는 뭐가 더 있어요?"

은수의 질문에 갑자기 정호가 멍한 표정을 지었다. 그는 거기까진 미처 생각해 보지 못한 모양이었다. 자신의 오랜 우상인 준하가 점심식사를 같이 하자는 말에 들떠서 다른 일 따위는 생각할 겨를도 없었을 것이다.

"그러네, 김준하 씨가 왜 말하지 말라고 했지?"

좁다란 쪽마루 위로 올라선 정호는 계속 뭐지, 뭐지를 연발하고 있었다. 완자살 문양의 사분합문을 열자 안에는 이미 상이 차려져 있고, 예상대로 준하가 앉아 있다가 자리에서 일어섰다.

"어이구 김준하 씨, 오랜만에 뵙습니다. 하하하."

좀 전까지 고개를 갸웃거리던 정호는 준하를 보자마자 신이 나서 얼굴에 활짝 웃음꽃이 피었다. 두 손으로 덥석 준하의 손을 잡고 악수를 하는 품새가 마치 삼십 년 지기 친우를 만난 것처럼 기꺼워 보였다.

"네, 어서 오세요, 두 분."

준하와 마주 보며 정호와 은수가 상의 맞은편에 앉자 종업원들이 준비된 음식들을 내왔다. 정갈하고 색이 고운 전에서부터 나물과 찜, 생선구이와 각종 젓갈, 그리고 단단하고 실한 단호박 안에 오리고기를 넣어 구운 음식까지 너무 과하게 넘칠 정도로 양과 종류가 많지 않으면서도 하나하나 고유의 맛과 향이 살아 있는 음식은 정말로 특별했다.

"우와, 이건 단순히 맛있다고 할 수 있는 그런 맛이 아닌데요. 뭐랄까 뭔가 그윽하고 깊이 있고. 하여간 말로 다 표현이 안 되네요."

노상 자기는 어린애 입맛이라 햄버거와 스파게티 같은 음식들이 좋다고 노래하던 정호도 정성으로 만든 음식의 깊이 있는 맛에 반한 모양이었다. 식사를 얼추 마쳐가자 준하가 정호에게 이야기를 꺼냈다.

"민 대표님, 아무래도 이제는 말씀드릴 때가 된 거 같아서 이렇게 자리를 마련했습니다."

"예? 무슨 말씀을?"

"어차피 조만간 알게 되실 테고 그때 다른 경로로 아시는 것보다는 저나 김은수 씨가 직접 말씀드리는 게 나을 것 같군요."

정호는 물론 은수도 의아한 눈빛으로 준하를 바라보았다. 태연

작약하게 앉아 있는 준하를 보면서 그녀는 설마하면서도 어쩐지 심장이 긴장감으로 두근거렸다. 대체 정호에게 무슨 말을 하려고 저러는 걸까?

"우선 아시다시피 제가 개명하기 전의 이름은 김은수였습니다. 여기 계신 김은수 씨와 똑같죠."

"하하, 네 알고 있습니다. 우리 은수 씨 처음에 면접 왔을 때 제가 이상한 놈 취급 받을까 봐 말은 안 했지만, 이름만 보고 바로 뽑으려고 마음먹었답니다. 아, 물론 능력도 그만큼 좋았구요."

정호가 그녀를 보고 싱긋 웃자, 그걸 바라보던 준하가 한쪽 입매를 비틀어 올리듯 미소 지었다.

"아무리 생각해도 다른 거 말고 이거 먼저 꼭 말씀드려야겠습니다. 민 대표님, 은수한테 우리 은수 씨라고 부르지 마십시오."

"네?"

"김준하 씨."

준하의 말에 정호는 어리둥절해했고, 은수는 놀라서 그의 이름을 소리쳐 불렀다. 대체 무슨 말을 하려는 것인가! 그러나 준하는 개의치 않고 말했다.

"제가 김은수 씨 좋아합니다."

그의 폭탄선언에 은수는 기함하고 말았다. 얼굴이 금세 새빨갛게 달아올랐다. 정호는 소리도 못 내고 입만 쩍 벌렸다.

"우리 두 사람 오래전부터 알던 사이이고, 제가 쭉 좋아했습니다."

"아, 네에……."

아무 영혼도 담겨 있지 않은 대답을 하며 물을 꿀꺽 삼키면서 고개를 끄덕이던 정호가 화들짝 놀란 듯 고개를 치켜들었다.

"원래 알던 사이라고요?"

그때 드르륵 문이 열리면서 정소연이 들어왔다.

"준하랑 우리 셋 같은 고등학교 출신이야. 와, 정말 징하다, 김준하. 설마 설마 했는데 정말 너였어?"

표독스럽게 눈을 치켜뜨고 안으로 들어서는 그녀를 반기는 사람은 아무도 없었다.

"너 뭐냐?"

정호가 잔뜩 찌푸린 얼굴로 물었지만 소연의 시선은 오로지 준하에게 가 있었다. 그러나 준하가 냉담한 얼굴로 바라보자, 발끈해서 다시 정호에게 고개를 홱 돌리며 물었다.

"오빠, 준하랑 어떻게 아는 거야?"

"네가 무슨 상관이야, 알아서 뭐 하게?"

"빨리 대답해, 나 소리 지르기 전에."

소연의 유치한 협박에 정호는 혀를 끌끌 차면서도 마지못해 대꾸해 주었다.

"출판사 하는 사람이 뭐긴 뭐겠어, 책 때문에 알게 된 사이지."

"무슨 책? 준하가 건축하는 것도 아니고. 변호사잖아. 오빠네 출판사랑 무슨 상관이야?"

"정소연, 당사자 앞에 두고 뭐 하냐?"

정호가 떽떽거리는 소연을 나무랐지만 그녀는 멈출 기세가 아니었다. 그리고 은수는 머리가 지끈거려서 그 소리를 듣고 있을 수가 없었다.

"대표님, 저 먼저 나가 있을게요. 세 분은 얘기 나누다 나오세요."

은수가 자리에서 일어서자 준하와 정호도 따라 일어섰다. 어차피 소연이 이 자리에 난입한 순간 그들은 작파할 생각이었다.

"왜 그래? 어디 아파?"

준하가 그녀를 보며 걱정스럽게 묻자 갑자기 소연이 날카롭게 소리 질렀다.

"김준하, 그만해!"

그녀는 준하 곁으로 가더니 그의 팔을 잡으려고 했다. 그러나 소연의 손끝이 닿기도 전에 준하가 그녀의 손길을 세게 쳐냈다.

"뭐 하는 짓이야?"

"너야말로 뭐 하는 거니? 김은수 돈 때문에 너 배신하고 나이 많은 남자랑 결혼했다가 얼마 전에 이혼했어. 애 딸린 이혼녀라고. 알긴 알아?"

약이 바짝 올라서 말하는 소연을 보면서 준하가 나직하지만 엄한 목소리로 경고했다.

"정소연, 그 입 닥쳐라."

그러나 소연의 입은 다물려질 줄을 몰랐다.

"너 몰랐지?"

기세등등하게 폭로랍시고 하던 소연은 은수는 물론 준하의 표정에도 변화가 없자 입술을 앙다물더니 또 떼를 쓰듯 준하에게 매달렸다.

"너 설마 지금도 김은수한테 관심 있는 거야? 아니지? 전에도 네가 왜 그랬는지 난 도저히 이해 안 가지만, 지금은 봐. 쟤 이혼녀야, 아무리 김은수가 꼬리쳐도 그렇지. 쟤는 다른 남자랑 살던 헌 여자라고. 안 더러워?"

촤악!

그 순간 준하가 물 컵에 들어 있던 물을 소연의 얼굴에 단숨에 뿌렸다.

"꺅!"

소연이 새된 소리를 질렀지만 그는 개의치 않았다.

"너 내가 입 닥치라고 했다."

가차 없는 준하의 행동에 물에 흠뻑 젖은 소연보다 그 옆에 있던 은수와 정호가 더 놀랐다. 언제나 예의 바르고 다감한 성격인 줄 알았는데 지금 보니 매서운 북풍한설보다 더 차갑고 단호하다.

"정소연, 너 무례하고 싸가지 없는 건 정말 나이를 먹어도 변함이 없구나. 한 번만 더 은수 건드려 봐. 가만 안 둬. 김은수 나와. 가자."

준하가 은수의 손을 잡으며 정호에게 양해를 구했다.

"민 대표님, 저희는 이만 먼저 가보겠습니다. 오빠시라니 정소연 뒤처리는 민 대표님께 맡기죠."

"아, 그럼요. 저 녀석이 정말로 집안 망신인 녀석이라……. 죄송합니다. 은수 씨, 미안해요."

은수는 이 난리통 때문에 가뜩이나 아프던 머리가 더 아팠다. 지금은 정호한테 설명이고 뭐고 그저 이 자리를 어서 떠나고 싶을 뿐이었다. 증세가 점점 온몸으로 퍼져 가는지 아랫배에 묵직한 통증이 느껴지고, 몸에 한기가 든 것처럼 시리고 점점 눈앞이 흐려지기 시작했다. 정호를 향해 꾸벅 고개를 숙이고 몸을 돌리는데 갑자기 소연이 뒤에서 덤벼들었다.

"야, 너 어디 가! 준하 손 못 놔!"

독이 오른 살쾡이처럼 은수의 머리를 향해 손을 뻗으며 몸을 날리는 소연을 보면서 정호는 붙들려고 했지만 놓쳐 버리고 말았다. 아차 싶어서 눈을 질끈 감는데 갑자기 짝! 날카로운 마찰음과 함께 단말마의 비명 소리가 들렸다. 소연의 것이었다.

눈을 뜨자, 소연이 한쪽 뺨을 손으로 감싼 채 바닥에 주저앉아 있었다. 그녀가 아프고, 서럽고, 원망 가득한 눈길로 바라보는 시선 끝에는 은수 앞을 가로막고 서 있는 김준하가 있었다.

"뭐, 뭐야 준하! 너 나 때린 거야?"

믿기지 않는 듯 소연이 부어오르기 시작한 뺨에 손을 대면서 울음 섞인 목소리로 물었다. 그러나 정호가 여태껏 본 적 없는 차갑고 싸늘한 눈초리로 소연을 무슨 벌레 보듯 바라보던 준하가 서릿발이 설 것처럼 냉랭하고 무서운 목소리로 뇌까렸다.

"너, 은수한테 손대지 말라고 경고했지. 헛소리도 하지 말라고 분명히 말했어."

"준하야, 난……."

"난 누구든 내 여자 건드리는 꼴 못 봐. 여자라서 넌 봐줄 거라고 생각한 거야, 정소연? 하, 난 그런 신사 따윈 못 되니까 앞으로 조심해."

그렇게 김준하가 은수의 손을 잡고 사라지는 뒷모습을 보면서 소연은 바닥에 엎드려 펑펑 대성통곡하며 울었고, 처음에는 그녀를 혼낼 생각이던 정호도 어쩐지 그녀가 불쌍해서 아무 말도 하지 못했다. 다만 그녀의 야단스러운 울음소리에 몰려온 종업원과 손님들이 하도 쳐다보는 게 창피해서 곧 그녀의 몸을 일으켜 주었다. 그러나 펑펑 울면서도 그의 손길을 뿌리치며 끝까지 패악을 부리자, 그냥 내버려 두고 식당 밖으로 나와 버렸다.

은수를 태운 김준하의 차가 식당 앞의 도로를 벗어나서 사라지는 모습을 보며 정호는 씁쓸하게 중얼거렸다.

"뭐야, 결국 천재고 뭐고 남자라 이거지. 거 참."

처음 간신히 김준하에게 연락이 닿았을 때, 그는 출간 계약을 하는 조건으로 김은수를 자신의 전담 인터뷰어로 지정하고, 집필까지 맡길 것을 내걸었다. 정호는 처음에 준하가 자기네 출판사의 규모와 직원에 대해서 상세하게 물었던 탓에 그가 최소한의 사람들과 은밀하게 접촉하고 싶어서 그러나 보다 생각해서 퍽 신중한 성격이거나 어린 시절 너무 매스컴과 대중에 시달린 탓에 저렇게 은둔자처럼 극히 노출을 꺼리는구나 하고만 생각했다.

그런데 오늘 김준하가 왜 그랬는지 깨닫게 되고, 그에게 손목을 잡힌 채 순순히 따라 나가던 은수를 떠올리자 정호는 저도 모르게 중얼거리고 말았다.

"그나저나 난 닭 쫓던 개 지붕 쳐다보는 셈인가……. 에휴."

그러고는 끝낸 고개를 푹 숙이며 길게 길게 한숨을 내쉬었다.

준하는 은수를 차에 태워 가면서 연신 그녀의 안색을 살폈다. 아까부터 창백한 것이 심상치가 않았다.

"많이 아파?"

"조금."

"병원 가자."

"싫어……. 그 정도는 아니야."

병원에 가자는 준하의 말을 단호하게 거절한 채 은수는 시트에 몸을 기댄 채 눈을 꼭 감고 있었다. 그러다 갑자기 쿡 하고 맥없는 웃음을 터트렸다. 영문을 모르는 준하가 짙은 눈썹을 하나 밀어 올리며 쳐다보자 은수가 그에게 물었다. 목소리에 힘이 하나도 없었다.

"너 그거 나 따라 한 거지?"

어느새 이마에 식은땀이 송골송골 맺힌 게 아무래도 상태가 심각해 보이는데, 그래도 웃고 있는 은수를 보자니 준하는 같이 웃어야 할지 병원에 가자고 화라도 내야 할지 난감했다.

"정소연 얼굴에 물 뿌린 거. 그거 내가 원조잖아."

어느새 작게 소리까지 내면서 웃는 은수를 보면서 운전대를 손에 꼭 쥔 채 전방을 주시하던 준하가 그녀에게 사실을 바로잡아 주었다.

"아니, 내가 원조야."

"그게 무슨 소리야? 너 생각 안 나? 고3 때 수능 끝나고 그때도 정소연이 나한테 시비 걸어서 내가 걔 얼굴에 화병에 든 물 뿌렸는데."

"좀 더 잘 생각해 보면 그때 이미 정소연 머리가 물에 젖었던 게 생각 날 거야."

준하의 말에 눈을 가느스름하게 뜨고 바라보며 은수는 11년 전의 일을 떠올렸다.

수능이 끝난 교실. 아직 성적표를 받기 전이었지만 대부분의 아이들은 그래도 끔찍하던 고3이 끝났다는 생각에 한껏 들떠 있었

고, 교실 분위기는 어수선하기만 했다. 논술을 치르는 아이들 정
도만이 아직 긴장의 끈을 쥐고 있을 뿐. 막 점심시간이 끝나고 난
오후 수업이 시작했을 무렵, 마침 자습시간이라 선생님은 늦게 들
어오셨고, 누군가 한 농담에 혜인과 은수는 물론 아이들 여럿이
웃었다. 그러자 소연은 또 신경질을 부리며 화를 냈다.

"너희들은 그렇게 민폐 끼치며 살고 싶니? 그렇게 민폐 끼치는 것도
습관이고 생활이라던데, 김은수 넌 대체 가정교육을 어떻게 받은 거
야!"

은수의 잘못이 아님에도 불구하고 굳이 은수를 지목해서 가정
교육까지 운운하는 소연을 보다 못한 혜인이 교탁 위에 있던 화병
을 낚아채듯 집어 들고는 성큼성큼 걸어갔다. 그러나 중간에 은수
가 그 화병을 가로챘다. 자기 막지 말라고 혜인이 화를 내는데 은
수가 그 화병을 든 채로 정소연에게 다가가 한 손으로 꽃을 움켜
잡고 빼더니 그대로 소연의 머리 위에 화병의 물을 들이부었다.
'꽃이 뭔 죄야.' 라면서.
"네가 정소연 머리 위에다 화병 붓기 바로 전에 점심시간에 내
가 걔 머리에 물 부었어."
"왜?"
"알잖아, 정소연 주특기가 헛소리인 거. 그래서."

준하는 그저 어깨를 으쓱하며 자세한 말을 하지 않았지만 은수는 충분히 짐작할 수 있었다. 고3 때 정소연이 공공연하게 자기에 대해 험담을 하고 다녔다는 걸 같은 반 친구들 중에 모르는 사람이 없을 정도였다. 준하에게 관심이 많았던 소연은 은수와 준하가 친밀한 사이라는 걸 눈치챈 그 순간부터 은수를 잡아먹지 못해서 안달이었으니까. 아마 그때도 오늘과 비슷했을 터였다.

"아무튼 오늘 걔 보면서 든 생각이지만 사람이 나이를 먹는다고 다 철이 들고 현명해지는 건 절대 아닌가 봐."

은수가 다시 눈을 감으면서 힘없이 중얼거렸다.

"나 집에 가야 하니까 아무 데나 버스 정류장에서 내려줘."

"말도 안 되는 소리 마. 병원 가자. 병원 갔다가 집에 데려다 줄게."

"싫다고 했잖아."

힘이 없고 몸이 자꾸 가라앉는지 은수의 목은 점점 더 옆으로 꺾어지고 있었다. 그런데도 그녀는 병원을 완강하게 거부하며 집에 가기를 고집했다. 딱딱하게 인상을 굳히며 준하도 고집을 부렸다.

"너 병원 가야 해."

"안 돼. 현우 기다려."

은수는 오늘 출판사에서 일찍 끝날 거라고 생각했기 때문에 어린이집에 오후에 데리러 가겠노라 미리 말을 해놓지 않았다. 그러니 얼마 후면 현우는 어린이집 차를 타고 집에 올 터였다. 아이가 맞아주는 이 아무도 없는 집에 들어가게 할 수는 없었다.

"현우 마중 때문에 그래? 그건 어머님이나 상은이한테 부탁하면 안 돼? 아니면 이웃에 어디 말할 데 없어?"

"없어. 오늘은 다들 바빠서 안 돼. 그리고 아침에 현우한테 약속했어. 어린이집 차에서 내릴 때 기다리고 있겠다고. 그러니까 갈 거야."

"그래도 병원 들렀다 가야 해. 네 상태 지금 너무 안 좋아."

"말씨름하기 싫어. 그냥 아무 데나 내려줘."

"휴, 너 정말."

보통 사람들은 은수가 수굿하고 조용하며 얌전한 성격인 줄 안다. 그러나 진짜 그녀는 엄청난 고집쟁이에 자신이 옳다고 믿는 건 미련할 정도로 지키는 사람이었다. 간혹 그것이 보는 사람이 답답할 정도로 자신을 힘들게 한다 해도 일단 하기로 마음먹은 일은 번복하는 법도 없고 중간에 포기하거나 바꾸는 일도 없었다. 그게 김은수라는 여자였고 준하는 세상 그 누구보다 김은수를 잘 알고 있었다.

신열이 오르는 것일까. 지쳐서 눈 감고 있는 은수의 입술이 바싹 마르고, 얼굴은 하얗게 질려 있었다. 준하는 정말로 화가 났지만 어쩔 수가 없었다.

은수의 아파트에 차를 세우고 준하는 서 있을 힘도 없는 그녀가 이를 악물고 버티며 어린이집 차량을 기다리는 걸 멀찍이 떨어져서 지켜봤다. 차를 세우자 은수는 그에게 그만 가라고 했지만 준하는 그럴 생각이 없었다. 그렇다고 더 이상 아픈 사람과 실랑이하고 싶지도 않았다.

그래서 사람들 이목이 무서워서가 아니라 제 몸 하나 버틸 힘도 없는 그녀가 신경 쓸까 봐 멀리서 그녀를 지켜봤다.

같은 어린이집을 다니는 아이들 엄마들이 옹기종기 모여들고 은수도 그 엄마들 틈에 끼어들었다. 간혹 왁자하게 웃음이 터지기도 하고, 무어라 수다를 떠는 그 여자들 사이에서 은수는 조용히 미소 지으며 간혹 사람들의 말에 가볍게 고개를 끄덕이며 서 있었다.

바보, 지금 두 발로 버티고 있기도 힘들 텐데.

준하는 쯧, 혀를 찼지만 그저 지켜보는 수밖에는 할 수 있는 게 없었다.

얼마 후 어린이집 차량이 도착하고 곧 아이들이 내려서는 제각각 제 엄마의 손을 잡고 흩어졌다. 멀리서도 둥글고 하얀 현우의 얼굴이 뚜렷하게 보였다. 준하는 저도 모르게 입가에 미소를 지었다. 곧 은수와 현우가 다정하게 손을 잡고 이야기를 나누며 천천히 걸음을 옮겼다. 실은 현우 혼자 재잘대고 은수는 그저 들어주기만 하는 거였다. 그녀 입가에 번진 온화한 미소가 위태했다. 아니나 다를까, 아파트 현관의 층계참을 오르는 그녀의 다리가 후들

거리자 준하는 성큼성큼 빠르게 그들 모자를 향해서 뛰듯이 걸어 갔다.

그리고 그가 막 그녀 옆에 당도한 순간 은수는 허물어져 내리듯 쓰러졌다. 준하는 얼른 팔을 뻗어 그녀를 품에 안으면서 아이에게 인사했다.

"현우 안녕? 아저씨 알지?"

그예 기절하고 만 은수 때문에 화가 나고 걱정되면서도 혹시 아이가 걱정할까 봐 애써 미소 지으며 가벼운 어조로 말을 건넸다.

"엄마 아파서 병원 가야 되니까 아저씨랑 같이 갈까?"

평소 현우는 조심성 많고 신중한 아이였다. 제 앞에서 기절한 엄마와 그런 엄마를 안고 있는 준하를 보면서도 꽤 침착했다. 그러나 어린 가슴은 분명히 놀라서 콩당거리고 있을 터였다.

"가자."

준하는 차를 출발시키자마자 제일대 병원의 정진수 박사에게 전화를 걸었다. 얼마 전에 있었던 의료 소송에서 연을 맺은 사람이었다.

"……네 부탁드립니다. 곧 도착하겠습니다."

병원에 도착하자 미리 대기하고 있던 의료진이 은수를 이동식 침대에 실어 데리고 갔다. 준하와 현우는 서로 손을 꼭 잡은 채 응급실 밖에서 기다렸다. 얼마 후 정 박사가 직접 준하에게 은수의 상태를 알려주러 왔다.

"박사님, 그 사람 이제 괜찮은 겁니까?"

다급하게 묻는 준하를 보면서 정 박사가 오랜 세월 몸에 밴 미소를 지었다. 환자들과 보호자들의 불안을 달래주는 그 미소는 연륜에서 온 것이었다. 그러나 준하도, 현우도 은수에 대한 걱정으로 잔뜩 경직돼 있었다.

"아이고, 보니까 최근에 스트레스가 굉장히 크셨나 봅니다. 사람 몸이 튼튼한 거 같아도 알고 보면 꽤 약한데 특히 스트레스는 치명적이죠."

"……네."

"게다가 피로가 많이 누적된 데다 신경이 예민해서 그런 거 같은데 몸이 특별히 안 좋은 건 아니니까 지금 맞고 있는 링거만 다 맞으면 가도 됩니다."

"감사합니다, 박사님."

"선생님, 우리 엄마 정말 안 아파요?"

"그럼. 엄마가 조금 피곤하셔서 그런 거니까 한숨 푹 자고 나면 좋아지실 게다."

"고맙습니다."

똑같이 이마 한가운데 세로 주름을 만든 채 초조하게 자기를 바라보던 준하와 현우가 비로소 안도의 표정을 지으며 꾸벅 고개 숙여 인사하자 정 박사는 허허 소리 내서 웃었다. 특히 현우가 두 손을 배꼽에 모으면서 허리까지 깊게 숙여 인사하자 그는 제 손자

또래의 아이가 기특해서 웃음을 담뿍 담고 아이를 바라봤다.

"아이고 녀석, 아버지 닮아서 인사성도 바르구나."

정 박사가 작은 머리를 쓰다듬어주며 칭찬하자 현우가 제 손을 꼭 잡고 있는 준하를 빤히 올려다보았다. 준하는 현우를 마주 보며 웃었다. 아무래도 정 박사는 은수와 현우를 준하의 아내와 아이로 착각한 모양이었다. 그러나 준하는 그런 오해가 싫지 않았다. 그래서 굳이 아니라고 말하지 않았다. 그리고 현우도.

"그런데 박사님 죄송하지만 저 사람 이대로 집으로 데려가도 되겠습니까?"

생각 같아서는 몇 날 며칠이고 강제로 병원에 입원시켜서 푹 쉬게 하고 싶지만 은수는 절대로 그걸 원하지 않을 것이다. 그래서 다행히 몸에 큰 무리가 없다는 정 박사의 말에 준하는 차라리 그녀가 마음 편하게 일단은 집에 데려다 주자 생각했다.

"아 그럼요. 링거만 다 맞으시면 됩니다."

"그게 아무래도 잠에서 깨게 되면 병원에 데려왔다고 한소리하지 싶어서요. 깨기 전에 집에 데려다 놔야지 싶네요."

"어이구, 우리 김 변이 마나님이 꽤 무서우신가 봅니다. 하하하."

"세상에서 제일 무섭죠. 저를 겁나게 하는 유일한 사람이니까요."

"저도 실은 제 집사람한테 꼼짝 못합니다. 인상만 한 번 써봐요,

쩔쩔매기 바쁘죠. 허허. 어디 봅시다."

남은 링거액과 은수의 상태를 다시 면밀하게 살핀 정 박사는 준하에게 은수를 데리고 가도 좋다고 허락했다.

"수액에 안정제 성분도 맞아서 당분간은 푹 잘 겁니다. 그러니 깨시기 전에 얼른 집에 가세요."

"정말 감사합니다."

"약은 병원 거니까 깨시면 식사 후에 드시도록 해주시구요."

준하와 현우는 정 박사를 향해 다시 인사를 하고는 곧 은수를 데리고 집으로 돌아갔다.

21

준하는 잠들어 있는 은수를 한껏 뒤로 젖힌 조수석에 조심스럽게 앉히고 안전벨트를 매준 후 병원에서 준 모포로 꼼꼼하게 덮었다. 그리고 현우는 뒷좌석에 앉도록 했다.

"현우, 안전벨트 맬 줄 알지?"

"네."

준하는 아이가 스스로 안전벨트 매는 것을 지켜봐 주고는 운전석에 올라탔다. 정 박사의 말로는 한동안 잘 거라고 했지만 언제 은수가 깰지 몰라서 마음이 초조했다. 그렇다고 과속을 할 수 없어서 신중하게 사방을 살피며 운전에 집중했다.

얼마나 달렸을까. 뒤에 앉아 있던 현우가 그를 불렀다.

"아저씨."

"왜, 현우야?"

"아저씨는 우리 엄마가 그렇게 무서워요?"

아까 정 박사와 그의 대화를 들은 탓에 궁금했던 모양이다. 안전벨트를 한 채 자그마한 몸뚱이를 앞으로 가능한 앞으로 쑥 내밀어서 그를 바라보는 모습을 룸미러로 보며 준하는 당황해서 말을 더듬었다.

"어……? 어."

잠시 뜸을 들이던 준하는 솔직하게 대답했다.

"왜요?"

어떻게 해야 아이가 쉽게 알아들을 수 있을까 고심하던 준하는 이렇게 말해주었다.

"음, 아저씨는 현우 엄마가 화내거나 슬픈 게 싫거든. 엄마가 화내면 아저씨 마음이 아파."

"나도 그런데."

"그래? 현우도 그렇구나. 그럼 아저씨 마음 잘 알겠네."

"네."

아이는 준하가 사준 과자를 손에 꼭 쥔 채 자그마한 머리를 끄덕였다.

"엄마가 아프고 힘들면요 현우 마음도 아파요. 손가락이 바늘에 찔린 것처럼 가슴이 따끔따끔해요."

아이의 솔직하고 예쁜 마음에 준하는 저도 모르게 입가에 미소가 지어졌다. 지치고 고된 삶에서도 은수가 웃으며 버틸 수 있었던 이유는 바로 저 작은 아이 때문일 것이다.

"현우 배 안 고프니?"

"아뇨. 아까 병원에서 간호사 누나랑 김밥 먹었잖아요. 배 안 고파요."

"그래. 그럼 다행이다. 그래도 혹시 배가 고프면 아저씨한테 말해."

"네."

은수가 살고 있는 아파트에 도착한 준하는 은수의 얼굴이 잘 보이지 않게 모포로 잘 감싼 후 현우와 함께 아파트 엘리베이터에 올라탔다. 다행히 아파트 입구 경비실을 지키는 경비원의 모습은 보이질 않았다. 아마도 순찰을 나간 모양이었다.

"현우야, 엘리베이터 좀 눌러줘."

"네, 아저씨."

현우가 작은 손으로 15층 숫자를 누르고 엘리베이터가 도착하자 먼저 내려서는 앞장서서 집으로 걸어갔다. 다행히 그들 모자가 살고 있는 집의 도어락은 숫자를 누르면 되는 거였다. 살짝 뒤꿈치를 들고 까치발을 선 현우가 조막만 한 손으로 숫자판을 가리며 조심스럽게 비밀번호를 눌렀다. 띠리리 잠금 장치가 해제된 소리가 나자 문을 열고 안으로 들어서며 현우가 준하에게 말했다.

"엄마가요, 비밀번호는 절대 안 보이게 해야 된댔어요. 누가 보면 큰일 난대요."

"그럼, 당연하지. 우리 현우 대견하네."

문이 열리고 안으로 들어서는 순간, 준하는 갑자기 목이 콱 막히는 기분이었다. 은수의 공간. 그녀가 아이와 사는 곳. 그곳에 초대 없이 들어간다는 게 어쩐지 망설여졌다. 하지만 아이가 작은 발걸음으로 도도도 달려가서 침실의 문을 열고 손짓을 하자 품에 안은 은수를 다시 고쳐 안으며 안으로 성큼성큼 걸어갔다.

"여기요, 여기."

현우가 침대의 이불을 걷어내며 말했다.

조심스럽게 잠든 은수를 눕히고 모포와 외투를 벗겨냈다. 그러곤 이불을 덮어주며 물끄러미 그녀의 얼굴을 바라보았다. 그가 너무 그녀를 힘들게 한 것일까? 무작정 자신을 받아달라, 그의 손을 잡아달라 떼를 쓴 것이었나?

단 한 번도 그녀를 아프게 하고 싶지 않았다. 울게 하고 싶지도 않았다. 6년 전 결혼을 한다는 그녀를 만났을 때 그녀는 그를 보자마자 놀라지도 않았다. 왜 이제 왔냐고 원망도 하지 않았다. 그저 조용하고 희미한 미소를 지으며 그에게 '미안해.'라고 말할 뿐이었다.

그러나 그건 그가 하고 싶은 말이었다. 좀 더 일찍 오지 못해서, 아니, 무심하게 그녀를 내버려 둬서, 그렇게 해도 그녀는 변함없이 자기를 기다릴 거라고 믿었던 자신의 오만함이 너무도 미안해서 그는 아무런 말도 못했다.

함께 무작정 기차를 타고 도착한 어느 한적한 바닷가에서 그녀는 처음으로 자기가 사생아였음을 고백했다. 그런데 그 순간에도 그는 자기의 과거를 말하지 않았다. 그녀에게 그저 그녀가 알던 기억 속의 모습으로만 기억되고 싶어서였는지 아니면 이제 며칠 후면 결혼한다는 그녀에게 더는 아무런 마음의 짐도 지워주고 싶지 않아서였는지 잘 알 수는 없었다.

그저 스물네 살은 스물한 살보다 삼 년의 세월을 더 살았을 뿐, 여전히 어렸고, 무기력한 나이였다. 그에게는 자기 때문에 불행해진, 언제인지 정확하게 알 수 없으나 곧 죽음을 앞두고 있는 어머니가 있었고, 그는 그 어머니를 저버릴 수 없었다. 그렇게 비겁하게 자신의 사랑을 놓으려는 그에게 은수는 미안하다고 했다.

그러나 어렸던 그들이 자신의 사랑을 지키지 못한 것은 그 누구의 탓도 아니었다. 그저 그들이 강하지 못했을 뿐.

어느새 현우가 작은 손에 뭔가를 들고 다시 안으로 들어섰다. 자박자박 걸어서 침대 곁으로 오더니 제 엄마 이마 위에 하얀 수건을 얹었다.

"현우야, 그거 뭐야?"

"물에 적신 수건이요."

아픈 사람 이마에 수건을 얹어야 한다는 걸 알고 제 엄마를 위해서 그걸 만들어온 어린 현우가 준하는 한없이 기특했다. 자기는 저 나이 때 오직 제 세상만 생각하느라 엄마도 그 누구도 돌아볼 줄 몰랐다.

"현우 정말 좋은 아들이구나. 그런데 이런 걸 어떻게 알았어. 대단한데. 자식."

준하가 현우의 숱 많은 검은 머리를 다정하게 쓰다듬자 현우가 그를 보며 말했다.

"저번에도 엄마 이렇게 막 아파서 쓰러진 적 있어요. 현우가 불러도 대답도 안 하고 계속 눈도 못 뜨고 그랬는데 외할머니 전화 와서 제가 엄마 아프다고 말했거든요. 그때 할머니가 와서 엄마한테 이렇게 해줬어요."

"⋯⋯그랬어?"

은수가 전에도 이렇게 쓰러진 적 있다는 말에 준하는 가슴이 덜컹했다.

"현우야, 엄마 자주 아프니?"

"아뇨."

현우가 고개를 세차게 가로저었다.

"접때, 접때 현우 어린이집에서 수영장 갔다 왔을 때 그때 엄마 한 번 아팠어요."

여름, 그 지독한 이혼을 겪은 직후의 일인 모양이었다. 준하는 씁쓸한 기색을 감출 수 없었다. 6년간의 결혼을 도려내는 것은 아마도 절대 쉬운 일은 아니었을 것이다.

"할머니가 그러는데 엄마 속이 시커멓게 타서 그런 거래요. 너무 속상하면 속이 문드러진대요. 그래서 엄마가 아프대요."

아이는 이해하지도 못하는 말을 제 할머니가 했던 그대로 준하에게 전했다. 무슨 뜻인지는 몰라도 자기 엄마가 그렇게 쓰러질 만큼 아프다는 게 속상한 아이는 이마에 주름을 잡은 채 입술을 뚱하니 내밀고 있었다.

속이 문드러졌다는 아이 말에 준하는 이를 꽉 악물었다. 지금도 그만큼 힘들다는 뜻일까? 은수를 바라보는데 현우가 단출한 화장대 위에서 화장지를 뽑아서 자기 엄마의 얼굴을 닦았다.

"현우야 왜?"

"수건에 물이 있어서 엄마 젖잖아요."

그러면서 꼼꼼히 닦는 아이를 보고 있자니 준하는 은수가 왜 이 아이를 제 목숨보다 더 아끼는지 알 것 같았다.

"아, 이렇게 괜찮은 남자랑 함께 살고 있으니 네 엄마가 날 봐줄 리가 없지."

그러면서 저도 모르게 피식 웃으며 말했다.

"네?"

현우가 준하를 보며 무슨 소리냐고 묻듯이 둥근 눈을 크게 뜨자 준하는 아이의 둥근 머리를 매만지며 말했다.

"나도 우리 어머니가 아프셨을 때 너처럼 했으면 좋았을 텐데."

"아저씨 엄마도 아팠어요?"

"응."

"어디가요?"

"마음이."

준하의 입가에는 서글픈 미소가 떠올랐다.

"마음이 많이 아픈 분이셨어. 그런데 난 어떻게 해야 할지 모르겠더라."

지금도 어머니를 생각하면 그에게 남는 것은 후회와 미안함뿐이었다. 돌아가시기 전의 몇 년, 그의 사랑까지 포기한 채 어머니와 함께 보내며 그분의 죽음을 옆에서 지켰지만, 그의 마음속에서 그 죄책감은 옅어지지 않았다. 준하는 어린 시절 아름답게 웃고 있는 어머니를 기억하고 있었다. 그러나 그가 남들보다 탁월한 지능을 가진 아이란 게 알려지고, 세상의 주목을 받고, 그들 가족의 생활까지 달라지면서 어머니는 점점 그 미소를 잃어가셨다.

그의 천재성이 그가 원한 게 아니었듯 어머니의 병 역시 어린 그의 잘못은 아니었다. 그러나 그때 한 번이라도, 그토록 미쳐 있던 저 멀리 있는 별과 광활한 우주 대신 언제나 그의 곁에 있었던 어머니를 돌아보고 그분의 손을 잡고 웃어드렸더라면 얼마나 좋았을까 하는 자책과 후회가 준하의 가슴에는 늘 남아 있었다.

문득 현우가 까치발을 하고 그에게 손을 뻗어왔다. 무슨 일인가 싶어 아이를 향해 상체를 숙였더니 현우가 그의 가슴에 작은 손을 갖다 대며 말했다.

"엄마가요 아플 때는 거기다가 이렇게 손을 대주면 낫는대요. 그래서 현우 열 나면 엄마가 이마 이렇게 해줘요. 손도 잡아주고."

준하의 심장이 두근거렸다. 아릿하면서고 가슴이 저미는 듯한 느낌이 서서히 그의 온몸으로 퍼져갔다. 뭉클하기도 하고 먹먹하기도 한 감정에 준하는 목이 콱 막히는 느낌이었다. 현우의 작은 얼굴, 검고 둥근 눈동자에서 눈을 뗄 수가 없었다. 아이의 작고 사랑스러운 목소리가 계속 들려왔다. 마치 그의 상처를 어루만지는 듯 보드랍고 다정했다.

"그러니까 아저씨도 아저씨 엄마한테 이렇게 해주세요. 아프지 마라, 아프지 마라. 그러면서요."

아이의 작은 말이 주문이라도 된 양 그의 가슴 깊은 곳에 깊숙하게 배어 있던 오래된 아픔들이 서서히 녹아나오는 것만 같았다.

"……엄마가 그렇게 말해?"

나직하게 말하는 준하의 목소리는 잠긴 듯 갈라져 나왔다.

"네, 우리 예쁜 현우 아프지 마라, 빨리 나아라. 우리 현우 힘들게 하면 안 된다. 그렇게 해요, 엄마가."

"현우는 좋겠다."

준하는 아이를 보며 미소 지었다. 이 작고 사랑스러운 아이 안에 있는 것이 무엇인지 알 수는 없지만 준하는 그것이 그의 마음마저도 따뜻하게 감싸고 있다는 걸 느낄 수 있었다. 정말로 특별한 느낌이었다.

꼬르륵, 그때 아이와 준하의 뱃속에서 동시에 작지만 확실한 소리가 들려 왔다. 두 사람의 눈길이 마주친 순간 그들은 동시에 멋쩍은 웃음을 지으며 머리를 긁적였다.

"라면 먹을래?"

준하가 묻자 현우가 망설였다. 그러나 그 얼굴에 어린 것은 명백한 갈등이었다.

"엄마가 라면은 많이 먹으면 안 된다고 그랬는데……."

여섯 살 난 아이에게 엄마의 말은 절대적인 것이지만 라면의 유혹 또한 만만치 않은 것임을 준하도 알고 있었다. 그래서 내적 갈등이 역력하게 드러나는 현우의 작은 얼굴을 보면서 물었다.

"현우 마지막으로 라면 먹은 게 언제야?"

"음……."

"거 봐, 생각도 안 날 정도로 오래됐지?"

"맞아요. 접때 접때 상은이 이모랑 할머니 집에서 둘이 게임하면서 먹었어요."

"우와, 진짜 오래됐구나. 그러니까 지금 먹어도 되겠다. 그지?"

잠시 고민하는 듯 머뭇거리던 현우가 마침내 고개를 끄덕이자 준하는 씩 웃었다.

두 사람은 행여 은수가 깰까 싶어서 조심스럽게 주방으로 나왔다. 라면을 끓일 냄비를 찾고 싱크대 선반을 열어보던 준하는 라면이 안 보이자 현우에게 물었다.

"현우야, 라면 어디 있는지 알아?"

그러자 아이가 냉장고 옆의 전자레인지 받침대 아래 서랍을 열
더니 라면 두 개를 꺼내 보이며 득의만만한 미소를 지었다.

"여기요!"

"오, 우리 현우 대단한데."

준하의 칭찬에 아이는 더 의기양양하게 어깨를 으쓱거렸다. 준
하가 냄비에 물을 끓일 준비를 하고 라면 봉지를 미리 뜯는 동안
현우가 냉장고에서 계란을 꺼내 와서는 그에게 물었다.

"아저씨, 노른자 터트려요?"

아이의 질문에 준하가 크게 고개를 주억거렸다.

"당연하지. 현우는?"

"저도요!"

신나서 대답하는 모습이 귀엽기 짝이 없었다.

"그럼 파는 어떡할까?"

준하의 질문에 이번에는 현우가 우물쭈물하면서 곤란한 표정을
지었다. 준하가 허리를 숙여서 입을 현우의 귓가에 대고는 은밀하
게 속삭였다.

"그래, 솔직히 파 넣으면 국물 맛없으니까 우리 그냥 계란만 넣
자."

"네!"

"사실 파 먹는 거 되게 싫지?"

준하가 인상을 쓰며 말하자 현우가 잠들어 있는 제 엄마 눈치를 보듯 침실 쪽을 흘끔거리더니 작은 목소리로 네라고 하면서 고개를 끄덕였다. 그러곤 준하와 눈이 마주치자 배시시 웃었다. 준하도 함께 미소 지었다. 곧 두 사람은 식탁에 앉아서 머리를 맞대고 라면을 먹었다.

"어때, 라면 맛 죽이지?"

"끝장나요."

열심히 젓가락질하며 맛나게 라면을 먹던 현우가 아차 하는 표정을 지으면서 입을 딱 벌리더니 손으로 제 입을 막았다. 그 모습이 귀엽고 재미있어서 준하는 짐짓 모르는 척 너스레를 떨었다.

"왜 그래?"

"엄마가 이런 말 쓰면 안 된다고 했는데."

풀이 죽은 것처럼 현우가 고개를 숙인 채 웅얼거리자, 준하가 고개를 숙여 아이 가까이로 얼굴을 가져가면서 은밀하게 말했다.

"그래? 알았어, 아저씨도 나쁜 말 썼으니까 서로 비밀 지켜주자. 절대 엄마한테 말 안 하기. 어때?"

"네, 좋아요. 헤헤헤."

아이는 천진하게 웃었고 준하의 입가에도 시종 미소가 떠나질 않았다. 그렇게 맛있게 라면을 먹은 두 사람은 뒤처리와 설거지도 함께 했다. 준하가 빈 그릇을 씻는 동안 현우는 남은 김치를 반찬

통에 담아 냉장고에 넣고 행주로 식탁 위를 훔쳐냈다. 그동안 제 엄마를 많이 도운 것인지 아이의 행동은 익숙했다. 그 모습이 기특해서 준하는 눈을 뗄 수가 없었다.

라면을 먹고 배가 부른 두 사람은 거실에 소파에 앉아서 각각 커피와 우유를 마셨다. 만족스럽고 평온한 기분에 준하와 현우 모두 흐뭇한 표정이었다.

"그런데 아저씨는 우리 엄마 어떤 친구예요?"

입가에 하얀 우유를 묻힌 채 마시고 있던 현우가 갑자기 준하에게 질문을 던졌다. 이상스레 당황한 그는 바로 대답을 못했다. 그냥 동창이라고 하면 될 텐데, 거짓말도 아닌데, 또 그게 정확한 대답은 아니라는 생각 때문인지 쉽게 말이 나오지 않았다.

"……으응? 고, 고등학교 때 같은 반 친구였어. 처음 봤을 때 말 안 했나?"

"그런 거 말고요. 그냥 아는 친구예요? 아니면 우리 엄마 좋아하는 친구예요?"

준하는 갑작스럽게 정곡을 찔러 들어오는 아이의 질문에 흠칫했다. 언젠가 자연스럽게 알릴 생각이긴 했지만 그래도 놀라고 말았다.

"혜인이 이모가 그러는데요, 남자랑 여자는 친구 없대요. 절대 친구가 될 수 없대요."

차혜인, 장하다. 아직 어린 아이 머리에 이런 전근대적인 사상을 불어 넣어주다니!

준하는 혜인의 모습을 떠올리며 속으로 혀를 찼다.

"그래서 그냥 아는 친구거나, 좋아하고 사귀는 친구거나 그런 거래요. 그래서 나도 어린이집에 그냥 아는 여자 친구밖에 없어요."

"정말? 좋아하는 여자 친구는 없는 거야?"

"전에 두 명 있었는데 이제는 별로 안 좋아요. 아저씨는 우리 엄마 좋아하는 친구예요?"

"응."

이번에는 아이의 질문에 바로 솔직하게 답해주었다. 현우라면, 현우니까 그래야 한다고 생각했다.

"아저씨가 현우 엄마 많이 좋아해. 그리고 예전에 많이 친했어. 엄마랑 아저씨랑."

"그럼 우리 엄마도 아저씨 좋아해요?"

"응. 아저씨는 그렇다고 믿어. 또 그랬으면 좋겠고."

"그렇구나."

담담하게 고개 끄덕이며 현우는 우유를 마셨다. 그 모습을 물끄러미 바라보던 준하는 조심스럽게 물었다.

"엄마가 아저씨 좋아하는 거 현우 싫지 않아?"

아직 제 부모가 이혼한 지 얼마 되지 않았다. 별거하면 집을 나간 지 반년이 훨씬 넘었다지만 그래도 아이의 가슴속에는 아빠라는 존재가 뚜렷할 터였다. 그래서 준하는 혹시 현우가 상처 받고 싶어하지 않을까 마음이 쓰였다.

그런데 뜻밖에도 현우가 말간 얼굴로 담담하게 말했다.

"엄마가 사람이 사람 좋아하는 건 좋은 거랬어요. 마음이 따뜻하고 예뻐지는 거라고. 그러니까 괜찮아요."

준하는 어쩐지 가슴이 뭉클해졌다. 마치 어린 현자(賢者)처럼 아이의 작은 입에서 나오는 말 한마디, 한마디가 그의 마음에 따뜻하게 스며들었다.

"그런데 아저씨."

현우가 고개를 돌려 그를 빤히 보며 물었다.

"우리 엄마 언제부터 좋았어요? 옛날에도 알았으면 그때부터 좋았어요?"

"응, 그랬지."

준하의 대답에 아이가 어깨를 으쓱하더니 짧은 한숨을 내쉬었다. 무슨 생각에 골몰하는지 이마 사이에 골이 팰 정도로 인상을 썼다.

"왜? 뭐 이상하니?"

아이의 태도가 심상치 않아서 묻자 현우가 뜻밖의 말을 했다.

"그러면 우리 엄마랑 사귀었어요? 엄마도 아저씨 좋아했어요?"

아이답게 순진하면서도 에둘러 말하지 않는 현우의 화법은 이미 세월의 더께가 묻은 준하에게는 꽤 당황스러울 정도로 솔직한 것이었다. 그러나 그래서 오히려 더 편안했다.

"그럼 사귀었지."

아이한테 으스대듯 말해놓고서 준하는 스스로 자신이 정말 유치하다고 생각했다.

"그럼 사귀다가 헤어졌어요? 왜요?"

"아저씨가 현우 엄마만 놔두고 멀리멀리 떠나버렸어."

"왜요?"

작은 새처럼 귀를 쫑긋거리고 그를 향해 얼굴을 돌린 아이의 오동통하고 하얀 볼이 정말로 깨물어주고 싶을 정도로 귀여웠다. 자기 엄마와 관련된 일이라 그런지 계속 왜를 반복하며 궁금해하는 모습이 마치 고등학교 시절 제 마음에 안 드는 일이 있으면 끝까지 따져 묻곤 하던 은수를 떠올리게 해서 준하는 저도 모르게 눈꼬리를 휘며 웃었다.

"아저씨 엄마가 많이 아프셨거든."

"아, 마음 아픈 아저씨 엄마요?"

"그래. 그때 아저씨더러 엄마가 같이 가자 그랬어. 아저씨 아버지도 같이 살자 그러고. 그래서 아저씨는 생각했지. 여기에 좋아하는 사람 놔두고 부모님 따라 가야 하나, 아니면 여기에 있을까. 그러다가 그냥 떠나 버렸어."

준하의 대답에 현우가 이제야 알겠다는 듯이 작은 머리를 주억거리며 말했다.

"엄마가 슬펐겠네요."

"그렇겠지."

준하도 그저 담담하게 대꾸했다.

잠결에 두런두런 말소리가 들려왔다. 누굴까? 현우 혼자 있을 텐데. 상은인가? 아닌데. 이 다정하고 익숙한 목소리는 동생의 것이 아니라 좀 더 그립고 따뜻하고 아련한……

조금씩 서서히 의식이 돌아오기 시작했지만 은수가 눈을 뜨기까지는 한참이 걸렸다. 그리고 몸을 일으키기까지는 더 오랜 시간이 걸렸다. 조금 버겁긴 했지만 몸을 일으키자 묵직하던 머리가 가벼워졌고 온몸이 저리던 통증도 거의 가시고 없었다. 지난번에도 이혼서류를 구청에 접수하고 오던 날 길가에서 쓰러진 적이 있었다. 근 석 달을 입이 너무 써서 물도 제대로 마시지 못하고 간신히 버티던 때였다. 휘청거리며 인도 위에 한참을 주저앉아 있다가 간신히 몸을 일으키고는 무작정 가장 먼저 보이는 병원으로 찾아들어갔다.

자신은 절대 아프면 안 됐다. 그녀가 아프면 돌봐줄 사람 없는 현우 혼자 어쩌란 말인가. 다급한 마음에 검사를 받고 의사를 기다리면서도 초조하기 이를 데 없었다. 의사는 그녀더러 특별히 몸이 아픈 데는 없다고 했다. 다만 스트레스를 너무 심하게 받아서 몸이 그에 반응하는 거라고 말했다.

"사람들은 어디 부러지고, 찢어지고 해야 아픈 줄 아는데 아닙니다. 사실 가장 다치기 쉽고, 가장 치료하기도 어려운 게 마음이에요. 그리고 신기하게도 마음이 아프면 그건 몸으로 증상이 나타나죠. 무슨 일인지 모르지만 너무 자신을 다그치지 마시고 마음을 다스리세요. 스트레스 안 받게. 그리고 보니까 몸도 너무 허약해지셨네요, 식사는 잘하고 계시나요?"

그래서 그 뒤로 은수는 어떻게든 억지로 밥을 먹고, 너무 마음 다치지 않으려 애써왔다. 자기 하나 몸 아픈 건 괜찮지만 그렇게 되면 현우는……. 그때도 병원에서 돌아온 날 저녁에 결국 그녀는 만 하루를 꼬박 앓고 말았다. 의식이 없는 가운데 친정어머니의 전화가 걸려왔고 그걸 받은 현우가 제 외할머니한테 그녀가 아프다는 걸 말해서 어머니가 한달음에 달려왔다. 그 덕에 어머니가 현우를 돌봐주셨지만 만약 전화가 오지 않았다면 아이 혼자서 아픈 엄마만 바라보며 밥도 먹지 못하고 하루를 보내야 했을 터였다.

그런데 이번에도 또 이렇게 자신의 몸을 추스르지 못하자 스스로 자신한테 너무 화가 난 은수는 이를 악물며 자책하고 다짐했다.

"김은수, 이 멍청한! 정신 차려."

그때 이마 위에 놓인 축축한 수건이 뚝 아래로 떨어졌다. 현우의 작품일 터였다. 흐뭇한 마음에 미소 짓던 은수는 문득 목이 말랐다. 몸을 일으키려고 고개를 돌리자 협탁 옆에 놓인 물 잔이 보였다. 이것도 아이가 한 것인가?

일단 물을 입에 대자 엄청난 기갈이 몰려왔지만, 혹시 탈이 날까 싶어서 일부러 천천히 조금씩 입안으로 흘려 넣으며 조심스럽게 마셨다. 몸 안으로 수분이 스며들자 그제야 생기가 천천히 돌아오는 것 같았다. 그러다 문득 침실 문 너머에서 인기척이 들렸다. 현우가 텔레비전을 보는 모양이었다. 협탁 위의 휴대전화기를 들어 얼른 시간을 확인하니 저녁때는 지난 지 한참이었고 벌써 한밤중이 가까워 오는 시간이었다. 허둥지둥 침실 문을 열고 밖으로 나서던 은수는 저도 모르게 숨을 멈춘 채 벽에 등을 기대고 말았다.

거실에서 들려오는 소리는 현우와 준하의 대화였다.

"많이 아팠을 텐데……."

현우가 시무룩한 표정을 지으며 제 손에 쥔 우유 컵을 들여다보자 준하가 안타까운 표정으로 그 모습을 바라보았다.

"우리 엄마는요. 아파도 말 안 하고요, 어깨가 딱딱해도 말 안 해요. 만날 현우더러는 힘들고 아프면 꼭 말하라고 하면서 엄마는 절대 말 안 하고 참아요."

현우를 바라보는 준하의 눈빛이 더욱 짙어졌다.

"그러니까 아저씨가 떠났을 때 엄마는 많이 아프고 슬펐을 텐데도 아무한테 말 안 하고 혼자 꾹 참았을 거예요."

아이의 커다란 눈망울에 눈물이 그렁그렁 고여들었다. 그러자 준하가 커다란 손으로 아이의 뺨을 부드럽게 어루만지며 말했다.

"있잖아, 현우야. 아저씨는 현우 엄마가 그런 사람이라 참 좋아."

준하의 말뜻을 이해할 수 없는 아이가 눈썹을 가운데로 모으며 준하를 바라봤다. 그러자 준하가 아이에게 미소 지으며 말했다.

"아파도 아프다고 말 안 하고 현우 먼저 걱정하는 사람이잖아, 현우 엄마는. 그래서 참 좋아."

은수는 자기가 아무리 아프고 힘들어도 자기가 사랑하는 사람을 먼저 생각했다, 늘. 그런 여자다, 김은수는. 그래서 그녀에게 받는 사랑은 참으로 특별한 것이라는 걸 준하는 잘 알고 있었다.

준하의 덧붙인 설명이 만족스러웠는지 그제야 아이 얼굴에 환한 미소가 번졌다.

"나도 우리 엄마 좋아요. 세상에서 제일 좋아요."

"아저씨도 그래. 아저씨도 세상에서 현우 엄마가 제일 좋아."

"현우만큼이요?"

"응."

"에이, 아닌데. 현우가 엄마 더 좋아하는데."

아이의 웃는 모습이 기뻐서 준하가 일부러 장난스럽게 말했다.

"아무래도 이건 말로는 결정이 안 될 거 같으니까 우리 정정당당하게 승부할까? 게임으로?"

"자동차로 해요, 자동차!"

"좋았어. 이건 아주 진지한 승부니까 한 가지로는 안 되겠지?"

신이 난 현우가 세차게 고개를 끄덕였다. 검은 눈동자가 생기에 가득 차서 반짝반짝거렸다.

"그럼 그다음엔 뭐 할까?"

"볼링이요!"

그렇게 두 남자가 게임을 시작하는 걸 보면서 은수는 다시 조용히 침실로 들어갔다.

의사 진찰실에 앉아 있는 한 남자의 얼굴에는 흔히 그런 증상을 보이는 남자들답게 오만 가지 감정이 얽혀 있었다. 수치심, 짜증, 분노, 그리고 불안함. 아직 나이가 사십도 되지 않았는데, 남들보다 더 왕성하고 건강하던 자신에게 이런 증상이 나타난 것이 짜증스러웠다.

그러다 의사가 한 말을 듣고는 어안이 벙벙했다. 도대체 무슨 말을 하는지 알 수가 없었다.

"지금 뭐라는 겁니까?"

"그러니까 척수로(Tabes dorsalis) 즉, 신경매독에 걸리셨군요."

"네?"

"혈액 검사 결과 매독에 걸리셨으니 페니실린 치료 받으셔야 합니다. 지금 보이시는 배뇨장애나 성기능 이상은 매독의 증상입니다."

"아, 아니, 그게 또 걸렸단 말입니까?"

"이 경우는 또 걸렸다기보다는 잠복기를 거치고 발병한 거라고 보는 게 맞습니다."

"허, 참."

10년 전에 한 번 걸렸던 병이라서 한동안 조심했지만 가볍게 생각하고 지나친 채 살아온 게 패착이었던 모양이다. 다시 또 같은 병에 걸리다니. 몇 년 전에도 증상이 한 번 재발했다가 그냥 가라앉은 적이 있었다. 한 번 걸렸던 병이라 이번에도 괜찮으려니 가볍게 생각하고 넘어간 게 잘못이었던 모양이다. 잠복이라니! 그러고 보니 10년 전에 처음 걸렸을 때도 병원에서 의사가 설명하면서 잠복이 어쩌고 했던 기억은 났다.

그러나 남자는 곧 떨리는 가슴을 진정시켰다. 눈부시게 발전한 현대 의학이 이깟 병 못 고칠 리 없으리라. 게다가 자신은 아직 젊고 건강하지 않은가. 그렇게 스스로 괜찮다 자위하던 남자는 마주 앉은 의사의 말에 오만상을 찌푸리고 말았다.

"그리고 병력을 보니까 10년 전에도 매독과 임질에 걸린 적이 있더군요."

"아, 예. 그때는 뭐 좀…… 그냥 가볍게 지나갔습니다."

"제 소견으로 불임은 그때 생긴 고환의 염증 때문인 것 같습니다."

"무슨 소립니까, 불임이라니?"

"일전에 하신 정액검사와 정자 기능 검사 결과 최진호 씨는 불임인 걸로 판정됐습니다. 이번에 감염된 척수로 때문은 아니고 예전에 걸린 1, 2차 감염 때 그렇게 되신 걸로 추정됩니다."

"뭐 불임! 대체 언제부터!"

자신이 불임이라는 말에 경악한 최진호는 버럭 소리를 지르고 말았다.

22

준하는 계속해서 은수를 바라만 보고 있었다. 아무런 말도 하지 않은 채 그저 그녀를 감상하듯 쳐다보는 시선이 신경 쓰여서 은수는 끝내 고개를 돌리고 말았다.

"왜 그러는데?"

"내가 뭘?"

"자꾸 그렇게 쳐다보니까 그림에 집중할 수가 없잖아."

"넌 그림 봐. 난 너 볼 테니까."

"김준하, 우리 지금 여기에 그림 보러 온 거거든."

"알아."

은수는 주위의 사람들에게 들릴까 조심하면서 목소리를 한껏 낮추었지만, 준하는 전혀 개의치 않았다.

거리의 나무들이 모두 죄 마른 가지를 들고 서 있는 늦가을, 앙상한 나뭇가지 사이로 불어오는 바람에서는 어느덧 겨울의 한기가 느껴졌다. 두 사람은 4차선 도로가 쭉 뻗어 있는 어느 거리에 위치한 한 갤러리를 찾았다. 앞에 심어진 커다란 은행나무가 인상적인 그 갤러리는 지중해 식으로 하얀색 석회로 외벽을 두른 자그마한 건물이었다. 그러나 규모는 작아도 꽤 수준 높은 그림만을 전시하는 이 갤러리에서는 지난 한 달 동안 단 하나의 작품만을 선보이고 있었다. 바로 모딜리아니가 그린 '잔의 초상'이라는 유채화였다.

큰 모자를 쓴 잔 에뷔테른, 모딜리아니 평생의 연인이자 아내였던 여인의 그림 앞에는 모딜리아니 특유의 긴 얼굴 캐릭터의 시발점이자 모딜리아니 예술의 정점이라는 그 그림을 보기 위해 기다리고 있는 사람들이 길게 줄을 지어 서 있었다.

오랜 기다림 끝에 마침내 그 그림 앞에 서게 된 은수는 밝은 노란색 안감을 댄 검은색의 챙이 넓은 모자를 쓰고 의자에 앉은 갈색 머리의 여자를 바라보았다. 손가락 하나를 턱 밑에 대고 고개를 살짝 틀 챈 옆으로 비스듬하게 치켜뜬 옅은 푸른빛이 감도는 밝은 회색의 눈동자는 무심한 듯하면서도 묘하게 사람의 마음을 끄는 구석이 있었다. 그리고 입매가 부드럽게 휘어져 있었다. 아마도 그녀의 그 시선 끝에 그녀의 연인인 모딜리아니가 서 있었기 때문일 것이다.

"사랑스럽네."

은수가 저도 모르게 중얼거렸다. 어찌 보면 새침하기도 하고 세상사에 관심 없는 듯 무심하고 관조적인 표정처럼 보이기도 했지만 그녀의 눈에 그림 속 여인은 한없이 사랑받고 사랑했던 그 흔적이 고스란히 남아 있는 사랑스러운 모습이었다.

"맞아. 정말로 사랑스럽다."

준하는 그녀의 말에 맞장구를 쳤다. 하지만 그의 시선은 처음부터 계속 은수에게 머물러 있었다. 그렇게 한참을 홀린 듯 그 그림을 보고 은수도, 준하도 만족스러운 기분으로 갤러리를 나섰다. 준하는 자연스럽게 그녀의 손을 맞잡았고, 은수도 빼지 않았다. 그의 손을 잡기까지 많은 망설임이 있었지만 그녀는 결국 한 번 더 용기 내고, 욕심 내보기로 했다.

"점심 먹으러 갈까? 근처에 괜찮은 레스토랑 있어."

"그래."

은행나무가 죽 늘어서 있는 길을 손을 잡고 천천히 걷는 두 사람 사이로 바람이 지나갔다. 차가운 바람이 부는 쌀쌀한 날씨, 평일 오후임에도 유명 갤러리와 아기자기한 카페와 레스토랑이 즐비한 곳이라 그런지 거리에는 젊은 사람들로 가득했다. 커플들, 삼삼오오 짝을 지어 걷는 젊은이들, 준하와 은수도 자연스럽게 그들과 섞여서 거리를 천천히 거닐었다. 그런데 그들 바로 앞에서 걸어가던 여대생으로 보이는 여자 친구 둘이 나누는 이야기 소리가 그들에게까지 들려왔다. 한 여자가 흥분했는지 꽤 목소리가 커졌다. 아마도 그들도 좀 전에 모딜리아니의 그림을 본 모양이었다.

"뭐? 남자 죽었다는 말 듣고 임신했는데도 창에서 뛰어내려? 세상에 말도 안 돼."

"그 정도로 사랑했단 소리겠지."

"와, 임신한 채로 죽었다고? 여자 독하네. 아니, 그럴 거면 애초에 대체 왜 헤어졌는데?"

"가족들 반대가 심했다잖아."

"그렇다고 헤어져? 사랑하는데 헤어져? 하, 말도 안 되는 소리하고 있네. 그건 그 사랑을 지킬 만큼의 의지가 없단 말이잖아. 난 하여간 사랑하니까 헤어진다는 개소리가 가장 웃겨."

아직 세상의 혹독함을 제대로 맛본 적 없는 자의 오만한 말에 은수는 저도 모르게 씁쓸하게 웃었다. 때로 세상은 무자비할 만큼 비정하며 진실한 사랑이 겪어야 할 시련이란 믿을 수 없을 만큼 가혹하다는 걸 모르는 저 어린 아가씨들은 아직 동화 속의 행복한 이야기들을 믿고 있을 것이다. 그리고 은수도 한때는 그랬다.

아무리 힘들어도 자신의 의지만 있다면, 마음만 있다면 사랑을 충분히 지켜낼 수 있을 것이라고 순진하게 믿었던 적이 있었다.

"가끔 생각해 보면 있잖아."

문득 준하가 그녀의 손을 더욱 꼭 쥐면서 말했다.

"난 세상에 태어나서 내가 원해서 선택한 건 거의 없었어. 늘 뭔가에 떠밀려서 어쩔 수 없이 고를 수밖에 없었지. 아버지 말씀대로 남들보다 좋은 머리를 가졌으니 당연히 그걸 쓸 수 있는 무언가를 해야 한다고 생각했고, 내 마음보다는 어머니와 가족의 행복을 위하는 게 우선이라고 생각했지. 그런데 은수야."

준하의 다정한 목소리에 고개를 들자 그가 부드러운 시선으로 그녀를 응시하고 있었다.

"내가 살면서 처음으로, 그리고 마지막으로 유일하게 내 스스로 원해서 선택한 건 김은수 너 하나야."

그의 검고 깊은 눈동자가 다정하게 빛났다. 은수는 어쩐지 가슴이 아릿해져 왔다.

"누군가 강요하지도 않았고, 어쩔 수 없이 취사선택해야 하는 상황도 아니었고, 그저 내 마음이 끌려서 널 원한 거야. 다른 건 몰라도 그거 하나만 알아줄래?"

은수도 그랬다. 그들이 태어나고, 또 만나게 된 건 그들의 선택이 아니었지만, 그를 마음에 담고 사랑한 건 그녀의 선택이었고, 헤어졌다 다시 만나서 그의 손을 이렇게 잡고 있는 지금도 그녀가 원해서 한 선택이었다. 그녀도 준하를, 그리고 그를 향한 자신의 이 마음을 지키고 싶었다.

"내가 널 다시 사랑하는 걸까?"

물끄러미 준하를 바라보던 은수가 말했다.

"아니면 널 사랑하는 걸 한 번도 멈춘 적이 없었던 걸까?"

"은수야……."

"솔직히 나 잘 모르겠어. 이 세상에 너하고 나 단둘만 있는 것도 아니고, 우리한텐 가족이 있고, 나한텐 우리 현우도 있고. 그래서 난 지금도 너 말고도 생각하고 걱정해야 하는 것들이 너무 많아. 그런데 준하야…… 이거 하나는 정말 확실해."

은수가 조금 울 듯한 얼굴로, 그러나 미소를 지으며 말했다.

"난, 널 사랑해."

금요일 저녁 준하와 헤어진 은수는 오랜만에 손주 얼굴 보고 싶다는 친정어머니 전화에 현우를 데리고 친정에 들렀다. 현우가 좋아하는 음식들로 정성 들여 차린 소박한 저녁 밥상을 모처럼 아르바이트 일찍 끝내고 돌아온 상은까지 네 사람이 둘러앉아서 정답게 밥을 먹었다.

식사를 마친 후 은수가 설거지를 하고 현우는 제 이모 방에 들어가서 신나게 놀고 있었다.

"현우 주말에 낚시 간다고 신났던데."

냉장고에서 주스를 꺼내 잔에 따르면서 상은이 말했다. 그새 현우가 제 이모한테 자랑을 한 모양이었다.

"응."

"여행 가는 거라며?"

"어. 그냥 가까운 데 하루 정도 바람 쐬고 오려고. 현우가 여행 가본 적이 없잖아."

"둘이만 가?"

어쩐지 떠보는 듯한 상은이의 말투. 어차피 현우한테 물어보면 금세 알려질 일이었다. 그래도 아직 준하와 다시 시작한 지 얼마 되지 않은 터라 식구들에게까지 알릴 마음 없던 은수는 잠시 망설였지만, 그래도 솔직한 편을 택했다.

"아니."

"그럼 누구? 혜인이 언니네? 어, 그 언니는 삼칠일 겨우 지나지 않았나?"

"다른 사람하고 가."

그 대답이 심상치 않았는지 상은이 그녀 등 뒤로 바짝 다가오더니 자기보다 한 뼘은 작은 언니의 어깨 위에 얼굴을 들이밀며 물었다.

"그럼 누구하고 가는데?"

"상은아, 언니 요즘 만나는 사람 있어."

"진짜?"

상은이는 자신보다 열 살 많은 언니가 이혼을 했을 때보다 지금 더 놀라고 말았다. 예전 형부였던 인간은 대체 왜 언니가 선택했는지 알 수 없을 정도로 지지리도 못난 남자였다. 음흉하기 짝이 없었고, 게으르고, 한심했다. 엄마 말에 의하면 그래도 전에는 저 정도는 아니었고, 지금도 그래도 허우대는 봐줄 만하다고 했지만, 그녀가 보기엔 영 아니었다.

그래서 어려서는 가끔 처갓집이라고 올 때마다 못마땅한 기색이 역력한 얼굴로 차갑게 눈동자만 굴리다 가는 그 남자가 너무 싫었다. 그건 저 혼자만 잘났다고 식구들 무시하는 이기적인 큰오빠와 거의 동급일 정도였다.

상은은 고등학교 다닐 때 언니가 좋아하던 남학생을 기억하고 있었다. 언니와 이름도 같고, 같은 반이라던 키 크고 준수하던 그 남학생. 그런데 언니가 그런 남자를 두고 저따위 인간이랑 결혼을 했다니 믿을 수가 없었다.

그러다 점차 나이 먹고 자라면서 어려운 친정 형편 때문에 언니가 어쩔 수 없이 그 형부라는 인간과 결혼했다는 걸 알게 됐다. 나중에 몇 년을 싫다고 버티다 결정적으로 언니가 꺾이고 만 이유가 사채업자들이 자신이 갓 입학한 중학교까지 찾아와서 자기를 끌고 가려 했다는 걸 알았기 때문이란 얘기를 엄마한테 듣고서는 너무 화가 나고 기가 막혀서 눈물도 나오지 않았다.

"그것만으로 그런 건 아니고, 내가…… 니 언니 등 많이 떠밀었다. 그거 하나 시집보내서 좀 편안하게 살아보자고. 그렇게 혼자서 아등바등 애쓰는 것도 더는 못 봐주겠고……."

미안함이 커서일까, 아니면 아무리 그렇다고 해도 그런 선택을 해버린 언니를 이해할 수 없어서였을까. 사춘기 내내 상은이는 언니가 밉고 싫었다. 가정은 전혀 돌보지 않는 남편 때문에 혼자서 발 동동 구르며 살림 건사하고, 일하면서 아이까지 키우고 사는 언니가 측은하면서도 답답했고, 다 자기가 제 발등 찍은 거라며 비아냥거리기도 했다.

그러나 질풍노도의 시기를 지나오고 나서 그녀의 언니인 은수는 상은이의 가슴속에 가장 아픈 상처이면서, 미안하고, 애틋한 사람이 돼버렸다.

"누군데? 언니 재주로 어디서 남자를 다 만났어?"

남자를 만난다는 말에 싫은 기색을 보이기보다는 오히려 반색하는 동생 때문에 은수는 적이 마음이 놓이면서 기뻤다.

"몇 살이야? 그 사람도 이혼했어? 키는 몇인데? 잘생겼어?"

"키는 큰 편이고, 나이는 나랑 같고, 그 사람은 결혼한 적 없어."

"뭐어? 진짜? 총각을 후리다니 우리 언니 진짜 능력 좋은데. 깔깔깔!"

"쉿, 엄마 듣겠다."

상은이의 목소리가 너무 크자 화들짝 놀란 은수가 말렸지만 상은이는 연신 기분 좋은 웃음을 터뜨렸다.

"왜, 엄마한텐 비밀이야?"

"아직까진. 앞으로 어떻게 될지 모르니까. 너만 알고 있어."

"알았어, 알았어."

싱글싱글 웃으며 상은이 갑자기 뒤에서 은수를 와락 껴안았다.

"아, 우리 언니가 연애를 하는구나. 그래서 요즘 그렇게 예뻐진 거였구나. 잘됐다. 그 남자 누군지 어떻게 생겼는지 되게 궁금하네. 말해봐. 키 커? 잘생겼냐고오?"

"키는 그냥 큰 편인 거 같고 생김새는…… 잘 모르겠어. 그냥 남들이 잘생겼다고 하더라."

"와아, 이 여우! 내숭쟁이! 우리 언니한테 이런 면이 있었어? 아닌 척하면서 자기 애인 자랑 막 하네."

상은이 은수의 몸을 안고 장난스럽게 흔들자, 은수도 까르르 웃음을 터뜨렸다.

"그럼 연예인 누구 닮았어? 정우성 과야? 아니면 원빈? 아님 김수현?"

"글쎄 그런 사람들이랑 닮았다고 생각한 적은 한 번도 없어서 모르겠어. 그 사람은 그냥 그 사람이니까."

"와 진짜 되게 궁금하네!"

"너도 본 적 있는 사람이야."

은수가 빈 그릇을 싱크대 선반에 올려놓으면서 한 말에 상은이 멈칫했다. 갑자기 그녀의 머릿속을 스치는 생각.

"……언니."

"왜?"

"그 사람…… 혹시 옛날 그 오빠야?"

사람의 등에도 표정이 있었던가. 상은은 은수가 굳이 말하지 않아도, 언니의 등만 봐도 그 답을 알 수 있었다.

꼬맹이 시절, 고등학생인 언니와 함께 종종 보곤 하던 키가 크고 미소가 다정했던 오빠. 언니처럼 그 오빠의 이름도 은수라고 했었다. 한 번은 썰매를 타다 힘이 빠져서 눈밭에서 그대로 잠이든 그녀를 구해주기도 했던 그 오빠는 상은이의 어릴 적 우상이자 첫사랑이었다.

그릇을 옮기던 동작을 멈춘 채 가만히 서 있는 은수를 보면서 상은은 확신했다.

그 사람이 맞다. 언제나 언니를 웃게 해주던, 그 어떤 모습보다 더 아름답고 화사하게 만들어주던 그 오빠!

"대박, 대체 어떻게 만난 거야?"

"그냥 우연히."

"우연히? 아우 요즘 같은 최첨단 시대에 말도 안 되는 소리 하고 있네. 요즘 우연이 어디 있어, 우연이! 다 필연이지."

"그런가?"

"언니, 말해봐. 그 오빠 이름도 은수 맞지? 김은수. 언니랑 이름 똑같다고 그랬었잖아."

"나중에 개명했어, 김준하로."

"그래?"

"응. 그냥 일하다가 정말로 우연히 만났는데 우리 두 사람 다시 시작해 보기로 한 거야."

은수의 목소리에서 어쩐지 조심스러운 기색을 느낀 상은은 언니가 그렇게 마음먹기까지 얼마나 힘겨웠을지 어렴풋이 짐작할 수 있었다. 차라리 아무런 인연이 없던 사람이라면 몰라도 고등학교 때 첫사랑이었던 남자를 이혼하고 다른 남자의 아이까지 낳은 채 만난다는 건 절대 쉽지 않은 결정이었으리라. 그녀도, 상은도 여자였기에 언니의 마음을 이해했다.

그래서 그녀는 다정하게 꼭 언니의 등을 안아주며 진심을 담아 말했다.

"정말 잘됐다, 우리 언니."

물안개가 고요하게 내려앉은 저수지, 강태공들이 기다란 낚싯대를 늘어뜨리고 세월을 낚는 그곳에 이제 막 낚시를 배우는 초보자 둘이서 열심히 머리를 맞대고 있었다.

"이거 정말 여기에 끼우면 돼요?"

"어, 그렇대."

"요기요? 요기?"

꿈틀꿈틀거리는 미끌미끌한 지렁이를 붙잡고 머리와 몸통 중 어디에 끼워야 하는지를 두고 준하와 현우는 쩔쩔매고 있었다. 처음 낚시용품점에서 미끼라고 사온 상자를 열었다가 혼비백산하는 준하와 현우를 대신해서 그 지렁이를 꺼내준 것은 은수였다.

두 남자 다 그런 그녀를 보며 경탄과 존경의 눈길을 보냈다. 막상 낚시를 시작해서도 처음에는 둘 다 도저히 지렁이를 만지지 못해서 전전긍긍하면서 도움을 호소하는 눈길로 그녀를 바라봤지만 은수는 일부러 그들을 외면했다. 그러자 두 사람은 한동안 지렁이를 앞에 두고 온갖 이야기를 나누더니 결국은 용감하게 도전해서 겨우 만질 수는 있게 되었다. 비록 질색하는 얼굴로 몸서리를 치긴 했지만 말이다. 은수는 웃음이 나오는 걸 간신히 참아야 했다.

그러나 곧 두 남자가 지렁이를 낚싯바늘 꿰기에 성공하고 저수지에 무사히 낚싯대를 드리우자 작은 소리로 박수를 쳤다.

"엄마, 이거 봐요! 우리 지렁이 끼웠어요!"

"봐봐. 우리도 제법이지?"

현우와 준하가 동시에 자랑을 했고 은수는 기꺼이 칭찬해 주었다.

"와, 둘 다 진짜 대단한데! 우리 아들 최고! 김준하 씨도 멋져요!"

온종일 초보 낚시꾼들이 낚아 올린 몇 마리의 물고기로 매운탕을 끓여서 저녁을 먹은 후 세 사람은 숙소로 정한 펜션 근처를 산책했다. 그러나 처음엔 신나서 폴짝폴짝 뛰어다니며 온갖 풀꽃과 벌레들을 신기하게 보던 현우는 곧 준하 품에 안겨서 잠이 들고 말았다. 은수가 아이를 업으려고 하자, 준하가 손을 내저었다.

"이리 줘. 애 그렇게 안으면 힘들어. 팔 아프고."

"됐어. 현우 안고 가는 거 힘 하나도 안 들어."

"그래도 내가 업을게."

두 사람이 실랑이 하는 모습을 보던 낚시꾼 하나가 지나가면서 툭 던지듯 말했다.

"아, 그러지 말고 애를 아빠가 업으면 되겠는데 그러네들. 흐흐."

그 아저씨의 말에 은수는 어쩐지 얼굴이 빨개졌지만 준하는 반색을 했다.

"정말 그러면 되겠네. 은수야, 현우 내 등에 업혀줘."

준하의 등에 업힌 현우는 펜션으로 돌아와서 방 안 침대에 눕힐 때까지 잠을 자지 않았다. 준하가 빌린 펜션은 복층 구조로 1층에 두 개의 침실과 욕실이 따로 있고 거실과 주방이 하나로 연결돼 있으며 가운데 2층으로 연결된 계단이 있었다. 2층은 천장이 조금 낮은 다락방으로 침대 하나가 놓여 있어서 그 위에 누워서 창문으로 바깥 풍광을 볼 수 있게 돼 있었다.

처음 펜션에 도착하자마자 현우는 그 다락방에 온통 마음을 빼앗겨서 낚시를 하러 갈 준비도 하지 않은 채 침대 위에서 구르면서 자기는 오늘 밤 여기서 자겠노라고 선언했다.

은수가 잠든 현우의 옷을 벗겨서 제대로 침대에 다시 누이고 자신도 씻기 위해 나오자 마침 욕실에서 준하가 나오고 있었다. 머리는 젖어 있었고, 가벼운 청바지에 면 셔츠를 입은 채 맨발이었다.

"현우 자?"

"응. 오늘 너무 신나게 놀았나 봐. 코까지 골면서 자."

"오늘 밤에 별자리 보여주기로 했는데 중간에 깨우면 깰까?"

"안 될걸. 우리 현우는 한 번 잠들었다 하면 정말로 누가 업어가도 모를 정도로 푹 자. 전에는 자기 이모랑 자다가 침대에서 한 번 떨어진 적 있는데도 떨어진 그대로 자더라."

"그래? 좀 아쉽네. 같이 별 보면 좋을 텐데."

은수는 준하의 마음에 아직도 별과 우주를 사랑하는 마음이 남아 있다는 걸 알았다. 그러나 그는 예전처럼 과학자로서의 길을 걷고 싶진 않다고 했다.

"사랑하는 건, 그저 사랑하는 걸로 남겨두려고."

은수는 준하의 말이 무슨 의미인지 정확하게 알 수도 없었고, 그의 마음을 이해할 수도 없었지만 그래도 그냥 알 거 같았다.

은수가 씻은 후 레몬빛의 단순하지만 그녀의 여성스러운 몸매를 잘 드러내주는 원피스로 갈아입고 나오자 식탁 위에는 간단한 과일 놓여 있고 준하가 싱크대 앞에서 무언가를 만들고 있었다.

"나왔어?"

"뭐 해?"

"간단하게 안주 만들어. 오랜만에 술 한잔하자."

"좋지."

은수는 식탁에 앉아서 준하가 음식을 만드는 뒷모습을 지켜봤다. 문득 키가 크냐고 묻던 상은이의 목소리가 생각났다.

"준하야."

"응?"

그녀가 부르자 도마 위에 채소를 올려놓고 손질하던 준하가 뒤를 돌아보았다.

"왜, 뭐 먹고 싶은 거 있어? 말만 해, 재료와 내 실력이 허락하는 한 다 만들어줄게."

"아니. 그냥 네가 만들어주는 거 먹을래."

"알았어. 기다려. 내가 얼른 진짜 맛있는 안주 만들어 대령할 테니."

"그런데 너 키가 얼마야?"

"키?"

"어. 예전보다 더 큰 거 같아서."

"글쎄 마지막으로 잰 게 꽤 오래전이라 정확한지 모르겠는데 184 조금 넘는 거 같다."

못 보던 사이 그의 키는 4cm 더 자라 있었다. 조금씩 조금씩 시간이 흐른 만큼 그의 키도 커갔을 것이다. 그 시간이 느껴지는 것 같아서 은수는 천천히 시선을 움직여 그의 뒷모습을 머리에서 발끝까지 하나하나 눈에 담았다.

"나 지금 등에서 되게 뜨거운 열기가 느껴지는데 혹시 너 나 몰래 훔쳐봐?"

어깨너머로 살짝 고개를 돌린 준하가 그녀와 시선이 마주치자 은근하게 웃으며 물었다. 은수는 조금 얼굴이 빨개졌지만 곧 태연하게 대꾸했다.

"몰래 아니고 노골적으로 당당하게 보고 있거든."

"하하하."

준하가 금세 쇼트파스타를 튀겨서 치즈 가루를 뿌린 요리와 신선하고 알록달록한 예쁜 색깔의 채소를 끼워 만든 소시지 채소 꼬치를 만들어 내왔다. 그리고 딸기와 멜론, 스위티를 먹기 좋게 잘라서 둥근 볼에 담아놓았다.

"와, 김준하. 요리도 잘했어?"

눈이 휘둥그레진 은수가 감탄하자, 냉장고에 미리 넣어두었던 캔 맥주를 꺼내 오면서 준하가 어깨를 으쓱했다.

"알고 보면 꽤 쓸모 있는 남자지, 나?"

두 사람은 준하가 만든 안주를 먹으며 맥주를 마셨다. 깔끔하고 다양한 색으로 눈을 즐겁게 해주는 안주는 보는 것보다 맛은 더 좋았다. 예전 스무 살 때 마시던 것처럼 시원하고 청량감이 느껴지는 알코올을 목으로 넘기면서 두 사람은 많은 이야기를 나누었고, 또 즐겁게 웃었다. 학창 시절 이야기도 오갔고 자연스럽게 정소연에 관한 일들, 특히 그녀에게 물세례를 퍼부었던 사건에 대해서도 이야기했다.

"결국 다음날 민 대표님이 나한테 전화하셨더라."

"진짜? 나한테도 하셨는데. 뭐라 그러셔?"

"너도 나 좋아하냐고 물으시던데. 그러면서 두 사람 사귀는 거냐고."

준하는 그 질문을 하던 때의 민정호의 목소리를 잊을 수가 없었다. 늘 가볍고 유쾌하던 사람의 목소리가 그답지 않게 낮게 가라앉아서 조금 떨리고 있었다. 준하는 그가 은수에게 마음이 있다는 것을 진즉에 눈치채고 있었다. 정호도 섣불리 마음을 드러내지 않았고, 그녀는 모르는 모양이었지만.

"어머⋯⋯."

"왜 너한테는 뭐라고 했는데?"

"그냥 소연이 때문에 기분 나빴을 텐데 미안하다고만 그러시던데."

"흠 그랬단 말이지?"

"사실 너랑 알고 있는 사이란 거 먼저 말씀드렸었어야 했는데 내가 숨겼잖아. 너무 죄송하더라고. 그래서 나도 미안하다고 말씀드렸지.

그날, 준하가 회식이라는 명목으로 일부러 민정호까지 불러냈던 건 그의 앞에서 자신과 은수의 관계를 확실하게 보여주고, 그녀에게 가는 정호의 마음을 끊으려는 속셈이 있어서였다. 은수가 알면 유치하다 흉볼지도 모르지만 두 사람을 볼 때마다 그가 은수에게 '우리 은수 씨'라고 부르는 게 얼마나 그를 괴롭혔는지!

자기한테는 웃는 얼굴 한 번 보여주지도 않고, 다정하게 이름 한 번 부르기도 힘든 은수에게 끊임없이 '우리 은수 씨, 우리 은수 씨'라며 노래를 부르던 정호가 준하는 사실 죽도록 미웠다.

"참 좋은 분이야. 그리고 너 엄청 좋아해, 우리 대표님."

"우리?"

그런데 은수의 입에서 정호와 자신을 묶어서 '우리'라는 말이 흘러나오자마자 준하는 발끈했다. 자리에서 벌떡 일어선 그는 깜짝 놀라는 은수에게로 성큼성큼 걸어가서 앉아 있는 그녀를 향해 그대로 상체를 숙였다.

"누가 너랑 우린데?"

"……."

당황한 은수가 말을 못하자, 준하가 더 인상을 쓰면서 다시 물었다. 두 사람의 시선이 서로에게 엉켰다. 준하의 검고 짙은 눈동자에 사로잡힌 은수의 말간 눈동자가 자디잘게 흔들렸다. 작은 호흡을 한 번 내뱉을 정도의 짧은 시간이었는데 찰나의 순간이 마치 영겁처럼 느껴질 정도로 느리게 움직였다. 얼굴이 아니라 가슴이 뜨겁다.

"민정호랑 너랑 우리라는 말을 쓸 만큼 그렇게 가까운 사이야?"

"아니…… 난 그런 게 아니잖아. 단지 우리 출판사 대표이시니까…… 읍!"

그 순간 준하의 입술이 그녀의 것을 덮쳤다. 그리고 이내 짙은 알코올 향을 머금은 입술이 그녀 입술에 부드럽게 와 닿았다. 무어라 형언할 수 없이 따스하고 다정한 움직임이었다. 헤실헤실 풀어진 그녀의 도톰한 입술을 가만히 입안에 머금고 살며시 혀로 핥았다. 그 섬세하고 미묘한 느낌에 은수는 안타까울 정도로 가슴이 설레었다.

한 손에는 여전히 맥주 캔을 쥔 채 천천히 느릿하게 움직인 준하의 입술을 따라 그녀의 입술도 함께 움직였다. 이내 뜨겁게 밀려들어 온 그의 혀가 입안을 가득 채우자, 은수는 몸을 떨었다. 기대와 흥분, 짜릿한 자극이 빠르게 전신으로 번져 갔다. 마치 제 의지를 갖고 움직이는 무엇처럼 그의 혀가 그녀의 입안 곳곳을 핥고, 쓸어대자 나른한 오후의 한때처럼 평온하던 입맞춤은 격랑에 휩쓸린 것처럼 삽시간에 격정적으로 변해 버렸다.

갈급한 사람처럼 서로의 입술을 탐하는 키스가 점점 깊어졌다. 뜨거운 열기가 뇌수까지 차올라 머릿속이 온통 녹아버릴 것 같았다 준하의 커다란 손이 그녀의 목덜미를 쓰다듬다가 둥근 어깨를 향해 내려갔다. 팔을 쓰다듬어 내리던 손길이 다시 올라오더니 그녀가 입고 있는 원피스 위로 가슴을 덮었다.

그 순간 은수는 숨을 멈추고 말았다.

"하아하아……."

갑자기 준하의 입술이 떨어져 나갔다. 그녀를 향해 고개를 숙이고 있는 그의 얼굴은 붉었고, 고통스러워 보였다.

"준하야……."

"김은수 널 원해."

은수는 아무런 말도 없이 그에게 손을 뻗었다. 그러자 그가 얼굴을 찡그리며 말했다.

"이대로 너한테 손대면 난…… 더 이상 못 참아."

서서히 자리에서 일어선 그녀는 그의 얼굴에 한 손을 대고 다시 읊조리듯 낮은 목소리로 그의 이름을 불렀다.

"나도 그래."

그 순간, 다시 준하의 입술이 덮치듯 다가왔다. 마치 크게 일렁이는 파도처럼 그녀를 덮치며 키스했다. 그녀의 입술을 삼키듯 빨아올리고 거침없이 뜨거운 혀를 밀어 넣었다. 그러고는 그녀의 몸을 그대로 안아 올렸다. 은수가 두 팔을 뻗어서 그의 목에 감았다. 오랫동안 잊고 있던 열정과 흥분이 미친 듯이 두 사람 안에서 내달렸다.

어느새 그의 품에 안겨 다른 침실로 들어갔다. 침대에 등을 대고 눕자, 준하가 다급한 손길로 등 뒤에 있는 원피스 지퍼를 내렸다. 옷이 어깨 아래로 흘러내리고 브래지어에 감싸인 가슴이 드러나자, 준하는 흡하고 숨을 들이마셨다. 그러곤 곧 하얀 레이스로 덮인 그녀의 젖가슴을 부드럽게 감싸듯 만지면서 키스했다.

짙은 키스가 이어지고, 어느새 그녀의 브래지어마저 벗겨졌다. 그리고 마침내 준하의 손이 말캉한 젖무덤에 닿는 순간 은수는 불에 덴 것처럼 몸을 떨었다. 정말로 불인 듯, 그의 손에 닿은 젖가슴이 녹아버릴 것만 같았다. 저도 모르게 고개를 뒤로 젖혔다. 준하가 목 아래를 가로지른 쇄골에 입 맞췄다.

"부드러워."

그녀의 하얀 젖가슴을 손에 움켜쥔 채 준하가 인상을 찌푸리며 말했다. 그러곤 은수의 젖은 눈동자를 바라보며 다시 입술을 겹쳤다. 입술에서 턱으로 그리고 목덜미로 미끄러져 내려온 그의 입술이 젖가슴에 닿았을 때, 은수의 눈가에서는 가느다란 눈물 한 줄기가 흘렀다. 마치 얼음이 녹아내린 것처럼.

차갑고 단단하게 뭉쳐 있던 가슴 끝이 뜨거운 용광로처럼 펄펄 끓고 있는 준하의 입속으로 빨려 들어가자마자 견딜 수 없는 격한 자극에 은수는 한 손을 그의 숱 많은 머리카락 속으로 밀어 넣고 움켜잡았다. 준하가 가슴 끝을 입술로 빨고, 혀의 우둘투둘한 돌기가 쓸어대자 그녀는 진저리치면서도 본능적으로 그녀의 가슴을 그에게 들이밀었다.

그리고 마침내 그의 손이 오래도록 그 누구도 닿지 않았던 그녀의 가장 은밀하고 깊숙한 곳에 이르렀을 때 은수는 두려움과 긴장감에 입술을 깨물었다. 그리고 그 밤, 준하는 그녀 안에 자기를 깊게 묻으면서 그토록 원했던, 은수만이 줄 수 있는 순수한 기쁨에 젖어들었다.

다음날 아침, 은수는 새벽에 일찍 일어나 현우가 잠든 침실로 옮겨갔다. 그렇지만 두 사람 모두 보기가 민망해서 어떻게 해야 하나 싶었다. 간밤에도, 새벽에도 준하와 은수는 서로의 몸을 어루만지고, 사랑하며 그들이 얼마나 서로를 원하고 있었는가 느낄 수 있었다. 가슴 벅차고, 떨리고, 설레는 시간이었다.

아침이 되자 은수는 일찍 세수를 마치고 준하와 현우를 위해서 아침 식사를 준비했다. 준하와 현우는 밥을 먹기 전에 아침 산책을 하겠다며 함께 나갔다. 몇 번 보지도 않았는데 어느새 마음이 통해서 서로 즐겁게 대화하며 나가는 두 사람의 뒷모습을 보면서 은수는 문득 눈시울이 뜨거웠다. 그 모습이 그녀가 그토록 원했던 아빠와 아들의 평범하지만 행복하고 다정한 모습이란 걸 깨달았던 것이다.

어느덧 밥도 뜸이 다 들었고, 현우가 좋아하는 계란찜과 준하를 위한 해물된장찌개가 다 끓었을 무렵, 잔뜩 신이 난 현우와 준하가 돌아왔다.

"엄마! 이것 좀 보세요!"

아이의 작은 손에는 조그마한 돌멩이가 들려 있었다.

"아저씨가 그러는데요, 이거 운석이래요."

"진짜?"

"네! 우리가요, 아저씨랑 현우가요, 아까 시냇가에 갔는데요, 거기에서 주웠어요. 그렇죠, 아저씨?"

아이는 너무 흥분해서 말도 제대로 하지 못했다. 팔짝팔짝 뛰는 아이를 안아주면서 은수는 눈빛으로 준하에게 물었다. '이게 진짜 운석이야?'라고. 그러나 준하의 표정을 보고 단박에 알 수 있었다. 어제 낚시를 하면서 준하가 해준 운석 이야기에 잔뜩 흥미를 보이던 현우가 아마 시냇가에 있는 평범한 돌을 보고 운석이라고 확신한 모양이다. 그리고 준하는 아이의 흥을 깨뜨리고 싶지 않아서 그 장단에 맞춰준 모양이고. 은수도 현우의 즐거움을 깨버릴 마음은 조금도 없었다.

"와! 우리 아들 정말 대단한데! 그런데 지금은 아침 먹을 시간이니까 욕실 들어가서 얼굴이랑 손 씻고 와."

"네!"

아이가 쪼르르 욕실로 사라지고 나자, 은수는 준하를 보며 눈을 가느스름하게 뜨고 물었다.

"저게 정말 운석이야?"

"현우가 그렇게 믿으면 진짜인 거지."

"뭐야, 변호사 양반이 애한테 거짓말이나 하고."

"거짓말이 아니라 어린아이의 순수한 동심이 깨지지 않게 지켜 준 거라고 해줘."

"아우, 누가 정말 변호사 아니랄까 봐 말은 잘해요."

"그럼 그거라도 잘해야 앞으로 내 마누라랑 아이 먹여 살리지."

준하가 씩 웃으며 그녀에게 한 발자국 앞으로 다가 와서 그녀의 허리를 잡아당겼다.

"현우 나오거든."

"이제 막 들어가서 금방 안 나오거든."

짓궂게 그녀의 말투를 따라 하더니 준하가 그대로 그녀에게 키스했다. 아침의 청신함이 그대로 느껴지는 준하의 싱그러운 체취를 맡으면서 은수는 두 팔을 그의 목에 감았다. 준하가 입술을 더 깊게 밀어붙이며 짙은 키스를 해오자 그녀도 그에 열렬히 응했다.

어느새 준하의 손길이 안타까운 열망을 품은 채 그녀의 온몸 구석구석을 어루만졌다. 간밤에 나누었던 열기가 다시 되살아나는 듯 은수의 몸은 뜨거워지기 시작했다.

달칵! 그때 욕실 문 열리는 소리가 들려오자 은수는 얼른 두 팔로 준하의 몸을 밀어냈지만, 열기와 흥분에 취해 몽롱한 준하는 입술과 손을 떼려 하지 않았다.

"엄마! 현우 다 씻었어요!"

맑고 낭랑한 아이의 목소리가 들려오자 그제야 마지못해 떨어지면서 준하의 손끝이 그녀의 가슴을 스쳤다. 두근, 마치 날카로운 칼에 베이기라도 한 것처럼 짜릿한 감각이 은수를 강렬하게 스쳐 갔다.

"어, 어 현우야."

"아저씨도 얼른 손 씻고 나오세요. 밥 먹게!"

"그래, 알았어."

"우리 엄마 밥이요, 되게 맛있어요."

"정말? 기대되는데. 기다려, 아저씨도 얼른 씻고 나올게."

준하는 욕실로 들어가면서도 그녀에게서 눈길을 떼지 않았다. 그의 뜨거운 시선을 느끼자 은수는 얼굴이 더 붉게 달아올랐다. 민망함에 얼른 싱크대 쪽으로 몸을 돌리면서 은수는 현우에게 말했다.

"현우야, 냉장고에서 어제 사다 넣은 물 좀 꺼내줄래?"

"네!"

아이는 집에서도 그녀의 일을 곧잘 돕는 터라 아무런 불평 없이 앉았던 식탁 의자에서 일어나 냉장고로 다가갔다. 페트병에 든 생수를 꺼내던 아이 눈에 어제 여섯 개짜리 캔 맥주 묶음에 붙어 있던 작은 안줏거리가 눈에 띄었다. 손바닥만 한 작은 봉지를 보자 현우는 갑자기 먹고 싶어졌다.

"엄마!"

찌개를 마저 끓이고 밥과 반찬을 그릇에 담고 있던 은수는 고개를 돌리지 않은 채 대답했다. 얼굴이 너무 붉어서 차마 현우에게 보여주기 민망하기도 했다.

"나 이거 먹어도 돼요?"

"뭔데?"

"과자요. 냉장고에 있는데 하나만 먹을게요."

"알았어. 대신 밥 먹기 전이니까 딱 하나만 먹어야 해."

"네!"

원래 평소라면 집에서 식사 전에 간식은 절대 먹지 못하게 했다. 그러나 처음 온 여행에 은수도 현우도 들떠 있었고, 그래서 그녀는 이런 작은 일탈 정도는 괜찮으리라 여겼다. 그러나 비닐봉지 부스럭 거리는 소리를 들으면서 밥과 찌개를 떠서 식탁으로 나르기 위해 몸을 돌렸던 은수는 그 자리에서 쟁반을 떨어뜨리고 말았다. 와장창! 밥그릇과 국그릇이 바닥에 부딪치며 깨지는 소리가 들렸다. 그러나 그 파열음은 곧 들려온 은수의 비명 소리에 묻히고 말았다.

"현우야!"

아이가 바닥에 쓰러져 켁켁 숨을 거칠게 몰아쉬며 경기하는 걸 보고 은수는 본능적으로 달려가 아이를 안아 올렸다. 그녀의 소리에 놀란 준하도 욕실에서 뛰쳐나왔다.

"현우야, 정신 차려! 현우야!"

"애가 대체 왜 이래!"

"모, 몰라. 멀쩡하던 애가 갑자기…… 현우야!"

은수는 아이를 끌어안고 미친 듯이 울부짖었고, 준하는 얼굴과 온몸이 붉게 부어올라서 거칠게 숨을 내쉬는 아이를 보면서 119 구조대에 다급하게 전화를 걸었다.

"네, 6살 남자아입니다. 갑자기 쓰러져서 호흡 곤란을 일으키고 있습니다. 빨리 와주세요, 빨리!"

곧 온다는 대답을 받았지만 이대로만 둘 수는 없어서 준하는 얼른 숨을 제대로 못 쉬는 현우의 옷을 벗기고 고개를 들어서 기도를 확보할 수 있게 애를 썼다. 그러나 아이는 이제 손발을 떨면서 경기마저 일으키고 있었다.

"현우야, 아가! 정신 차려, 현우야!"

은수는 숨이 넘어갈 듯 껄떡대고 있는 현우를 끌어안고 새파랗게 질려서 어쩔 줄 몰라 했다. 그녀마저 까무러치기 일보 직전이었다. 그런데 그때 갑자기 준하가 현우가 널브러진 바닥에서 무언가를 발견해서 주워 들고는 은수에게 물었다.

"은수야, 현우도 알레르기 있어?"

제정신이 아닌 은수는 그가 무슨 말을 하는지 알아듣지 못했다. 그러나 준하가 그녀의 어깨를 붙들고 그녀의 눈앞에 작고 네모난 은색 봉지를 내밀자 그제야 그걸 쳐다봤다.

"이게 뭐야?"

"현우 혹시 이거 먹었니? 그래?"

준하의 손에 들린 것은 캔 맥주 묶음에 사은품으로 끼워져 있던 견과류 봉지였다. 그도 물건을 살 때 미처 보지 못했던, 그리고 은수는 전혀 상상도 못했던 것.

"현우도 견과류에 알레르기 있어? 그런 거니?"

"우, 우리 현우 그런 거 안 먹어. 내가 안 먹여!"

발악하듯 소리 지른 은수, 그러나 그 순간 갑자기 은수는 머릿속에서 무언가 끔찍하고 무서운 것이 휘몰아치는 것을 느꼈다. 자기가 현우를 키우면서 왜 그토록 철저하게 아이에게 아몬드는 물론 견과류가 든 음식은 절대 먹이지 않았는지 깨달았기 때문이었다.

결혼 전 준하와 갔던 바닷가, 그와 보낸 하룻밤. 그리고 결혼식, 술에 취해 그녀를 겁탈하듯 취했던 전남편과의 끔찍했던 신혼 첫날밤. 그 후로 하지 않았던 잠자리……. 그리고 아이가 외탁을 해서 자신을 쏙 빼어 닮았다는 것에 안도하던 자신과 현우가 태어나고 자라는 내내 그녀가 무의식적으로 찾곤 하던 그…… 준하의 모습…….

그 순간 은수는 끔찍한 악몽에 자신이 휘말렸다는 걸 깨달았다.

23

응급실.

현우가 누운 침대 옆에 은수는 핏기 하나 없는 얼굴로 덜덜덜 떨면서 서 있었다. 얼굴은 온통 흘러내린 눈물로 얼룩져 있었고 눈은 빨갛게 충혈돼 있었다. 급하게 응급실로 와서 주사를 맞고 호흡기를 꽂은 채 누워 있는 아이의 작은 몸은 애처로울 만큼 가냘팠다.

의사와 이야기를 나눈 준하가 그녀 곁으로 다가왔다.

"은수야, 현우 이제 괜찮대. 그러니까 좀 진정해."

새파랗게 질려서 말도 제대로 못한 채 떨고 있는 은수를 감싸 안으며 준하가 다독거렸다. 그러나 그녀의 지독한 떨림은 멈출 생각을 하지 않았다. 가뜩이나 스트레스 때문에 지난번에도 쓰러진 적이 있던 터라 준하는 현우도 현우지만 은수가 걱정이 돼서 견딜 수가 없었다. 그래도 자기마저 흔들리면 안 된다는 생각에 구급차를 타고 병원으로 와서도 내내 현우 곁을 지키고 은수를 위로하면서 두 사람 곁에 있었다.

"그리고 의사가 현우에 대해 좀 물을 게 있다는데. 현우 곁에는 내가 있을게, 가봐."

"응……."

아이가 치료 받는 동안 은수는 거의 제정신이 아니었다. 현우가 좀 괜찮아져서 은수도 어느 정도 진정된 터였다. 준하의 말에 은수는 고개를 끄덕이고 의사를 향해 걸어갔다. 가운을 입고 서 있는 의사를 향해 고개를 숙여 인사했다.

"선생님, 우리 현우 정확히 어떻게 된 건가요?"

의사가 차트를 들어 올리며 말했다.

"좀 전에 아이 아빠 되시는 분한테도 말씀드렸지만, 아나필락시스라고 일종의 알레르기 쇼크 현상입니다."

"알…… 레르기요?"

"네. 특정 요인에 과민 반응을 일으키는 현상인데 우유나, 밀가루, 견과류 등에 의해서 자주 유발되죠. 오늘 일단 아이가 유일하게 먹은 걸로 추정되는 게 견과류라니까 견과류를 비롯해서 식품과 외부 요인에 대해 알레르기 검사를 해보도록 하겠습니다. 아이가 호흡이랑 피부도 정상으로 돌아와서 채혈을 할까 하는데 괜찮으십니까?"

"……네."

의사의 질문에 은수는 마치 넋이 빠진 사람처럼 대답했다. 지금 그녀의 머릿속은 현우에 대한 걱정과 그보다 더 크고 지독한 두려움으로 가득 차 있었다.

"그리고 아까도 여쭤봤지만 아이가 평소에 다른 음식에 대해 알레르기 증상을 보인 적이 없었나요?"

"없었어요."

"오늘처럼 부종이나 호흡기 증상이 아니라도 발진이나 두드러기, 가려움 같은 것도 다 알레르깁니다."

"아뇨. 단 한 번도 없었어요."

은수는 고개를 가로로 저었다. 그러자 의사가 차트에 내용을 기록하며 고개를 끄덕였다.

"좋습니다. 그리고 어머님, 이런 알레르기는 유전적 소인이 있어서 평소에 부모님의 병력을 확인해 보는 게 좋습니다. 지금 당장은 확인된 게 없더라도 앞으로 또 어떤 요인에 따라 알레르기가 나타날지 모르니 잘 파악하고 주의하세요."

의사의 말에 은수는 저도 모르게 숨을 삼켰다. 유전적 요인…….

"감사합니다."

어느새 그녀 뒤로 다가온 준하가 의사에게 인사했다.

"뭐라 그래?"

"그냥 뭐 때문에 알레르기 일어난 건지 검사한다고……."

"그래, 사실 나도 그렇지만 견과류에 대한 알레르기는 사실 꽤 흔한 편이거든. 사람들이 잘 몰라서 그렇지. 그래도 저렇게 심한 경우는 드문데, 현우 조심해야겠어."

"……응."

혹시 몰라서 병원에서 상태를 지켜보다가 오후가 되어서 퇴원해 집으로 돌아왔다. 함께 있어주겠다는 준하의 말을 거절했다.

"아이도 나도 피곤해. 그냥 집에서 푹 쉴래."

"그래, 그렇게 해. 내가 있으면 아무래도 괜히 방해만 되겠지. 나중에 연락할게."

다음날 은수는 아이를 어린이집이 아니라 친정에 데려가 맡기고 출판사에 출근했다가 일을 마치고 돌아왔다. 준하에게 전화를 받아서 사정을 익히 알고 있는 정호는 나올 필요 없다고 했지만 은수는 그래도 자기가 해야 할 일은 하고 싶었다.

"왔니?"

현우가 갑자기 아파서 병원에 갔다 왔다는 얘기에 친정어머니는 일을 하루 쉬고 현우를 돌봐주었다. 퇴근하며 집으로 들어서자 어머니는 식탁 위에 쪽파를 늘어놓고 손질하고 있었다. 은수는 들어서자마자 아이부터 찾았다. 잠시 못 보고 떨어져 있었는데도 너무 불안하고 보고 싶다.

"현우는요?"

"상은이가 데리고 놀이터 갔다."

마침 오전 수업만 있는 상은이가 아르바이트 가기 전에 현우와 놀아주고 있었다. 은수는 너무 힘들고 지칠 때면 늘 세상에 자기 혼자라 생각하곤 했었다. 그래도 문득 눈을 들어 보면 이렇게 어머니와 상은이가 곁에서 힘이 되어주었다. 누군가의 말처럼 가족은 세상에서 가장 무거운 짐이면서 또 내가 세상에서 흔들리지 않고 서 있을 수 있게 해주는 가장 든든한 버팀목인지도 몰랐다.

"오늘 괜찮았어요?"

"그래. 네 말대로 먹는 것만 조심하면 되니까 애야 뭔 일 없었지."

"네."

"그런데 뭔 일은 네가 있어 보인다. 왜 그렇게 얼굴이 안 좋아. 피죽 한 그릇 못 얻어먹은 애처럼 힘도 없고."

"그냥요. 어제 너무 정신이 없었나 봐요."

"하긴, 생전 그런 일 없던 애가 그랬으니 얼마나 놀랬겠누. 그것도 집도 아니고 낯선 데 가서 그랬으니……."

어머니가 혀를 끌끌 차며 말했다.

"하여간 어디 가든 낯선 데 가서는 무조건 음식 조심해야 돼. 물

갈이하고 배탈 하는 게 애들한테는 제일 무서운 거니까."

"네."

"그나저나 우리 현우 여태껏 자라면서 먹는 거 때문에 탈난 적은 없는데 어째 그랬나 몰라. 가서 애가 너무 신나게 논 거 아니야? 너무 흥분하면 그렇게 탈나는 애들이 더러 있던데. 오늘도 와서는 온종일 얼마나 자랑을 하던지. 아저씨랑 뭘 잡았네, 뭘 봤네 하면서 아주 좋아 죽더라."

은수의 어머니인 이윤지는 하던 말을 멈추고 자기 앞에 앉아서 어느새 함께 파를 다듬고 있는 자신의 큰딸을 바라보았다.

첫사랑이었다. 은수의 생부는.

그러나 너무 어려서 철없을 때 만났던 터라 불같이 사랑했던 두 사람은 정말로 사소한 문제와 오해로 금세 헤어지고 말았다. 이미 뱃속에 은수가 있었을 때였지만, 돌아서던 남자도, 그녀도 그건 나중의 문제였을 뿐. 당장은 그들의 감정이 너무 격해서 다른 건 돌아볼 생각도, 여유도 없었다.

그러다 딸을 낳고 나자 덜컥 가슴이 내려앉았다. 유난히 몸집이 작은 갓난아기를 안고 앞으로 이 아이를 데리고 어찌 사나 생각하니 막막하기도 하고 무섭기도 했다. 그때도 그저 제 처지만 서러웠을 뿐, 딸아이가 아빠 없이 미혼모의 자식으로, 사생아로 살아야 한다는 게 미안하진 않았다.

그만큼 그때의 이윤지는 정말로 철이 없었다. 그러다 점점 홀로 아이를 키우면서 세상 속에서 슬프고, 억울하고, 서러운 일을 당할 때마다 처음엔 제 신세가 처량하고 답답해서 가슴 치던 그녀는 문득 자신의 어린 딸이 자기보다 더 기가 막히고 아플 거라는 걸 깨닫기 시작했다. 그리고 그건 엄청난 죄책감이 되어서 그녀를 짓눌렀다.

아직 어린 그녀의 딸은 다른 아이들에 비해 손도 많이 가지 않고, 늘 얌전해서 키우는 것도 수월했다. 처음에는 그저 애가 순해서 그러려니 했는데 어느 날 지금 현우 또래의 딸을 보면서 그녀는 깨달았다. 아이는 그저 참고 있을 뿐이라는 걸.

어차피 투정 부려도 떼써도 받아줄 이 하나 없음을 직감적으로 아는 그 어린것은 크면서 그렇게 참는 것이 일상이 되고, 습관이 되고, 결국은 성격이 되어버렸던 것이다.

그게 너무 미안해서 그녀는 어느 밤 자는 딸의 얼굴을 보며 몹시도 울었다.

그래서 제 한 몸 의탁하고 싶다는 생각보다는 아이에게 아빠와 제대로 된 가정을 마련해 주고 싶다는 생각에 자신보다 열 살이나 많았던 김덕수와 재혼했다. 무뚝뚝하지만 속정 깊던 남편은 그녀에게 든든한 울타리가 되어주었고, 은수에게도 좋은 아빠가 되어주었다.

그래서 그녀는 어리석게도 또 안심하고 말았다. 이제 딸은 힘들지 않을 거라고, 서럽지도 않고, 아프지도 않고, 그저 행복할 거라고 말이다.

그러나 사생아로 자란 딸아이가 겨우 생긴 가정과 가족을 지키기 위해 얼마나 애쓰고 무던히도 참으며 살았는지 이윤지는 다시 오랜 시간이 흐를 때까지 몰랐다.

그래서 볼 때마다 늘 애잔하고, 미안하고, 가슴 아픈 딸. 답답한 적도, 속상한 적도 많아서 늘 웃으며 키우진 못했지만 그래도 나름 최선을 다했다고 생각했던 그녀는 결국 딸이 불행했던 결혼 생활을 이혼으로 마감하자 그 마음에 죄책감이 더 크게 얹어지고 말았다.

"현우 엄마야."

"네."

"너 만나는 사람 있니?"

은수는 파를 다듬던 손길을 문득 멈추었다. 아이가 어제 있었던 일을 제 할머니한테 말했으니, 그 아저씨가 누구인지 어머니도 궁금하셨을 게다.

"……네."

"어떤 사람인지 모르겠지만 그래도 애한테 저렇게 잘해주는 걸 보면 좋은 사람이지 싶다. 그런데 너도 알겠지만…… 아니, 내 살아보니까 그래도 제 핏줄이 더 낫지 않나 싶어."

정작 자신은 딸에게 친아버지 한 번 보여주지 않고, 의붓아버지 밑에서 자라게 했던 은수의 어머니. 그러나 그렇게 산 그녀의 가슴에 남는 한과 후회 중 하나가 은수는 제 친아버지 그늘에서 자라게 해주지 못했다는 것이었다.

그래서 지금 딸이 새로운 남자를 만난다는 말에 기쁘고 반가우면서도 한편으로는 현우가 걱정되었다. 아직 우리 사회는 가부장적인 사회였다. 게다가 흔히들 핏줄이 당긴다고 말하지 않던가. 보면 어려서는 몰라도 자라면 결국 제 친혈육을 찾는 것이 인지상정이라고들 말한다. 더군다나 남자아이는 더 그렇다고.

지금이야 현우의 생부 쪽에서도 이혼 때문에 이런저런 이들이 있었고 마음이 상해서 아이를 찾지 않지만, 하나밖에 없는 아들에 그 집 장손이니 언제고 다시 찾아와서 얼굴 보자 할 테고, 그렇게 되면 아이가 새 아빠와 새 가정이 생긴다면 잘 적응할 수 있을까. 은수의 어머니는 그게 걱정되었던 것이다.

남편이 죽고 거의 소식이 끊겨 이제는 남이나 다름없는 큰아들 상준을 떠올리며 더욱 그러했다. 아무리 계모지만 그래도 십 년을 넘게 가족으로 살았고, 핏줄 섞인 상은이도 있건만 상준은 제 아버지가 돌아가시고 나자 이 집에 아예 발길을 딱 끊어버렸다. 마치 그들이 보낸 시간 따위는 아무것도 아니라는 듯이.

늙으면 걱정이 는다고는 하지만, 그녀로서는 자신이 걸어왔던 길이 늘 후회로 남아 있기에 딸은 그런 후회를 남기지 않기를 바라고 있었다. 그러나 물론 그렇다고 해서 은수가 아이 때문에 불행했던 결혼 생활을 되돌리길 바라는 것도 아니었다.

정말로 어려운 문제였다.

"네 알아서 잘하겠지만……. 최 서방 그 인간이 나도 이 갈리게 밉고 생각만 해도 치떨려. 그렇지만 어쩌겠니. 아이가, 우리 현우가 있으니까……. 은수야, 좀 더 신중하게 잘 생각해라."

차마 제 입으로 재결합하라는 소리까지는 못했지만 그래도 그녀의 말은 현우를 위해서라면 아이 친아빠와 다시 살라는 소리나 다름없었다.

그리고 은수는 내내 아무런 말도 없었다.

그날 저녁 밥을 먹고 은수는 아이를 데리고 집으로 돌아왔다. 마을버스에서 내려 피곤한지 설핏 잠이 든 현우를 등에 업고 걸어가는데 갑자기 검은 어둠에서 인영 하나가 불쑥 튀어나왔다. 무서운 눈으로 그녀를 노려보고 있는 것은 최진호, 바로 전남편이었다.

"다, 당신……!"

깜짝 놀란 은수의 눈동자가 커다랗게 커졌다. 그러나 그녀를 바라보는 최진호의 눈빛은 싸늘하기 짝이 없었다.

"왜 전화를 안 받아! 날 피하는 거야?"

"무슨 소리예요?"

"내가 계속 전화했는데 니가 안 받았잖아. 뭐가 켕기는 게 있으니까 그러는 거 아냐?"

"내가 당신한테 그럴 게 뭐가 있어요?"

"하, 정말 그래?"

빈정거리며 이죽거리는 전남편을 보면서 은수는 어째서인지 까닭 모를 불안함을 느꼈다. 흘긋, 사나운 눈초리로 그녀를 노려보던 진호가 그녀 등 뒤에 업혀 있는 현우를 쳐다보았다. 그러나 그 눈빛은 거의 9개월 가까이 아이를 보지 못해 그리워하는 아빠의 눈빛은 절대 아니었다. 뭔가 본능적인 두려움과 경고가 은수를 엄습했다. 저도 모르게 아이를 업은 두 팔에 더욱 바짝 힘을 주었다.

"애는 자나 보지?"

저벅, 진호가 한 발 앞으로 다가 섰다. 음산하고 기분 나쁜 목소리. 험악한 눈빛. 은수는 주춤 뒤로 물러서고 말았다.

"너, 처음부터 알고 나 속인 거지?"

느닷없이 영문 모를 소리를 하며 진호가 그녀를 죽일 듯이 노려봤다. 한 번도 본 적 없는 사나운 눈빛에 은수는 저도 모르게 몸이 움츠러들었다.

"무, 무슨 소리예요? 내가 뭘 속여요?"

창백한 얼굴로 그를 쳐다는 은수의 얼굴을 가소롭다는 듯이 바라보던 최진호가 피식, 잔뜩 입가를 비틀며 냉소를 짓더니 그녀를 향해 말했다.

"그 애."

쿵쿵, 은수의 심장이 미친 듯이 뛰었다.

"내 애 아니잖아. 아니야?"

그리고 한순간 심장이 멎었다.

전화기가 꺼져 있는지 온종일 은수에게 연락이 되질 않았다. 출판사로 전화했더니 이미 퇴근했다는 말만 들었다. 그래서 준하는 안동에서 올라오는 길로 바로 은수의 집으로 차를 몰았다. 어제 병원에서 나와 집으로 데려다 줬을 때도 은수는 창백한 얼굴로 그저 떨고 있었다. 자기가 쓰러졌을 때는 그렇게 침착하고 강한 모습을 보여주더니 막상 자기 아이에게 그런 일이 닥치자 아무래도 충격이 컸을 터였다.

다행히 현우는 별 탈이 없이 좋아졌지만, 은수는 자기가 곁에 있으면서도 아이를 잘 돌보지 못했다는 죄책감 때문인지 무척이나 힘겨워했다. 준하는 내내 그들 모자 곁에 있어주고 싶었지만 은수는 싫다고 했다.

"아이랑 둘이 푹 쉬고 싶어. 오늘은 그만 가줘."

그러면서 돌아서던 모습에 준하는 조금 가슴이 아릿했다. 그는 아직 그들의 가족이 아니었다. 누구보다 은수를 사랑하고 현우를 아끼고 있지만, 한 식구는 아님을 알기에 준하는 선선히 물러설 수밖에 없었다.

그러나 그는 꼭 그들 모자와 한 가정을 이루고 싶었다. 은수를 사랑했다. 예전에도, 지금도 그는 여전히 그의 인생에서 여자는 오직 김은수 하나였다. 다른 여자를 만나고 싶었던 적도, 만나본 적도 없었다. 일부러 그런 것은 아니었으나 그 어떤 아름답고, 지적이고, 매력적인 여자들을 만나도 전혀 관심이 생기질 않았다.

그러나 은수는 달랐다. 6년 만에 처음 보는 그 순간부터 그는 그녀에게 속절없이 다시 끌렸고, 금세 빠져들었다. 그의 인생에 있어서 김은수처럼 특별한 여자는 그 이전에도 그리고 앞으로도 다시없음을 그는 정말로 절감해야 했다.

그리고 현우는……. 정말로 사랑스러운 아이였다. 그리고 제 엄마처럼 그의 마음을 사로잡고 말았다. 귀엽고 천진한 웃음을 지으며 그에게 맑고 또랑또랑한 목소리로 이야기할 때면 준하는 가슴속에서 솟아나는 진한 감정을 느꼈다. 그것이 무엇인지 아직 정확히 알 수는 없지만 그에게 이미 현우는 정말 소중한 아이였다. 은수의 아이가 아니더라도 그는 정말로 현우가 좋았다.

그렇게 소중한 두 사람을 언제고 옆에서 지켜주고 함께 행복해지기를 준하는 몹시 바라고 있었다.

은수의 아파트 단지 안에 차를 세우고 걸어가던 준하는 은수의 아파트 근처의 오르막길에서 현우를 업고 있는 그녀를 발견했다. 반가움에 저도 모르게 눈매가 휘고 입꼬리가 올라갔다. 옮기는 걸음을 더 빨리하며 걷던 준하는 금세 인상을 쓰고 말았다.

은수가 누군가와 말다툼을 하고 있었다. 가로등이 있지만 해도 지고 수풀이 우거진 곳이라 사방이 어두워서 처음에는 상대가 누군지 잘 보이지 않았다. 그저 맞은편에 서 있는 사람이 남자이고, 은수가 인상을 쓴 채 고개 흔드는 게 보일 뿐이었다. 게다가 그녀 등에 업혀 있던 현우도 잔뜩 겁에 질린 채 제 엄마 등에 숨듯이 매달려 있었다.

그걸 보는 순간 눈에서 불이 확 치솟았다. 온몸에서 참을 수 없는 분노가 끓어오른 준하는 한달음에 그들에게 달려갔다.

"그 손 놔!"

은수에게 막 가까워졌을 무렵, 남자가 은수의 손목을 잡아끄는 게 보였다. 준하는 그대로 달려가서 상대에게 주먹을 날렸다. 폭력보다는 대화로 문제를 해결해야 하고, 지금 자신이 저지르고 있는 짓이 폭력죄에 해당한다는 것 따위는 생각나지 않았다. 그저 그의 눈에는 겁에 질린 은수와 현우의 얼굴만이 크게 들어와 박혔다.

"컥!"

퍽! 주먹이 사내의 얼굴에 정통으로 꽂히자 그 남자가 바닥에 굴렀다. 그 사내가 누구인지 확인할 겨를도 없이 준하는 은수의 상태부터 살폈다.

"은수야, 괜찮아? 현우는?"

놀라서 파랗게 질린 은수와 현우를 꼭 껴안았다가 다시 놓아주고 얼굴을 보며 그녀와 현우의 안위부터 확인했다. 하얗게 질린 채 온몸으로 현우를 보호하듯 업고 있던 은수가 고개를 끄덕였다. 현우도 준하를 보고 안심했는지 커다란 눈망울에 눈물이 가득차서 글썽거리는데도 그를 보며 안도의 빛을 띠었다. 그러나 아이의 작은 입은 울먹거리고 있었다.

그 모습을 보자 준하는 도저히 화가 나서 참을 수가 없었다. 그리고 무엇보다 아이에게 이런 험한 모습을 보이는 건 옳지 않다.

"은수야, 현우 데리고 집에 들어가 있어."

"하지만……."

"내가 알아서 할 테니까 얼른 들어가. 현우 놀래."

은수는 이런 식으로 준하가 최진호와 맞닥뜨리기를 결코 원하지 않았다. 이렇게 준하에게 그녀의 지난 6년을 보여주고 싶지 않았다. 게다가……. 그렇지만 준하의 말대로 아이가 이런 흉측한 광경을 더는 보게 해서는 안 됐다.

불안한 눈빛을 한 은수가 고개를 끄덕이면서 걸음을 옮기려 할 때였다.

"이 새끼!"

그 순간 뒤에서 거친 사내의 욕설이 들려오고 억센 손이 준하의 어깨를 잡아당겼다. 휙 몸이 돌아가고 주먹이 날아들었다. 그러나 준하는 몸을 틀었고 주먹은 그의 얼굴을 스치며 빗나갔다.

"너 뭐야!"

준하가 얼른 손을 뻗어 은수를 자기 등 뒤에 서게 하자 사내가 고래고래 고함을 질렀다. 준하는 일단 자기 등 뒤의 은수에게 말했다.

"어서 들어가."

"준하야……."

"얼른 처리하고 갈게, 가서 현우 재워."

"……응."

은수는 무섭게 화를 내고 있는 최진호를 바라보며 현우를 업고 후들거리는 다리를 간신히 떼었다. 진호가 준하한테 무슨 말을 할지 두려웠지만 그보다 아이한테 더는 이런 모습을 보일 수 없었다.

"김은수, 너 어디 가! 도망가냐! 그래, 넌 나중에 두고 보자! 나그냥 이대로 안 끝내, 알았어!"

최진호가 은수의 뒷모습을 향해 버럭버럭 소리를 지르자, 준하가 그의 어깨를 세차게 밀쳐냈다.

"어, 이 새끼 보게. 또 사람 치네!"

"당신이야말로 뭐야. 뭔데 은수한테 이딴 짓 하는 거야."

낮게 내지르는 준하의 목소리는 매섭고 준엄했다. 크게 버럭 소리를 지르던 사내도 움찔할 정도로 무서운 기백을 담고 있었다. 어둠 속에서 두 남자는 서로를 노려보았다. 그리고 한순간 준하는 예전 기억이 떠올랐다. 겨울의 거리에서 은수를 끈질기게 쫓아다니며 지분대던 한 남자. 그때 그와 은수는 아직 어린 고등학생이 었으나 그 남자는 성인이었다. 그러나 그의 눈에 담긴 것이 은수를 향한 욕망임을 준하는 알아보았다.

분명했다. 그때, 그 남자. 은수를 탐욕스럽게 바라보던 그 남자가 왜 지금 여기에 있는 것일까. 그러나 준하는 단박에 알 수 있었다. 저 남자가 은수의 전남편이란 것을. 그녀와 6년간을 살았던 남자란 걸 말이다.

"나? 하, 이 새끼 봐라. 겁대가리도 없이 감히 내가 누군 줄 알고. 나, 김은수 남편이다, 이 새꺄."

"전남편이겠지."

준하의 일갈에 진호가 얼굴을 일그러뜨리며 오만상을 찌푸렸다.

"뭐? 그래, 전남편이다. 그래도 엄연히 이 여자한테 권리 있고, 할 말 있으니까 니놈은 꺼져. 너야말로 뭔데 남의 일에 끼어들어서 지랄이야!"

진호가 말도 안 되는 억지를 늘어놓았다. 그러자 준하가 그를 잡아먹을 듯 사납게 노려보며 윽질렀다.

"김은수 내 여자야. 그러니까 너야말로 헛소리 말고 당장 꺼져!"

"뭐? 하, 이 연놈들 보게. 김은수 너 그새 또 사내 만들었냐? 하여간 그렇게 얌전한 척 내숭 떨더니 그새를 못 참고. 하긴 그런 년이니까 뻐꾸기 새끼 배고 나한테…… 억!"

그러나 진호는 마저 말을 끝맺지 못했다. 준하의 주먹이 가차 없이 날아 들어왔던 것이다. 퍽퍽! 연이어 쏟아지는 주먹세례에 그는 정신을 차릴 수가 없었다. 입이 터지고 코가 내려앉았다. 울컥 비릿한 피 냄새가 물씬 풍기고 정신이 혼미해질 때쯤에야 겨우 준하가 주먹질을 멈추었다.

"너…… 너 이 새끼…… 날 쳤어? 내가 너 고소해서 콩밥 먹인 다……. 저년도 같이 고소…… 커억!"

몸도 못 가눌 정도로 비틀거리면서도 준하의 멱살을 움켜쥐고 발악하던 그는 은수를 입에 담는 순간 다시 준하의 주먹에 배를 맞고 푹, 허리를 꺾고 말았다.

"고소든 뭐든 마음대로 해. 너 같은 새끼 하나도 안 무서우니까. 그리고 앞으로 한 번만 더 내 여자 앞에 얼씬거리면 그땐 내가 너 가만 안 둬."

휙, 돌아서면서 준하는 그에게 자신의 명함 한 장을 집어 던지고 가버렸다. 최진호는 핏물이 흘러 흐릿해진 시야로 준하가 멀어지는 모습을 지켜보다가 바닥에 떨어진 명함을 주워 들었다.

"커억, 큭…… 선앤진 로펌 김준하?"

변호사란 말이다, 저 자식이. 게다가 선앤진이라면 그쪽이랑 아무 상관없는 자신조차도 이름은 들어본 적 있는 꽤 유명한 곳이었다. 저런 곳에서 일한다면 아무리 못해도 수임료가 어마어마할 것이다. 김은수 꽤 하는데.

"킥킥……."

찢어진 입가를 억지로 끌어 올리며 조소하던 최진호의 눈이 갑자기 커졌다. 그리고 다시 고개를 치켜들었다. 낯이 익었다. 아까는 너무 흥분한 데다 사방이 어둑해서 잘 몰랐는데 마지막으로 그에게 주먹을 날리던 그 김준하라는 녀석의 얼굴이 아무래도 낯설지가 않았다. 분명히 본 적 있는 얼굴이었다.

그러나 그는 금세 기억이 떠오르지 않았다. 그런데 손에 명함을 쥐고 비틀거리며 일어서던 그의 뇌리에 갑자기 목소리 하나가 스쳐 갔다.

"김은수 남잡니다, 저."

그러자 그의 머릿속에 처음 은수를 보았던 그해 겨울, 길거리에서 만났던 키 큰 남자 고등학생 하나의 모습이 불현듯 떠올랐다. 그녀 옆에 서서 당당하게 자기가 김은수의 남자라고 선언하던 그 어린 놈. 그리고 아까 김은수는 자기 여자라고 일갈하던 변호사라는 녀석의 모습이 겹쳐졌다.

설마? 정말로 그때 그놈이라면?

최진호의 머리가 앞뒤 정황을 꿰맞추기 위해 분주하게 돌아가기 시작했다. 그리고 곧 그의 얼굴에는 야비한 미소가 떠올랐다.

“괜찮아?”

문을 열어준 은수는 여전히 하얗게 질린 얼굴이었다. 왜 아니겠는가. 어제는 갑자기 현우가 쇼크를 일으켜서 아침부터 병원에서 종일 발을 동동 구르며 있어야 했다. 그런데 오늘 저녁에는 느닷없이 전남편이 나타나서 그녀에게 행패를 부렸으니 말이다.

“현우는 어때? 많이 놀랐지?”

“응······.”

“잠든 거야?”

은수가 고개를 끄덕이자 준하는 현우가 잠든 방의 문을 살며시 열어보았다. 다행히 아이의 잠든 얼굴은 평온해 보였다. 어제 갑자기 아파서 그런지 통통하게 살이 올라 사랑스럽던 아이의 뺨이 조금 여윈 것 같다는 생각이 들어서 준하는 마음이 아렸다. 게다가 아까 아빠라는 인간이 나타나서 제 엄마에게 그렇게 패악 떠는 걸 봤으니 어린 가슴이 또 얼마나 놀랐겠는가.

조용히 문을 닫은 준하는 은수의 뒤를 따라 거실로 걸어갔다. 그러곤 가만히 그녀의 몸을 안아주었다.

“넌 어때? 정말 괜찮은 거야?”

그의 어깨에 얼굴을 기댄 은수가 낮은 목소리로 그렇노라고 대답했다. 하지만 그의 가슴에 맞닿은 그녀의 심장은 작은 새처럼 헐떡이고 있었다. 그녀의 불안이 맞닿은 살결을 통해 고스란히 그에게 전해졌다.

"그 사람 왜 갑자기 찾아온 거야? 무슨 일 있니?"

은수의 몸을 살며시 떼어서 그녀의 얼굴을 보며 준하가 근심 어린 표정으로 물었다. 협의 이혼했고 법적인 처리도 모두 끝난 관계다. 게다가 그가 알기로 은수의 전남편은 한 번도 현우를 보러 오거나, 아이의 안부를 묻는 전화 한 번 한 적이 없었다. 그런데 왜 느닷없이 나타나서 저러는 것일까. 혹시 그가 모르는 무슨 일이 있는 것은 아닌지 준하가 걱정이 돼서 견딜 수가 없었다.

"아니…… 몰라."

그러나 은수는 시선을 내리깐 채 고개를 흔들었다. 준하는 그녀가 말하지 않는 무엇이 있음을 직감했다. 그러나 지금은 그녀를 이 이상 힘들게 할 수 없었다. 그래서 더는 아무것도 묻지 않았다.

"그래?"

그러곤 그녀를 다시 자기 품에 안으면서 당부했다.

"앞으로 무슨 일 있으면 꼭 나한테 연락해. 이상한 낌새가 보여도 그렇고. 일단 내가 그 사람 다시 만나서 얘기해 볼게. 네 법률 대변인 자격으로."

"아니, 그러지 마."

그러나 그의 말에 은수가 화들짝 놀라서는 극구 말렸다.

"어떤 문제가 있든 그 사람하고 내 문제야, 내가 해결해."

"김은수, 너 그렇게 말하면 나 섭섭해. 네 문제는 곧 내 문제이기도 해. 현우도 그렇고."

"그래도 이건 내 지난 결혼 생활에 연관된 거잖아. 그것까지 네가 아는 거 싫어."

그녀의 말에 준하는 결국 깊게 한숨을 내쉬었다.

"알았어. 그건 네가 알아서 하고. 그래도 내 도움이 필요하면 꼭 말해야 해, 김은수. 알았지?"

"응."

준하는 두 손을 내밀어 그녀의 얼굴을 부드럽게 감싸고 속삭였다.

"난 언제나 네가 행복했으면 좋겠어. 절대 힘들지 말고, 속상하지도 말고. 그냥 너하고 나하고 우리 현우하고 그렇게 셋이서 행복하게 살고 싶어, 은수야."

다정하게 자기를 바라보는 준하의 눈길을 보면서 은수의 눈에 투명한 눈물이 고여들었다. 불안함과 죄책감 그리고 오래된 두려움이 한데 엉겨서 질기게 들러붙은 그녀의 마음 깊숙한 곳에서 흘러나오는 눈물이었다.

24

"정말 예쁘다. 어느새 이렇게 컸니?"

은수는 혜인의 어린 딸을 품에 안고 어르면서 웃었다. 갓난아기의 특유의 높은 체온과 보드라운 살결, 향긋한 체취에 요 근래 초조하고 긴장의 연속이던 마음이 조금 풀어지는 것만 같았다.

"요 뺨 통통해진 것 좀 봐. 눈도 다 뜨니까 엄청 크네. 아이, 예뻐라."

병원에서 보고 두 달 남짓 만에 보는 아이는 정말 몰라보게 달라져 있었다. 거의 매일 혜인과 재원이 앞 다투어 보내주는 사진으로 볼 때 하곤 또 다른 모습에 현우 어릴 적도 생각나고, 어쩐지 가슴이 뭉클하기도 했다.

"어때, 우리 딸 보니까 너도 하나 더 낳고 싶지? 기왕이면 예쁜 딸로."

"넌 이혼한 애한테 별소리를 다 한다."

친구의 말에 은수가 피식 웃었다.

"왜에, 김준하 하는 거 보니까 조만간 현우 동생 보겠던데. 아니야?"

순간, 은수가 얼굴을 굳혔다. 의외로 섬세하고 눈치 빠른 혜인은 그런 친구의 안색을 유심히 살피면서 자기 딸을 받아 안아서 요람에 눕혔다. 그러곤 조용하고 부드러운 멜로디가 흐르는 자동 모빌을 작동시켜 주었다.

"너 이리 좀 와봐."

아기 방 문을 열어둔 채 은수를 끌고 거실로 나온 혜인은 다짜고짜 친구를 추궁했다.

"뭔 일이야?"

"일은 무슨. 그냥 나 이혼한 지 아직 1년도 안 됐는 데다 재혼도 안 했는데 네가 이상한 소리 하니까 그렇지."

"알았어, 그래 그건 그렇다 치고. 너 김준하랑 무슨 문제 있어?"

"아니."

"그런데 어떻게 얼굴이 그 모양이야. 이혼하고 잠깐 얼굴 좀 피는 거 같더니 너 오늘 보니까 전보다 더 형편없어졌어."

친구의 말에 은수는 손으로 제 얼굴을 만져 보았다. 그렇지 않아도 혜인을 보러 오는 거라 신경 써서 화장까지 했는데 다 소용이 없었던 걸까?

"설마 김준하랑 헤어졌냐? 아니지, 그 인간이 어떤 인간인데 이렇게 금방 헤어질 리가 없지. 그럼 싸웠냐?"

혜인의 말이 재미있어서 은수는 슬며시 웃고 말았다.

"김준하가 어떤 인간인데?"

"그걸 몰라서 물어? 바퀴벌레보다 더 질기고, 독하고, 끈덕지고, 재수 없고, 염치도 없고, 김은수한테 집착하는 놈이잖아."

"어머나. 너무하다, 너."

"너무하긴. 지금 네 애인이라고 역성 드냐?"

"아니. 그건 아닌데 그래도 네 평이 하도 박해서."

"야, 9년 아니지 6년이나 소식 한 자 없다가 갑자기 나타나서 나한테 너 다시 찾을 거라고 큰소리 빵빵 치는 놈이 내 눈에 제정신으로 보이겠냐?"

"6…… 년?"

은수는 혜인이 9년이 아니라 6년이라고 정정하자 깜짝 놀라고 말았다.

"너…… 알고 있었니?"

"그래, 전에 김준하 왔을 때 자백 받았다. 너 결혼하기 전에 김준하 한국 들어왔었다면서? 그런데 이년아, 여태껏 나한테 그걸 한 번도 말 안 했냐? 내가 그때 너 사라져서 얼마나 식겁했는 줄 알아? 아니지. 사실은 기대했다. 니가 지금이라도 홀홀 털고 김준하 찾아서 도망갔나 보다 하고. 그런데 매가리 없이 다시 나타나서 나 너한테 사실 실망했었거든."

"그랬어?"

"그래, 이것아. 그런데 김준하 말 듣고는 너희 둘한테 화나서 참을 수가 없더라. 그렇게 만났으면 둘이 손잡고 어디 멀리 도망이라도 가야지 기껏 하룻밤 지나서 돌아오냐?"

잔뜩 화가 나서 그녀에게 삿대질까지 해가며 소리치는 혜인을 보면서 은수는 자기도 그때 그들이 차라리 도망쳤더라면 어땠을까 하는 후회를 해보았다. 그러나 그때 그들의 선택은 각자 그들의 삶으로, 가족의 옆으로 돌아가는 것이었다. 이제 와서 후회해도 되돌릴 수는 없었다.

"그리고 뭐, 그때는 그렇게 너 딴 놈한테 보내놓고 김준하는 이제 와서 너 찾네 마네 나한테 개소리나 하고 있고. 그래도 둘이 어떻게 좀 잘 지내나 싶었더니 넌 얼굴이 이따위가 돼 있고, 내가 아주 너희 둘 보고 있으면 복장이 터져 죽을 거 같애. 짜증나서!"

"준하 때문 아니야……."

"아니긴, 그럼 뭐가 있어서 네 꼴이 지금 이 모양인데. 너 그 개차반 같은 남편놈이랑 살 때도 이 정도는 아니었잖아. 그런데 지금 왜 이렇게 된 건데? 대체 무슨 일인데?"

"혜인아, 나……."

은수는 저도 모르게 바르르 입술을 떨었다.

절대로 말할 수 없다고 생각했다. 그 누구도 몰라야 한다고 믿었다. 그러나 그녀는 그렇게 하는 것이 더 큰 죄를 짓는다는 걸 알고 있었다. 그래서 어떻게 해야 할지 그녀는 갈등했다. 말해도, 말하지 않아도 그녀는 다른 사람에게 죄 짓고, 누군가를 불행하게 만든다는 걸 그녀는 너무나 잘 알고 있었다. 그녀 때문에 그녀가 사랑하는 사람들이 아파하고 힘들어하는 걸 볼 자신이 없었다.

"……너 뭐야?"

격앙돼 있던 혜인의 목소리가 놀라서 굳어져 있었다.

"너 뭔데 이러니?"

어느새 은수의 눈에서는 굵은 눈물방울이 툭툭 떨어지고 있었다. 자기가 우는지도 몰랐던 은수는 놀라서 자기를 바라보는 혜인의 눈빛을 보면서 그제야 자기 하염없이 울고 있다는 걸 깨달았다. 얼른 손을 들어서 눈물을 훔쳐냈지만, 한 번 터지기 시작한 눈물은 좀체 멈추질 않았다. 입술을 깨물며 눈물을 삼키려 했지만 그예 그녀는 두 손에 얼굴을 파묻고 엉엉 소리 내서 흐느끼고 말았다.

혜인은 그런 친구를 말없이 끌어안아 주었다.

그리고 한참을 울고 난 은수는 붉어진 눈으로 자신의 오랜 친우를 바라보며 그녀가 지난 6년 동안 마음속에 그 누구도 몰래 꼭꼭 감춰두었던 비밀을 털어놓았다.

"혜인아……."

❖

준하는 안동 열숲 소송 건을 마무리하고 있었다. 곧 재판이 열리면 그동안 밝혀낸 증거를 제출해서 매매계약서가 허위로 이뤄졌다는 걸 입증할 터였다. 그렇게 되면 하정건설이 제기한 가처분 소송도 무위가 될 것이고, 그들이 열숲의 지주들과 맺은 계약은 다시 새롭게 시작될 터였다.

로펌에 들러 소송에 필요한 서류를 준비하면서 은수에게 전화를 걸었다. 오후에 만날 약속을 했지만 요즘 은수가 계속 기분이 좋지 않고 컨디션이 나빠 보여서 걱정스러웠다. 어제 만났을 때도 안색이 너무 안 좋아서 또 전남편이란 작자가 찾아와서 행패 부린 건 아닌가 염려했더니 이제 준하와의 인터뷰가 거의 끝나가고 있어서 한참 마무리를 하고 책을 쓸 준비를 하다 보니 긴장돼서 그렇다고 말했다.

〈천재들의 삶〉이라는 민정호의 야심작 때문에 다시 만나게 된 두 사람. 사실은 은수가 출판사에 취직한 걸 알아내고, 또 그 출판사의 대표가 몇 년 동안이나 그의 미국 쪽 지인들을 통해서 끈덕지게 연락을 해오던 인물이란 걸 안 준하가 은수와의 개별 인터뷰와 그녀의 집필을 조건으로 민정호와 거래해서 이뤄진 만남이었지만 은수는 아직 모르고 있었다.

그리고 준하는 나중에라도 가급적이면 그녀가 모르길 바랐다. 적어도 그녀가 직접 그에 대한 책을 쓰고 그걸 세상에 내놓기 전에는.

은수는 학창 시절에 독서를 좋아했다. 그리고 그만큼 글쓰기도 좋아했다. 그녀가 일기를 쓰거나 자신만의 노트에 이런저런 잡문을 자주 쓴다는 걸 안 준하가 직접 글을 써보라고 권했지만 그녀는 얼굴을 붉히면서 자기 주제에 글을 쓸 수 없다고 말하곤 했었다.

"김준하, 글은 아무나 쓰는 줄 아니? 난 절대 못 써."

위대한 작가들의 위대한 작품들만을 보아온 그녀로서는 자기 같은 사람은 감히 글을 쓸 수 없다고 절레절레 고개를 내젓곤 했었다.

"난 문장도 제대로 구사 못할걸."

"제대로 쓰려고 하지 말고 무조건 쓰라는 말도 있잖아. 일단 써봐, 김은수."

그리고 준하는 그녀가 왜 그렇게 글쓰기를 피하려고 하는지도 잘 알고 있었다. 그녀는 좋은 대학, 좋은 학과를 나와서 얼른 집안에 도움이 되고 싶어 했다. 좋은 대학과 학과란 물론 취직이 잘되고 월급을 많이 받을 수 있는 안정된 직장을 구할 수 있는 스펙이 되어주는 곳을 말했다. 그런데 글을 쓰게 되면, 그녀는 자신이 꿈을 꾸게 되리란 걸 알았다.

글을 쓰는 게 행복하면 할수록 자신이 글을 쓰는 일에 빠져서 현실을 잊게 될까 겁이 났다. 글을 써서 돈을 벌 수는 있겠지만 자신이 그만큼의 재능이 있는지도 확실하지 않았고, 제대로 글을 쓰게 되고 안정된 수입을 얻게 되기까지 얼마만큼의 시간이 걸릴지도 알 수 없었기에 애초에 은수는 글쓰기를 하지 않으려 했던 것이다.

그래서 준하는 더욱더 그녀가 직접 그에 관한 책을 쓰기를 바라고 있었다.

"잘 잤어?"

아침이 이미 한참 지난 시간인데도 준하는 그녀에게 아침 인사를 물었다. 사실은 아침에 막 잠에서 깬 그녀를 보고 직접 하고 싶은 인사였지만, 아직은 희망사항일 뿐이었다.

[응. 너도 잘 잤어? 사무실에 출근했지?]

"그렇지, 소송 서류 마무리 좀 하려고 잠깐 들렀어."

그때 수화기 너머로 익숙한 목소리가 들려왔다. 투덜거리는 저 새된 목소리는 차혜인이 분명했다. 저도 모르게 입가에 웃음을 지으며 준하가 물었다.

"어디야?"

[혜인이네 집.]

"오랜만에 얼굴 봤겠네."

[그렇지 않아도 너무 간만에 찾아왔다고 혜인이한테 잔뜩 혼났어.]

"와, 우리 애인한테 너무한다, 차혜인. 내가 막 화내더라고 꼭 말해."

[하하, 알았어.]

"그럼 나 사무실에서 나가는 대로 거기로 데리러 갈 테니까 혜인이랑 즐겁게 보내고 있어. 근처에 가서 연락할게."

[응, 기다릴게.]

"김은수."

막 전화를 끊으려는 그녀의 이름을 준하가 다급하게 불렀다.

[응?]

"사랑해."

수화기 너머에서 작게 '나도.' 라는 말을 들은 것 같았다. 그러나 굳이 듣지 않아도 그녀의 마음을 알고 있기에 준하는 행복하게 웃었다.

통화를 마치고 작성한 서류를 검토하고 있는데 사무실 키폰이 울렸다. 선앤진의 대표인 아버지 김선국 변호사였다. 급히 좀 보자는 말에 아버지가 사용하는 사무실의 문을 두드리고 안으로 들어섰더니 아버지가 뒷짐을 진 채 창밖을 보고 서 있었다.

문소리와 인기척이 들렸을 텐데도 한동안 창밖만 응시하던 아버지가 서서히 몸을 돌리더니 준하에게 앉을 것을 권했다. 그러곤 자기도 불편한 한쪽 다리를 절룩거리며 맞은편에 와 앉았다.

준하의 아버지 김선국은 원래 야심이 큰 사내였다. 가난한 집안의 장남이었던 그는 젊어서 죽도록 노력해서 고학생 신분으로 사시에 합격하고 변호사가 되었다. 그러나 연줄도 없고, 집안도 변변치 못했던 그로서는 간신히 딴 변호사 자격증만으로는 무엇도 제대로 할 수 없었다. 변호사 수임 건수가 워낙 없다 보니 스스로 뭐라도 하려고 뛰어다니다가 우연한 기회에 선배 변호사 사무실에 자리를 얻었고, 인권 변호사가 되었다.

다른 이들을 위해 자신을 봉사하겠다는 그런 숭고한 마음은 없었다. 변호사로서 경력이라도 쌓고 그로서는 접할 수 없는 굵직한 사건들을 맡아서 연줄이나 인맥을 만들어보자는 욕심에 시작한 일이었다. 당연히 큰돈은 벌지 못했다. 옳은 일을 한다는 보람으로 사는 사람이 아니었기에 남들이 알아주는 허울 좋은 인권변호사로서의 삶은 그에게 오히려 고통스럽기만 했다.

그렇게 시간이 흘러 결혼을 하고 아이를 낳은 후에도 그의 처지는 달라진 것이 없었다. 그러다 세 살 난 아들이 남들보다 훨씬 뛰어난 지능을 갖고 있다는 걸 우연히 알게 되었다. 갓 돌이 지난 아이, 겨우 엄마, 아빠나 말할 나이의 아이가 한글을 익히는 걸 보고 범상치 않음을 알았지만 세 돌이 지난 나이에 누가 가르쳐 주지도 않은 수학 미분을 푸는 걸 보면서 그는 온몸에 소름이 돋는 것 같았다.

그는 그의 아들이 자신에게 기회가 되어줄 것임을, 비상하는 날개가 되어줄 것임을 직감했다.

그리고 그의 그런 예감은 적중했다.

천재인 아들을 둔 그는 금세 이곳저곳에서 관심을 받았고, 다양한 계층의 사람들을 접할 수 있었다. 그 덕에 그가 원하던 보통 변호사로서의 수임 건수도 늘어나기 시작했다. 그러다 아들을 좀 더 크게, 세계적인 과학자로 키우고 싶단 생각에 온 가족을 데리고 미국행을 결심했다.

미국은 더 큰 기회의 땅이었다. 호기심과 감탄의 시선으로 바라보긴 하지만, 이질자에 대한 경계심과 어린아이의 신기한 재주쯤으로 치부하던 한국과 달리 미국은 동양에서 온 천재 소년이 가진 과학적 재능을 높이 샀고, 기회를 주었다.

그리고 더불어 그도 자신이 원하던 길을 갈 수 있었다. 아들을 원하는 여러 대학과 연구소, 기업에서는 그에게 금전적이 지원은 물론 변호사로서 자리를 잡을 수 있게 후원해 주었다. 그는 곧 국제 변호사 자격증을 따고 그런 든든한 배경을 발판 삼아 승승장구할 수 있었다.

하지만 아내의 병과 이혼으로 그의 그런 꿈은 한순간에 산산조각나 버렸다. 그래도 그는 포기하지 않았고 아이러니하게도 병든 아내 때문에 또다시 기회를 잡을 수 있었다. 그리고 도로 아들을 데리고 미국으로 갈 수 있었다. 그러나 어떻게 설득해도 아들은 절대 다시 과학자가 될 생각은 없다고 했다. 이젠 싫다고, 평범하게 살겠다는 아들 때문에 절망했다.

그러나 김선국은 결코 아들을 놓을 수 없었다. 그래서 그와 같은 법조인의 길이라도 갈 것을 원했고 다행히 아들은 그걸 받아들여 주었다.

아내가 미국에서 죽고 한국으로 다시 돌아와 미국에서 쌓은 경력을 바탕으로 로펌을 차리고 지금은 누구나 알아주는 최고의 자리까지 올라가게 되었다. 그러나 그의 가슴속에는 늘 아들이 가진 재능이 저대로 썩어가는 것이 아깝다는 생각이 자리 잡고 있었다. 법조인으로서도 탁월한 능력을 보이곤 있었지만, 과학 분야에 저 재능을 발휘하게 되면 단숨에 전 세계적인 대 과학자가 되어 남들은 상상도 하지 못할 것들을 누릴 수 있단 생각을 버릴 수 없었던 것이다.

이번에 그가 미국 지사로 보낸다는 핑계를 대고 자기 아들을 다시 미국에 보내려 한 이유도 그곳으로 가게 되면, 어릴 적 자신의 과학적 잠재력을 마음껏 펼쳤던 그 땅으로 돌아가면 아들의 몸속에 잠자고 있던 피가, 열망이 다시 끓어오르지 않을까 하는 기대 때문이었다.

그리고 아직도 세계적인 기업이나 연구소에서 아들을 찾는 연락이 간간이 오고 있었다. 최첨단 과학 시대, 과학이 곧 힘이 되고 돈이 되는 이 시대에 아들이 가진 재능은 그야말로 무한한 가치가 있는 것일 터였다.

"부르셨습니까?"

"준하야."

김선국은 아직도 어색한 아들의 새 이름을 나직하게 불렀다.

그는 아들이 자신이 지어준 이름을 왜 포기하고 새로운 이름을 지었는지 알고 있었다. 그와 같은 이름을 가진 한 여자아이 때문이었다. 아들의 첫정이었던 은수라는 아이. 그도 한 번 만난 적이 있었던 아이다. 그래도 그것은 스물한 살, 어렸을 적의 일이었고 그 뒤로 두 사람이 다시 만나는 일은 없는 줄 알았다. 그래서 까마득히 그 김은수라는 존재를 잊고 있었다.

그런데 며칠 전 느닷없이 한 남자에게서 연락이 왔다. 만나자는 말을 거절했더니 그 남자는 다짜고짜 이렇게 말했다.

"김은수 아시죠?"

김은수? 느닷없이 튀어나온 그 이름에 어리둥절해하던 김선국은 예전부터 아들을 따라다니던 정소연이 일전에 찾아와서 했던 말이 떠올랐다. 준하가 다시 김은수를 만나고 있으니 그냥 내버려 두면 안 된다고 하던.

사실 그로서는 소연이 그렇게 탐탁한 것은 아니었다. 집안이 조금 멀쩡한 거 말고는 그다지 마음에 드는 구석이 없는 아이였다. 제 앞에선 조신한 척하지만, 그게 가식이란 걸 김선국은 예전부터 간파하고 있었다. 그는 사람들을 상대하는 변호사였다. 자식의 죄를 감추고 위선적인 태도로 세상을 기만하는 사람들을 숱하게 봐왔다. 그런데 하물며 정소연처럼 미련할 정도로 티가 나는 아이 따위야 쉽게 읽혔다.

게다가 준하도 그 아이에게 전혀 마음이 없었다. 오랜 세월 자기를 쫓아다니는 그 애는 물론 다른 여자한테도 관심 주는 걸 본 적이 없었다. 그래도 그걸 걱정하진 않았다.

그런데 김은수라는 이름이 다시 언급되자 그는 찝찝하기만 했다.

아니나 다를까, 김은수의 전남편이란 작자한테서 전화가 걸려 온 것이다.

"나 그 여자 전남편인데 곧 당신 아들인 김준하를 상대로 소송을 할까 합니다. 바로 친자확인 소송. 그리고 위자료도 청구하고. 당신 아들이 지 새끼를 내 자식으로 둔갑시켜서 나를 속여먹었거든. 그리고도 두 연놈들이 나 몰래 아직도 만나고 있더만. 아무튼 그렇게 되면 대한민국 법조계에서 잘난 당신들 부자 얼굴에 통칠하는 건 시간문제이지 싶은데, 어떻게 생각하십니까. 김선국 변호사님."

남자가 원하는 게 뭔지 수십 년 경력의 노련한 변호사인 김선국은 바로 알아들을 수 있었다. 그러나 사내의 협박 전화 한 번에 사실 확인도 하지 않고 움직일 만큼 그는 허술한 사람이 아니었다. 전화를 끊고 바로 사람을 시켜 김은수와 그 전남편에 대해 알아오도록 하고 만일에 대비해 최진호에게는 사람을 붙여둔 터였다.

"너 요즘 만나는 사람 있냐?"

서른이 넘은 아들. 남들과 다르다는 걸 안 순간부터 한 번도 품 안의 어린애 취급을 해본 적이 없었다. 죽은 아내는 그가 아들을 이용해서 제 욕심을 채운다고 비난했지만, 그로서는 아들과 자신이 모두 승승장구하는 거라 여겼기에 아비로서 부끄럽지 않았다. 그리고 그는 아들이 갖고 태어난 재능을 펼치는 게 아들에게도 행복일 거라 믿었다.

"네, 있습니다. 그런데 왜 그런 걸 물으십니까?"

제 어미가 죽으면서 남긴 유언 때문에 아들이 마지못해 그의 곁에서 변호사로서 일하고 있음을 알고 있는 김선국은 아들의 말에 서운함을 느끼진 않았다. 이런 정도로 섭섭할 만큼 마음이 말랑한 사람도 아니었다. 그저 아직 창창하게 뻗어나가야 할 아들. 과학자가 아니더라도 변호사로서 탄탄한 성공가도를 달려서 선앤진을 국내뿐 아니라 세계적인 로펌으로 성장시켜야 할 아들이 여자 문제 때문에 발목 잡히기를 바라지 않고 있었다.

"그 애냐, 김은수?"

아버지의 질문에 준하의 얼굴에는 아무런 표정 변화가 없었다. 어찌 알았냐는 질문도 하지 않았다. 그저 담담하게 '맞습니다.'라고만 답했다.

"그 애 때문에 계속 미국행 늦추고 있는 게냐?"

예정대로라면 올여름이 가기 전에 벌써 미국에 갔어야 했다. 그러나 준하는 계속 미국행을 미뤘고 몇 달 전에는 수임료도 제대로 받지 못하는 변변치 않은 사건을 맡아서 일하고 있었다. 벌써 겨울이었다. 곧 한 해가 바뀔 터였다. 김은수 때문이란 걸 알고 있었지만 섣불리 건드렸다간 아들이 어찌 나올지 몰라서 잠자코 있었다.

그러나 김은수와 최진호에 대해 조사한 바에 의하면 이혼한 그들에게는 6년 전에 태어난 올해 여섯 살 난 아들이 있었다. 결혼을 하고 바로 그해 겨울에 낳은 아이라 아직 만 4살이 되지 않았다고 한다. 사진 속 아이의 모습은 제 엄마를 쏙 빼닮아 있었다.

6년 전이라면 준하가 느닷없이 한국으로 들어갔을 때였다. 아직 제 엄마가 살아 있을 때라서 아버지인 자신의 뜻에 따라 법학을 전공하면서 한시도 그 곁을 떠나지 않고 있던 아들이 어느 날 갑자기 한국에 갔다 왔다. 처음 한국을 떠나왔을 때처럼 어두운 얼굴로 가뜩이나 적은 말수가 부쩍 줄었던 아들. 그리고 다음해에 제 엄마가 죽고 나자 아들은 미련 없이 미국 생활을 청산하고 바로 한국으로 돌아가 입대해 버렸다.

6년 전, 그때 아들과 김은수 사이에 무슨 일이 있었던 것일까?

예나 지금이나 그의 마음은 똑같았다. 그 이유가 무엇 때문이든 그는 그저 남들이 다 부러워하는 재능을 갖고도 그걸 낭비하는 아들이 이해가 안 가고 그 재능이 안타까울 뿐이었다. 아들은 그의 재능을 주저 없이 버릴 때도, 한국으로 들어올 때도 그 누구의 말도 듣지 않았다. 그저 자신이 옳다고 결정하면 그대로 따랐을 뿐이었다.

그러니 이번 일도 그가 숨겨서 될 일도 아니었고, 언젠가 아들이 알게 되면 또 어떤 파행적인 결단을 내릴지 몰랐다. 그래서 김선국은 차라리 아들에게 사실을 말하기로 결심했다.

김선국은 길게 한숨을 내쉬며 준하에게 말했다.

"며칠 전에 김은수의 전남편이란 자에게서 전화가 왔다."

아들의 짙은 눈썹이 무섭게 꿈틀거렸다. 저렇게 생생하게 감정을 드러내는 아들을 보는 것도 참 오랜만이란 생각에 김선국은 씁쓸한 기분이 들었다.

"너와 김은수를 상대로 친자확인 소송을 한다는구나. 아이가 제 아들이 아니라면서."

준하는 숨이 막히는지 목이 졸린 사람처럼 삽시간에 얼굴이 창백해지고 눈을 크게 부릅떴다.

"아마, 유전자 검사를 의뢰하고 검사 결과에 따라 두 사람을 상대로 거액의 배상금을 요구하겠지."

그러나 아버지의 마지막 말은 준하에게 전혀 들리지 않았다. 그의 머릿속에는 오로지 현우와 은수만이 떠올랐다. 지금 자기가 들은 게 무슨 말인지 이해할 수도, 이해하고 싶지도 않았다. 그저 어서 은수를 만나서 그녀에게 이야기를 들어야 한다는 생각뿐이었다.

"미친년."

은수의 이야기를 다 들은 혜인이 싸늘하게 내뱉었다.

"너 정말 몰랐어? 단 한 번도 의심 안 했어?"

결혼 직전 준하와 떠났던 바닷가, 결혼 6년 동안 한 번이라고 부를 수도 없었던 남편과의 잠자리. 그리고 허니문 베이비라고 사람들이 놀렸던 빠른 임신. 그 모든 것들에도 불구하고 은수는 내내 현우가 남편의 아이라고 철석같이 믿었다고 했다. 그렇게 믿고 살았노라고. 아이가 태어나 자라면서 남편을 닮진 않았지만 그렇다고 준하를 닮은 모습도 보이지 않기에 당연히 그런 줄 알았다고 말하는 은수를 보면서 혜인은 화가 나서 참을 수가 없었다.

"아니지? 너도 알았지? 의심했는데 그냥 참고 산 거지?"

은수는 하얗게 질린 얼굴로 고개를 숙인 채 입술만 깨물고 있었다.

"내가 네년이 왜 그랬는지 맞혀볼까? 어차피 준하 아이인지 확실하지도 않고, 게다가 걔는 언제 돌아올지 알 수도 없는데, 이미 결혼해서 남편이 있으니 그 남편 아이로 키우는 게 낫다 싶었던 거잖아, 너. 그래서 일부러 그 불안한 마음을 숨기고, 의심 안 하는 척 자기 속이면서 산 거잖아, 너! 확인하기 무서우니까! 이 미친년아!"

혜인의 눈에는 핏발이 서 있었다.

"너 그래서 그렇게 네 남편한테 죽어 산 거였어? 그 인간이 너한테 온갖 행패 부려도 다 참은 거였어? 그래?"

정말로 화가 나서 미치고 팔딱팔딱 뛸 노릇이었다.

"너 그 인간한테 계속 맞고 살았지! 그렇지!"

끝내 혜인은 울부짖고 말았다.

결혼하고 2년쯤 지났을 때 힘들게 만난 친구의 안색이 너무 나빠서 혜인은 무척 걱정스러웠다. 그러나 괜찮노라고 첫 아이라 아이 키우는 게 서툴러서 그렇다고 둘러대는 은수의 말을 혜인도 처음에는 믿었다. 그러나 현우 젖을 먹여야 하는데 수유실이 없어서 어쩔 수 없이 혜인이 바깥에서 망을 보고 은수가 안에서 아이 젖을 먹일 때였다. 사람들 오는 인기척에 은수한테 말해주려 은수가 아기를 안고 들어가 있는 화장실 문을 열었던 혜인은 문손잡이를 잡은 채 그대로 얼어붙고 말았다.

아기에게 젖을 물리기 위해 풀어헤친 앞섶 때문에 드러난 은수의 맨몸은 온통 검푸른 멍투성이였다. 생긴 지 오래된 것과 이제 막 생긴 것, 그리고 아물어가는 멍들이 얼룩덜룩 몸을 덮고 있었다. 붉은 상흔도 더러 보였다.

"너, 너 이게 뭐야?"

친구의 시선을 피하면서 은수는 아무런 말도 하지 못한 채 앞섶을 여몄다. 그러나 혜인이 모두 봐버린 후였다. 어떻게 된 거냐고 추궁하는 혜인에게 처음에는 계단에서 굴렀다는 말도 안 되는 핑계를 대던 은수는 끝내 사실을 털어놓았다.

결혼한 첫날부터 남편은 술에 취해 그녀에게 손찌검을 했고, 그 후에도 술만 마시면 사업자금 대주지 않는 아버지에 대한 원망과 직장에 대한 스트레스, 그리고 은수의 친정을 원조하는 데서 오는 불만을 모두 그녀에게 풀었다고 한다.

처음엔 술이 깨면 다음날 손이 발이 되도록 빌고 한동안은 자상하게 대해주기도 했으나 시간이 흐를수록 그의 구타와 폭언은 더욱 심해졌다. 처음엔 임신한 상태라 아기를 지키려고 맞서지 못하고 그저 어떻게든 배만 감싸며 저항하던 은수는 나중에 아이가 태어나고 나서는 남편이 폭력을 휘두를 때마다 그에게 맞서 덤볐고, 더욱 심하게 맞아야만 했다.

그리고 곧 남편의 폭력이 아이한테도 가해지기 시작했다. 아직 어린 갓난쟁이를 들어 올려서 그녀 앞에서 위협을 할 때면 그녀는 어쩌지 못한 채 고스란히 남편의 주먹질과 발길질을 받아야만 했다.

암 투병 중인 아버지 생각에 차마 친정에 알릴 수도 없었다.

그러다 혜인이 알게 된 것이다. 혜인은 참지 않았다. 당장 은수의 남편에게 전화를 걸어 말했다.

"당신 또 한 번만 은수 때리면 그땐 내가 당신 고소할 거야. 애 맞은 거 사진 다 찍어놨고, 병원 진단서도 떼어놨어. 우리 아버지 경찰인 거 당신 알지? 조심해, 한 번만 더 애 건드리고, 행여 은수 아버지 귀에 이 얘기 들어가면 내 기필코 당신 콩밥 먹게 할 테니까!"

최진호는 약자에게 강하고 강자에겐 한없이 비굴해지는 비겁한 인간이었다. 혜인의 말에 제대로 겁을 지어먹은 그는 그 이후론 은수에게 감히 손을 대지 못했다. 물론 처음에는 다시 술에 취해 행패를 부렸으나, 은수의 전화를 받고 온 혜인이 경찰을 대동하고 나타나자 제대로 겁을 집어 먹고 말았다.

그러나 그 후로 사는 동안 그는 은수에게 물리적 폭력을 휘두르는 대신 온갖 방법을 동원해서 그녀를 괴롭혔다. 생활비를 주지 않고, 그녀와 아이에게 냉담하고, 화가 나면 온갖 폭언을 일삼고, 술과 도박과 창녀에 빠져 엄청난 빚을 지고…….

"아니야, 혜인아. 나 네 덕에 맞고 살지 않았어."

엉엉 소리 내서 울고 있는 친구를 향해 은수는 고개를 흔들어 보였다. 그러나 혜인은 그녀를 무섭게 노려보았다.

"그래서 안 맞는 대신에 그렇게 당하고 살았니? 그 지저분한 인간한테?"

"아니야, 아니야."

"그럼 뭐야?"

"나 일부러 지우고 살았어."

"뭐?"

"그 두려운 마음, 우리 현우가 만에 하나 준하의 아이일지도 모른다는 마음 일부러 감추고 숨기고 살았어."

"그게 말이 되니? 넌 지금 그걸 말이라고 해?"

"그럼 어떡해. 무서운데. 죽도록 그 사람한테 맞고 난 다음이면 이대로 있다가 내가 죽겠구나 하는 생각보다 나 죽으면 저 사람이 우리 현우도 때리겠구나 하는 생각에 미칠 거 같았어. 그런데 만약 그 사람이 우리 현우가 자기 자식 아닌 거 알아봐! 그땐……."

은수는 그때의 공포가 되살아나는 듯 덜덜 떨고 있었다.

"그래서 나 스스로 그런 생각은 아예 지우고 살았어. 조금도 그런 의심 따윈 없는 것처럼 그렇게 살았어."

하지만 아니었다. 그녀의 마음 깊은 곳에서는 현우가 사실은 남편의 아이가 아닐 거라는 생각이 깊숙하게 가라앉아 있었다. 그래서 그녀는 아이를 키우면서 단 한 번도 견과류를 먹인 적이 없었다. 특히 아몬드는 철저하게 피했다. 펜션에서 현우가 쓰러진 날, 은수는 자기가 왜 그토록 철저하게 아이의 음식을 가렸는지 스스로 절감했다.

"그래서 정말 그렇게 살 거였어, 계속?"

"아니야, 아니야. 난 그저 현우가 조금 더 클 때까지만, 적어도 초등학교 들어갈 때까지만은 아빠 그늘에서 키우고 싶었어. 명목상으로나마 필요했으니까. 그때가 되면 그 사람이 아니라 내가 먼저 이혼하려고 했어."

그런데 갑작스럽게 남편이 먼저 이혼을 요구했고, 또 운명처럼 준하가 다시 나타난 것이다. 언제나처럼 인생은 절대 그녀의 뜻대로 흘러가 주지 않았다.

"너 정말 이기적이다."

"알아, 나도⋯⋯."

혜인이 경찰과 왔다 간 지 얼마 안 있어 남편이 또 폭력을 휘둘렀을 때 그때 은수는 이혼을 결심했다. 남편에게 이혼을 요구했지만 그는 절대 그럴 수 없다고 완강하게 버텼다. 그래서 이혼 서류만 남긴 채 집을 나왔다. 딸이 이혼하겠다고 하면 부모님이 얼마나 기함하고 놀라실까 걱정했지만, 그녀로서는 그렇게 살 수는 없었다.

그동안 맞을 때마다 병원에서 뗀 진단서와 사진들, 증언들을 모두 모아놓고 있었다. 그거면 이혼을 할 수 있을 거라 생각했다.

그 누구에게도 말하지 않았다. 어느 정도 자리가 잡히면 그때 알리자는 생각에 혜인에게조차 말하지 않은 채 작은 쪽방을 빌려 살면서 허드렛일을 시작했다. 어린아이를 돌보면서 할 수 있는 일은 얼마 없었지만, 그래도 그녀는 남편의 폭력 아래 두려움에 떨면 사는 것보다는 낫다고 생각했다.

그러나 얼마 안 있어 비보가 들려왔다. 친정아버지가 쓰러졌다는 소식이었다.

그녀가 집을 나가고, 남편이 친정에 찾아 가서 그녀를 찾아놓으라고 윽박을 지르며 엄포를 놨다고 한다. 딸이 집을 나갔다는 사실도 모르고 있었던 부모님, 거기다가 암 투병 중이었던 김덕수는 큰 충격을 받고 쓰러졌다.

은수를 가슴으로 낳고 길러준 그녀의 아버지는 딸의 손을 잡고 말했다.

"못 살겠으면 이혼해도 돼. 우리가 있잖니. 그러니까 은수야 너무 힘들면 참지 말고 마음대로 하렴. 하지만 아가…… 현우가 있잖니. 현우를 위해서 어떤 게 가장 좋을지 생각해라. 난 네 아빠지만, 넌 현우 엄마니까."

그러나 그 말을 하고 얼마 안 있어 아버지는 결국 사경을 헤맬
정도로 상태가 나빠지셨다. 죄책감이 은수의 가슴을 짓눌렀다. 남
편이 자신의 잘못을 뉘우치며 빌었다. 어머니마저 몸져눕게 되자
그녀는 다시 집으로 돌아갔다. 그러나 얼마 못 가 남편은 밖으로
나돌기 시작했다. 술, 도박, 여자. 그 후 고되고 오랜 투병 끝에 아
버지가 돌아가시고도 어떻게든 가정을 지키려 애쓰던 그녀는 결
국 이혼했다.

"너 이제 어떡할 거야?"

혜인의 말에 은수는 수그렸던 고개를 들었다.

"말할 거니?"

"……해야지."

은수가 아랫입술을 깨물었다. 나약하고 어리석은 자신의 선택
으로 인해 상처 입을 사람들을 생각하니 억장이 무너지는 것만 같
았다.

"그런데 너무 무서워."

"백퍼센트 확실하면 말해. 일단 검사부터 해야 하잖아."

"그래, 검사부터 해야지……."

그러나 은수는 알고 있었다. 검사하지 않아도 현우가 누구의 아
이인지를. 왜 가끔 자기 아이를 보면서 준하가 떠올랐는지 그녀가

마음 깊은 곳에 무엇을 꽁꽁 숨겨놓았던 것인지, 이제 그녀도 다 알고 있었다.

혜인은 은수에게 실컷 욕을 퍼부었지만, 그녀의 처지를 그 누구보다 잘 알고 있기에 그녀의 선택에 대해서 무조건 비난만 할 수는 없었다. 저 서럽고 애달픈 마음이 얼마나 시리고 아플지 자신은 짐작도 되질 않았던 것이다. 그래서 넋을 잃은 사람처럼 앉아 있는 친구에게 더는 아무런 말도 하지 못했다.

25

은수와 만난 준하는 말없이 차를 몰았다.

은수는 오늘 그의 분위기가 심상치 않음을 알았다. 그냥 느껴졌다. 아, 오늘 준하가 나에게 무슨 말을 하겠구나. 그건 결코 가벼운 이야기는 아니겠구나.

그러나 그녀는 오늘 자기가 그에게 하고, 결국 그를 아프게 할 이 이야기만큼 크고 무거울까 하는 생각이 들었다.

한참을 달린 차가 도심을 벗어나 도착한 곳은 한적한 강변이었다. 그때 안동에서 그들이 갔던 것처럼 사람도 없고, 건물도 전혀 없는 강변은 을씨년스럽기까지 했다. 곧 눈이라도 내릴 것처럼 스산한 바람이 불고 있었다. 하늘은 잔뜩 낮게 깔린 회색빛 구름으로 우중충했고, 살갗을 파고드는 냉기에 피부가 아려왔다.

그리고 두 사람 사이에는 무거운 침묵이 낮게 가라앉아 있었다.

서로가 할 말이 있는 게 분명한데도 선뜻 누가 먼저 말을 하지 못했다.

"준하야……."

은수가 먼저 입을 뗐다. 그러나 그녀는 어디서부터 어떻게 말을 해야 할지 알 수가 없었다. 그런데 준하가 대뜸 그녀에게 말했다.

"최진호 그 사람이 우리 아버지에게 전화했어."

너무 놀란 은수는 숨이 막히는 것 같았다.

"뭐? 언제? 아니…… 왜? 왜 했대?"

다음 순간 은수의 심장이 쿵 소리를 내며 떨어졌다.

"친자확인 소송 하겠대. 너하고 나, 그리고 현우."

"준, 준하야……."

"나한테 말할 생각은 있었니?"

그녀를 바라보는 준하의 시선은 차가운 겨울 강가에서 불어오는 바람보다 더 시리고 냉랭했다. 아프게 살갗을 파고드는 그 눈길을 은수는 차마 외면할 수가 없어서 그대로 그를 바라보며 서 있었다.

결국 자신이 준하에게 상처를 주었다. 얼마나 아플 것인가. 생각만으로도 가슴이 저려왔다. 그리고 또 한 사람, 그녀가 이 세상 누구에게 죄 없다 우길 수 있어도 결코 그럴 수 없는 단 하나의 사람, 현우……. 아들을 떠올리며 은수는 솟구치는 울음을 간신히 삼켰다.

"미안해."

"미안? 뭐가 미안한대?"

"너한테 말하지 못한 거. 어쩌면 아닐 수도 있다는 생각에 그냥 감추고 덮으며 살려고 한 거 다 미안해. 아이와 함께 있는 널 보고도 생각도 못한 것도, 아니, 모른 척 외면한 것도 다 미안해, 정말 미안해……."

"네가 왜 미안해? 왜 나한테 미안해!"

준하가 버럭 소리를 질렀다. 한 번도 그녀에게 그런 적 없는 사람이었다. 그런데도 상처 입은 얼굴로 그녀를 보며 고통스럽게 말했다.

"널 무책임하게 놔두고 떠난 건 나였어. 돌아온다고 약속도 안하고, 연락 한 번 안 한 건 나였어. 네가 딴 남자와 결혼하게 내버려 둔 것도. 현우를 보고도 전혀 그런 생각 못한 것도 전부 나였어. 그런데 네가 왜, 왜 미안하다고 말해!"

스스로에 대한 분노 때문에 화를 주체하지 못한 준하는 계속해서 피를 토하듯 소리쳤다.

"병신처럼 내 아이도 못 알아보고, 내 여자도 못 지키고. 난 어떡하냔 말이야!"

그 아픔이, 슬픔이 너무 처절해서 차마 은수는 아무런 말도 할 수가 없었다.

그 차가운 겨울 강가에서 두 사람은 오래도록 아픈 눈물을 흘리
며 절규했다.

❖

"엄마, 우리 어디 가요?"

현우가 자기 손을 잡고 있는 은수를 올려다보며 물었다. 아이는
설빔으로 선물 받은 한복을 입고 있었다. 예쁜 색동저고리에 위에
는 가운데 봉황문이 들어간 푸른색과 남색으로 배색한 답호를 입
고 호건까지 쓴 모습이 제법 의젓하면서도 귀여웠다.

아침에 외가댁에 가서 설날 차례를 지내고 떡국을 먹은 현우는
이제 자기 나이가 일곱 살이 되었다고 좋아했다. 그러다 한 그릇
더 먹으면 여덟 살이 된다는 제 이모의 꾐에 빠져서는 엄마한테
한 그릇 더 달라고 졸랐다. 아무리 설명해 줘도 한 그릇 더 먹겠다
고 우기는 현우를 달래서 옷을 갈아입히고 데리고 나왔다.

친정 집 대문 앞에는 준하의 차가 서 있었다. 차 밖에서 기다리
고 서 있는 준하를 보자 현우가 반가워서 소리쳤다.

"아저씨!"

"현우야!"

쪼르르 달려가서 품에 안기는 모습을 보면서 은수는 가슴이 저

렸다. 아이를 안고 한껏 웃고 있던 준하도 그녀와 눈이 마주치자 조금 웃음기가 옅어졌다. 그들은 같은 죄를 공유한 사람처럼 그렇게 서로를 바라보며 눈길을 피했다.

차에 탄 순간부터 현우는 준하에게 이런저런 이야기를 건넸다. 며칠 전에도 만나서 종일 함께 놀이공원에서 놀다 왔는데도 현우는 준하만 만나면 그렇게 할 이야기가 많은지 그 작은 입을 잠시도 쉬지 않고 떠들었다.

"아저씨 있잖아요, 아저씨는 오늘 떡국 몇 그릇 드셨어요?"

얼마 전에 웃어른한테는 먹다가 아니라 잡수시다나 드시다로 말해야 한다고 알려줬더니 제법 야무지게 말하는 걸 보고 은수는 현우가 퍽 기특했다.

"아직 못 먹었는데."

"에, 정말요? 그럼 아저씨는 아직 나이 한 살 못 드셨네요?"

"그렇네. 아이고 이를 어쩌지. 아저씨는 떡국도 못 먹어서 나이도 못 먹고. 대신에 우리 현우가 많이 먹었지?"

"전요, 두 그릇 먹으려고 했는데요. 엄마가 절대 안 된댔어요."

"왜?"

"몰라요. 빨리빨리 나이 먹어서 수창이보다 키도 크고 힘도 세지고 싶은데 엄마가 절대 안 된대요."

"아들, 너 아침부터 그렇게 많이 먹으면 탈나. 너 저번에도 팥죽 맛있다고 배부른 데도 먹었다가 탈났지?"

"⋯⋯네."

아이가 시무룩해서 대답했다. 그러면서 룸미러 너머의 준하를 향해 자신의 편을 들어달라는 호소의 눈길을 보냈다.

"그래도 이제 현우 배 다 꺼졌을 거 같은데 조금 있다가 아저씨랑 떡국 또 먹을까? 아저씨는 아직 못 먹어서 되게 먹고 싶거든."

"네! 제가 많이많이 먹어줄게요!"

금세 신이 나서 방긋방긋 웃는 아이의 모습을 보며 운전대를 쥔 준하도 뒷좌석에 앉아 있는 은수도 입가에 미소를 머금었다.

"그런데 아저씨는 떡국 먹으면 이제 몇 살이세요? 우리 엄마는 서른하난데."

"아저씨도 서른하나."

"어, 그러면 지금은 우리 엄마보다 동생이네요. 떡국 못 먹어서 아직 서른이니까. 그치, 엄마?"

"어머나 생각해 보니까 정말 그렇네. 엄마가 아저씨보다 누나구나."

은수가 아이 말에 맞장구를 쳐주는 걸 룸미러로 슬쩍 바라본 준하가 갑자기 장난스럽게 그녀를 불렀다.

"은수 누나."

은수가 깜짝 놀라서 바라보자 준하가 계속해서 너스레를 떨었다.

"누님, 저 목마른데 물 좀 주세요. 거기 생수병 있죠?"

가볍게 눈을 흘기며 그를 바라보던 은수는 새침하게 입술을 오므리며 말했다.

"동생아, 미안해서 어쩌지. 마침 있던 물 다 마셔서 남은 게 없네."

그러자 그 모습을 보고 있던 현우가 냉큼 끼어들었다.

"엄마, 아저씨한테 이거 줘요."

자기가 마시던 어린이용 주스를 내미는 현우에게 은수가 머리를 쓰다듬어 주면서 말했다.

"우리 현우 정말 착하네. 맞아, 아저씨는 엄마보다 한 살 어리니까 이런 어린이용 주스가 딱 어울리겠다. 자, 동생 이거 받아."

그러면서 앞으로 팔을 뻗어서 준하에게 아이들이 마시기 편하게 주둥이 부분이 빨아 먹을 수 있는 구조로 된 주스 통을 내밀었다.

"어, 고마워요, 누님."

준하가 한 손을 들어서 그녀가 내민 주스 통을 받아드는 척하더니 그녀의 손등에 재빨리 쪽 입을 맞추었다.

"그런데 난 이거면 돼요, 누나."

간지럽고 축축한 느낌에 은수가 짧게 비명을 질렀고 준하는 큰 소리로 한참을 웃었다. 그리고 현우는 그런 두 사람을 보며 저도 따라 웃고 있었다.

검은색의 묵직한 철문을 밀고 들어가면서 준하가 말했다.

"현우야, 여기는 아저씨 아버지가 사시는 집이거든. 설날이니까 우리 현우 할아버지한테 세배할까?"

"네. 저요 세배 진짜 잘해요. 어린이집에서 연습 많이 했어요."

"그래? 그럼 진짜 잘하겠다. 조금 있다가 할아버지한테 우리 현우가 세배 얼마나 잘하는지 보여 드리자."

현우는 은수와 준하의 손을 하나씩 잡고 안으로 걸어 들어갔다. 계단을 오르고 양옆으로 잔디가 깔린 돌길을 자박자박 걷던 현우가 고개를 들더니 준하에게 물었다.

"그런데 아저씨."

"응, 왜?"

"조금 있다가 현우, 아저씨한테도 세배해도 돼요?"

"그럼, 해도 되지."

"아, 다행이다."

아이의 질문에 은수와 준하 모두 의아해했다. 그러나 어느새 그들은 현관 앞에 이르렀고, 곧 문이 열렸다. 일을 봐주시는 아주머니가 그들을 기다리고 있다가 반기셨다.

"아유, 김 변호사님 오랜만이세요."

"네, 아주머님 잘 지내셨죠. 설인데 댁에도 못 가시고 어쩝니까."

"저희야 신정 쇠는걸요 뭐."

키가 작고 푸근한 인상에 파마머리를 야무지게 한 아줌마는 준하를 보며 호호 소리 내어 웃었다. 은수가 인사를 하자 그녀를 재빨리 훑어보는 눈길은 그녀가 눈치 없고 그저 수더분한 사람만은 아니란 것을 알게 해주었다.

"안녕하세요, 아주머니. 처음 뵙겠습니다."

"아, 네 반가워요. 어서 오세요. 편하게 파주댁이라고 불러요."

"안녕하세요."

현우도 인사를 하자, 입이 함지박만 하게 벌어지며 활짝 웃었다.

"아이구, 요 귀여운 꼬마 도련님은 대체 누구시래! 어여 들어와, 어여. 춥겠네."

야단스러운 환영 인사를 듣고 안으로 들어서자 훈훈한 온기가 감도는 널찍한 실내는 명절답지 않게 조용했고 한산한 분위기마저 감돌았다.

"대표님은 서재에 계셔. 어제오늘 날이 궂어 그런가 또 다리가 안 좋으셔서 잘 거동을 못하셔. 내 말씀드리고 올 테니 여기들 있어요."

"네, 알겠습니다."

세 사람은 거실 소파에 나란히 앉았다. 그사이 준하가 아까 현우가 하던 말에 대해 물어보려 했다.

"그런데 현우야."

"네!"

그러나 그가 부르자 귀를 쫑긋 거리는 토끼처럼 그를 바라보는 현우가 너무 귀여워서 질문을 뒷전으로 미룬 채 준하는 저도 모르게 아이 뺨에 쪽하고 입을 맞췄다.

"히히, 간지러워요."

아이가 어깨를 으쓱거리며 키득거리자 준하는 또 아이의 다른 뺨에도 뽀뽀했다. 그러고 이마, 코, 턱. 얼굴 이곳저곳에 쪽쪽쪽 소리 나게 뽀뽀세례를 퍼부었다. 아이는 까르르거렸고, 간지럽다면서 자기 엄마 품으로 몸을 기울이며 도망치는 시늉을 했다.

"어딜 가, 안 되지!"

준하는 그런 현우의 작은 몸통을 끌어안고는 잡아먹는 흉내를 내며 작은 얼굴은 물론 손과 배에도 간지럽고 부드러운 입맞춤을 쉼 없이 했다.

"엄마아! 현우 살려줘! 아하하하!"

아이의 웃음소리가 넓은 거실에 가득했다. 은수도 준하와 현우의 장난치는 모습을 보며 활짝 웃었다. 그때 문득 인기척이 들렸다. 고개를 돌리자 준하의 아버지인 김선국 변호사가 서 있었다. 은수는 얼른 현우의 손을 잡고 자리에서 일어섰다. 그러곤 고개를 숙여 인사했다.

"안녕하세요. 오랜만에 뵙습니다."

"그래, 그렇구나. 어서 오너라."

한껏 재미있게 놀던 아이는 갑자기 등장한 한 할아버지 때문에 엄마도, 아저씨도 표정이 달라지고 분위기가 무거워지자 조금 주눅이 들었는지 작은 목소리로 인사했다.

"안녕하세요, 할아버지."

날이 안 좋아 다리가 아프다더니 김선국은 한 손에 지팡이를 짚고 서 있었다. 조금 절룩거리며 힘겹게 걸어가 자리에 앉은 그는 세 사람에게 손짓했다. 맞은편에 나란히 앉아 있는 준하와 은수 그리고 현우를 바라보는 그의 시선은 여러 가지 감정을 담고 있었다.

김은수의 전남편이란 작자에게 전화가 걸려오고 준하에게 친자 확인 소송에 관한 이야기를 꺼낸 이후, 모든 일은 그가 예상한 것보다 더 빠르게 진행되었다. 준하는 소송을 하고 싶다고 했다.

아이의 친자 여부를 알고 싶다면 은수와 얘기해서 은밀하게 진행할 수도 있는 거 아니냐고 했더니 준하가 그건 싫다고 딱 잘라 말했다.

"그쪽에서 아버지께 그런 연락을 해온 건 필시 이걸 빌미로 돈을 뜯어내자는 속셈입니다. 이번에야 돈을 줘서 그 입을 막을 수 있겠죠. 하지만 언제까지 그렇게 해야 합니까? 전 싫습니다. 만약 유전자 검사 결과 아이가 정말로 만에 하나 제 친자가 아니더라도, 전 은수와 결혼하고 그 아이 제 아들로 입양할 겁니다. 그러니까 나중에 어떤 구설수에

오르든 전 상관없이 이번 기회에 깨끗하게 마무리하고 싶습니다. 법적으로도 말입니다."

아들이 한 번 마음먹으면 절대 물러서지 않는 성미라는 걸 가장 잘 아는 것은 바로 아버지인 그였다. 그러나 그 아들의 선택을 무조건 옳다고 지지해 줄 수는 없었다. 아직 창창한 나이의 아들이었다. 김은수의 아들이 자신의 핏줄이라면 어떻게든 조치를 취해야겠지만 그게 아니라면 그렇게 야단스럽게 공개적으로 망신까지 떨면서 그 아이를 맞을 필요는 없다는 게 김선국의 생각이었다.

그러나 준하는 자신의 생각대로 밀고 나갔다. 그 결과 아이의 생부임이 밝혀졌고, 최진호는 전처였던 김은수와 준하에게 정신적 손해배상 등에 대한 위자료 청구 소송을 냈다. 준하에게는 위자료를 청구할 수 없다는 판결이 났지만, 은수는 여러 가지 정황 등을 고려해서 최진호에게 천만 원을 배상하라는 판결이 났다. 고의적으로 임신한 사실을 속이고 한 결혼이 아니며, 혼인 생활 중에 최선을 다한 점들이 판결에 고려되어 나온 금액이었다.

최진호는 자신이 원한 금액이 아니었기에 분노하며 격렬하게 항의했지만 그가 할 수 있는 일은 아무것도 없었다.

그리고 그 후 준하는 아이의 호적을 정리해서 가족관계등록부에 자신을 친부로 등재했다. 그러나 성씨는 어린아이가 충격을 받을까 싶어서 아직 바꾸지 못하고 있는 상황이었다.

그러나 이 모든 상황에도 불구하고 김선국은 은수와 아이가 탐탁지 않았다.

네 사람 사이에 어색한 침묵이 돌았다. 준하도 은수도, 그리고 김선국도 그 누구도 쉽게 말문을 열지 못했다. 그러다 현우가 준호의 소맷자락을 잡아당겼다.

"현우 왜?"

"아저씨 나 화장실……."

현우는 어느새 자신이 남자라는 사실을 인지한 것인지 은수와 함께 있어도 용변이 보고 싶을 때면 꼭 준하에게 말하곤 했다.

"잠깐 갔다 올게."

준하가 아이를 데리고 자리를 비운 사이 김선국이 은수에게 물었다.

"잘살았습니까?"

"예쁘게 잘살았어야 했는데 그러질 못했습니다. 죄송합니다."

십 년 전, 김선국은 아내 하영과 함께 다시 미국으로 들어가면서 망설이는 준하를 설득하기 위해 남몰래 은수를 만났다. 그리고 그녀에게 부탁했다.

"준하 엄마가 많이 아파요. 곧 죽을 거라는데 그 사람 마지막 소원이 우리 세 식구 함께 사는 거랍니다. 난 미국에서의 생활을 접을 수 없으니 준하가 미국으로 들어와야 하는데 녀석이 아가씨 때문에 고집을 부리는군요."

　그의 말에 아직 어렸던 은수는 검은 눈동자 가득히 금세 눈물이 차올랐다. 그러나 입술을 깨물며 울음을 참았다.

　"무슨 말씀이신지 알겠습니다."
　"그래, 고마워요."
　"아닙니다."
　"아가씨도 잘살아요. 그래야 나도, 우리 준하도 그나마 마음 편히 살 수 있을 테니까. 부탁해요."
　"……네."

　그렇게 다시 세월이 흘러 마주 앉은 두 사람은 변한 것 같으면서도 전혀 변하지 않은 서로와 서로의 상황을 생각했다.
　"준하는 아이 성 바꾸고 싶다고 하더군요. 그게 무슨 의미인지 알죠?"
　"……네."
　"같은 생각인 겁니까?"
　"염치없지만 그 사람이 그렇게 하고 싶다면 저는 따를 생각입니다."

"하아……."

김선국은 깊은 한숨을 내쉬었다. 아이를 아들 호적에 올리는 건 상관없었다. 자기 친자식인 걸 뻔히 아는 한 그냥 넘어갈 수는 없으니까. 그리고 이미 준하가 법적으로도 모든 조치를 취했기에 어쩔 수 없는 일이기도 했다.

그러나 결혼은 달랐다.

김선국은 준하가 은수와 결혼할 생각이란 걸 알고 있지만, 찬성하고 싶은 마음은 없었다. 그래서 은수의 의견을 묻는 것이었다. 십 년 전에도 그녀는 그들의 사랑보다 가족이 더 소중하다는 걸 이해하고 기꺼이 물러섰던 사람이니까.

"나는 솔직히 그래요. 아이는 천륜이니까 어쩔 수 없다 치지만, 그쪽…… 은수 양…… 아, 뭐라고 불러야 하나, 아무튼 은수 씨, 나는 그쪽을 며느리로 받아들이는 거 솔직히 기껍진 않아요. 이해하죠?"

그 말에 은수는 아무런 말도 하지 못했다. 그때였다. 준하의 목소리가 들려왔다.

"저는 아버지가 제 결혼에 기뻐하시든 말든 상관없습니다."

그 싸늘하고 묵직한 소리에 두 사람 모두 깜짝 놀랐다. 현우의 손을 잡고 서 있는 준하가 자기 아버지를 무섭게 노려보고 있었다.

"너 지금 그걸 애비한테 말이라고 하냐?"

"네, 그렇습니다."

"준하 씨."

은수가 다급하게 그의 이름을 불렀지만 준하는 성난 기색으로 그의 아버지를 무섭게 노려보고 있었다. 김선국도 노여움으로 얼굴이 벌게져서 자기 아들을 매섭게 쏘아보았다. 현우만 어른들 사이에서 벌어지고 있는 일이 무엇인지 모른 채 그저 어색한 분위기에 멀뚱하니 눈을 굴리며 제 엄마와 준하만 번갈아 살펴보고 있었다.

그때 파주댁의 목소리가 무거운 공기를 갈랐다.

"점심 됐어요, 어서 오세요."

은수가 자리에서 일어서며 준하에게 다가가 말했다.

"가요, 가서 밥부터 먹어요. 현우 배고파요."

준하는 마지못해 발걸음을 떼었다. 그리고 은수는 김선국에게도 말했다.

"우선 식사부터 하세요. 그리고 천천히 말씀 듣겠습니다."

"흠흠."

그렇게 껄끄러운 분위기 속에서 식사를 마치고 나자 김선국은 서재로 들어가려고 했다. 그런데 현우가 준하의 손을 잡아당기며 귀엣말을 했다.

"아저씨 나, 할아버지 세배해야 되는데요."

아이 딴에는 꽤 목소리를 낮춘 것이었으나 김선국의 귀에도 현우의 말이 고스란히 들린 것인지 걸음을 멈춘 그가 슬쩍 현우를 돌아보더니 물었다.

"세배할 테냐?"

"네, 할아버지. 저 세배 잘해요."

"맞다. 우리 현우 정말 세배 잘하지."

은수까지 맞장구를 쳐주자 현우는 더욱 신이 났다.

"준하 씨, 아버님 이쪽으로 앉으시라고 해요. 모셔와요."

은수의 말에 준하가 어쩔 수 없다는 표정을 지으며 자기 아버지에게로 갔다. 그리고 쭈뼛대는 자기 아버지를 부축해서 거실 소파의 한가운데에 앉으시게 했다.

그가 한 손에 지팡이를 짚고 허리를 꼿꼿하게 세운 채 앉자 현우가 그 앞에서 넙죽 절을 했다. 자기 말대로 꽤 연습을 많이 했는지 세배를 하는 폼이 제법 그럴듯했다. 아침에도 제 외할머니와 엄마, 이모한테 세배를 해서 세뱃돈을 받았던 현우는 이 정도쯤은 아무것도 아니라는 듯이 의기양양하게 절을 했다.

"할아버지, 새해 복 많이 받으시고 건강하게 오래오래 사세요."

아이가 머리를 조아리고 인사를 건네자 김선국이 굳은 표정으로 어린 것이 자기 앞에 엎드린 모습을 바라보았다. 절이 끝나고 아이가 배꼽 언저리에 두 손을 모은 채 가만히 서 있자 그는 좀 당황한 표정을 지었다. 아마 아이가 왜 움직이지 않고 저리 서 있나 싶은 모양이었다.

그래서 얼른 은수가 끼어들었다.

"현우야, 할아버지한테 좀 더 가까이 가봐. 할아버지가 좋은 덕담 해주실 거야."

"덕담?"

"응. 원래 설날에는 웃어른한테 세배하면 세뱃돈을 주시기도 하지만 좋은 말씀을 해주기도 하시거든. 그걸 덕담이라고 해. 자 얼른."

은수가 아이의 등을 가볍게 밀어주자 아이는 자박자박 걸어서 김선국의 바로 앞에 와 섰다. 딱딱하게 굳은 채 앉아 있던 그는 작은 얼굴, 새까만 눈동자가 기대를 가득 담은 채 그를 빤히 쳐다보자 어색한 듯 긴장한 빛이 역력했다. 그러나 곧 흠흠 목청을 가다듬으며 말했다.

"흠, 이제 한 살 더 먹었으니까 엄마 말씀 잘 듣고, 공부도 열심히 하거라."

"아뇨, 할아버지. 저는 두 살 더 먹었어요."

그런데 현우가 갑자기 제 손가락 두 개를 펴 보였다. 김선국이 어리둥절해하자 현우가 의기양양하게 설명했다.

"아침에도 외할머니 집에서 떡국 먹었는데 오늘 여기 할아버지네 집에서도 떡국 먹었잖아요. 그래서 현우는 이제 2살 더 먹어서 8살이에요."

아이의 대답에 황당한 듯 바라보던 김선국이 곧 파안대소했다.

"하하하하! 맞구나, 맞아. 그래서 네가 8살이로구나. 역시 김씨 집안 손이라 똘똘하구나. 하하하."

"어, 할아버지 저 김씨 아니고 최씨인데요."

그러나 현우가 고개를 갸웃거리며 말하자 김선국이 손을 내밀어 현우의 머리를 가만히 쓰다듬으며 말했다.

"아니다, 넌 누가 뭐래도 김씨야."

"왜요?"

"내가 김씨고 네 애비가 김씨니까 너도 그런 거지."

그러나 김선국의 말을 현우가 알아들을 리 만무했다. 김선국도 그걸 깨달았는지 갑자기 빙그레 미소를 짓더니 아이에게 물었다.

"이 할아버지가 현우 세뱃돈 줄까?"

"정말요? 덕담 해주셨는데 세뱃돈도 주세요?"

"그럼. 대신 여기에 없고 저기 서재에 있으니까 이 할애비랑 같이 가보련."

김선국이 자리에서 일어서자, 현우는 자연스럽게 그의 거칠고 투박한 손을 붙잡아주었다. 아까 준하가 그를 부축하는 걸 보고 익혀둔 것이다.

"여기 잡으세요."

어린 아이가 내민 손을 붙들며 김선국이 흐뭇하게 웃었다. 그렇게 두 사람이 서재로 들어가는 모습을 준하와 은수는 조용히 지켜보았다.

그리고 설이 지나고 얼마 후, 김선국은 은수를 따로 불러서 그녀에게 말했다.

"난 여태 뒤를 돌아보지 않고 살았소. 지금도 후회나 미련은 없지. 허나 한 가지 아쉬운 게 있다면 우리 준하가 제 가진 깜냥을 다 펼치지 못한 거야. 그러니 우리 현우는 그렇게 키우지 마시게."

"네."

"준하에게 미리 말하겠지만 다음에는 어머님 모시고 함께 식사를 하도록 합시다. 그때 좋은 날도 잡고 그러면 어떨까 싶은데."

"……감사합니다."

김선국의 말에 은수는 그저 감사하다는 말밖에는 할 수 없었다.

"알겠지만 준하 그 녀석은 애비 말에는 눈썹도 하나 끔뻑하지 않는 녀석이야. 그런데 현우가 스케이트 타고 싶어 한다고 며칠 전부터 스케이트장 가서 연습을 하고 있다더군."

현우가 설날 준하에게 한 말은 '스케이트를 엄청 잘 타고 싶으니 가르쳐 주세요.'였다. 같은 어린이집에서 친구 녀석과 말을 하다 경쟁이 붙었다고 한다. 그래서 나중에 시합을 하기로 했다면서 준하에게 스케이트를 가르쳐 달라고 한 것이다. 평생 단 한 번도 스케이트는커녕 얼음 위에 서본 적도 없던 준하는 그 이후로 매일 스케이트장으로 출근하고 있었다.

"그렇게 소중하다는데, 은수 양, 현우 없으면 못 살겠다는데 늙은 애비가 뭔 상관이겠소. 그래서 나도 더는 아들한테 미움 받고 싶지 않으이. 그러니 조만간 날 잡고 식 올리도록 하시게. 결혼하면 현우 좀 자주 보여주고."

김선국은 그렇게 은수를 받아들였다.

이틀 만에 서울로 돌아오는 길 스키장을 빠져나가는 길만큼이나 시내로 진입하는 길도 끝없이 몰려드는 길로 한없이 정체되고말았다. 그래서 아침을 먹고 출발한 길이 은수의 집에 도착하자이미 자정에 가까운 시간이 되고 말았다. 점심과 저녁을 모두 휴게소에서 분식으로 해결하고 내내 차에서 시달린 탓에 현우는 이미 잠이 들어 있었다.

준하가 짐을 다 내리고 현우를 안아 올려서 집에 데려다 줄 때까지도 깊이 잠들어 눈을 뜰 줄 몰랐다. 그런데 준하가 현우를 침대에 눕히려 하자 갑자기 눈꺼풀을 들더니 그의 목에 짧고 통통한팔을 감아오면서 말했다.

"아저씨, 오늘 가지 말고 우리 집에서 자고 가요. 네?"

여전히 졸려서 눈도 못 뜨고 웅얼거리면서도 그의 목에 얼굴을묻고는 계속 가지 말라 말했다. 준하가 고개를 옆으로 틀자 은수가 문가에 서서 두 사람을 바라보고 있었다. 그러더니 살며시 미소 지으며 말했다.

"현우 말대로 늦었는데 오늘은 자고 가."

현우가 완전히 잠든 것을 확인하고 밖으로 나온 준하가 현관으로 걸어갔다. 은수가 의아해서 바라보자 신발을 신으며 말했다.

"그냥 갈게."

"왜?"

은수가 조금 섭섭해서 물었다. 이틀 동안 함께 있었다. 처음으로 간 스키장은 즐거웠고 현우는 신나서 어쩔 줄 모를 정도로 좋아했다. 하지만 준하와 단둘만의 시간을 전혀 가질 수 없어서 은수는 조금 섭섭했다. 가을이 끝나고 겨울이 시작될 무렵, 여러 우여곡절을 겪느라 조금 지체되긴 했지만, 은수는 인터뷰를 모두 끝내고 드디어 준하에 관한 책을 쓰고 있었다. 아무래도 처음 쓰는 책이라 아직 어려워서 초고도 탈고하지 못한 상태라 그녀는 현우를 돌보는 시간 말고는 거의 모든 시간을 집에 틀어 박혀서 꼼짝 않고 글만 쓰고 있었다.

그러다 보니 자연히 준하와 만날 시간이 많이 줄었다. 물론 준하가 자주 집에 와서 현우랑 놀아주고 종종 세 사람이 나가서 외식을 하거나 바람을 쐬기도 했지만, 예전처럼 두 사람만의 시간을 가진 경우는 없었다. 그래서 오늘 은수는 현우가 준하더러 자고 가라는 말에 왠지 마음이 설레었다. 그런데 준하가 너무나 단호하게 그냥 간다고 하자 서운한 마음이 드는 건 어쩔 수가 없었다.

"일 바빠?"

"아니."

"그럼 이 시간에 누구 만나, 설마?"

"설마."

"그럼 너무 피곤하구나. 그래 어서 집에 가서 쉬어. 그게 낫지."

"하아, 김은수."

그런데 신발을 신던 준하가 갑자기 깊은 한숨을 내쉬었다.

"왜? 무슨 걱정 있어? 그런 거야?"

"너 말이야, 너랑 현우 두고 아무도 없는 텅 빈 집에 가는 게 내가 좋을 거 같아?"

그 말에 은수는 얼른 대답을 못하고 아, 하고 입을 벌리고 말았다.

"나야 물론 여기서 자고 가면 좋지. 그렇지만 내일이면 또 아무도 없고, 삭막하고, 쓸쓸한 그 집으로 혼자 돌아가야 한다고 생각하니까 차라리 오늘 가려는 거야. 그래야 그나마 덜 괴로울 테니까. 천국과 지옥의 격차가 너무 크면 더 괴로운 법이니까."

은수가 그 말에 아무런 대꾸도 못하자 갑자기 준하가 다시 신발을 벗고 성큼 안으로 들어오더니 은수를 와락 껴안으며 말했다.

"이쯤 되면 나 불쌍해서라도 좀 넘어가 주면 안 돼, 김은수?"

준하는 벌써 몇 주째 그녀에게 결혼하자 말하고 있었다. 그러나 은수에게 그건 결코 쉬운 결정이 아니었다. 현우도 그를 너무 좋아하고, 처음에는 탐탁치 않아 하시던 양가 어르신들도 이제는 누그러지시는 게 뚜렷하게 보였다. 김선국은 얼마 전에 현우를 데리고 간 그녀에게 처음으로 '아가' 라고 불러주었다. 그러고는 가능한 빨리 식을 올리라고까지 말했다. 그리고 준하는 자신이 그녀를 얼마나 사랑하는지 늘 보여주고 있었다. 그런데도 은수는 이상하게 마음이 불안하고 망설여졌다. 너무나 지독히도 불행했던 지난 결혼 생활의 그림자가 드리워진 탓일까.

하지만 그녀도 준하를 정말로 사랑했고, 이젠 세 사람이 함께 행복해지고 싶었다. 그래서 그녀가 준하를 두 팔을 뻗어서 그의 몸을 더욱 꽉 끌어안으며 그의 귓가에 속삭였다.

"우리 결혼 말고……."

그 순간 준하가 흠칫 놀라서 고개를 들었다. 잔뜩 힘이 들어간 눈동자를 보자니 은수는 어쩐지 웃음이 날 것 같았다. 그러나 꾹 참고 한 손을 들어 그의 뺨을 가만히 어루만지며 말했다.

"결혼은 날 따뜻해지고 꽃 예쁘게 피면 그때 하고, 일단은 살림부터 합치자. 나도 너 혼자 보내는 거 정말 싫어."

그리고 그 순간 활짝 웃음을 지은 준하가 은수의 몸을 꽉 으스러져라 끌어안았다.

"너 그 말 진짜지? 나 오늘 당장 짐 싸서 들어온다!"

준하가 그녀의 입술에 기쁨에 겨운 짙은 키스를 했다. 그러곤 또 그녀의 몸을 힘껏 껴안았다.

"아우, 숨 막혀. 좀 놔줘."

"안 돼, 안 돼. 너 절대 못 놔줘, 김은수."

은수도 미소를 지으며 그의 등을 천천히 손으로 쓰다듬어 내렸다. 맞닿은 가슴을 통해 쿵쾅거리는 그의 심장 박동이 고스란히 전해졌다. 뜨겁고 힘차게 움직이는 그 소리가 좋아서 은수는 그의 어깨에 얼굴을 댄 채 가만히 그 귀를 기울였다.

"준하야."

그리고 나직이 그의 이름을 불렀다.

"응."

"사랑해."

"알아."

"그리고 미안해."

은수의 말에 준하가 가만히 고개를 들었다. 그러곤 어느새 투명한 눈물이 고인 그녀의 얼굴을 바라보며 가만히 그녀의 눈두덩 위에 입술을 갖다 댔다.

"나도 미안해."

물기를 머금은 입술이 그녀의 이마와 뺨에 그리고 촉촉한 입술에 와 닿았다. 서로의 온기를 나누는 조용하고 부드러운 입맞춤이었다. 그리고 젖은 입술을 떼지 않은 채 두 사람은 속삭였다.

"우리 다시는 헤어지지 말고, 행복하게 살자. 현우 많이 사랑하고."

"응."

그리고 다시 두 사람의 입술이 겹쳐졌다. 긴 시간을 돌고 돌아서 마침내 찾은 서로를 향한 약속이자, 확인의 입맞춤이었다.

그렇게 서른, 사랑을 잃었다고 생각하며 아파했던 그들은 다시 만났고 서른하나가 되어 그 사랑을 온전하게 이루었다.

그리고 그해 봄. 하얀 조팝꽃이 흐드러지게 핀 어느 따뜻한 날. 두 사람은 현우와 그들을 사랑해 주는 사람들의 축복 속에서 결혼식을 올렸다. 햇살은 따뜻했고 부드러운 미풍은 그들의 머리카락을 살며시 간질이며 지나갔다. 그렇게 조용하고 아름다운 어느 봄날이었다.

에필로그

서재에서 그 책을 발견한 나는 앞장을 펼쳐 보고는 인상을 찌푸렸다. 역시 거기에도 그렇게 쓰여 있었다. 어린아이가 쓴 거칠고 투박한 글씨, 삐뚤빼뚤한 그 글씨로 쓰인 세 글자 '최현우'.

탁, 책장을 소리 나게 덮었다. 두툼한 표지, 양장본으로 만들어진 그 책은 꽤 정성 들여 만들었다는 걸 한눈에 알 수 있었다. 우아한 서체로 책 표지에 움푹 누르듯 새겨진 제목은 〈천재들의 삶〉 그리고 그 아래 저자 김은수.

8년 전 엄마가 처음으로 쓴 책이었다. 처음 출간했을 때는 폭발적인 인기를 끈 책은 아니었으나 그 후 꾸준히 입소문을 타고 조용한 인기몰이를 하다가 점차 많은 대중들에게 반향을 일으켜서 현재도 15쇄가 넘게 팔리고 있는 엄마와 출판사 연의 스테디셀러 이자 대표작인 책이었다.

그리고 내가 손에 들고 있는 이 책은 초판본, 그중에서도 양장 본으로 만들어진 희귀본이었다. 그런데 그 앞에 떡하니 어린아이 가 써놓은 세 글자 '최현우' 분명히 제 이름일 터였다.

얼마 전부터 국어 수업 시간에 자서전에 대해서 배우면서 내준 과제가 자신의 자서전을 직접 써오라는 것이었다. 그러자면 일기 나 사진 등의 기록을 통해서 가능한 많은 자료를 찾고 연표를 만 드는 것부터 시작해야 했다. 그래서 집에 있는 창고를 뒤져서 어 린 시절의 내 물건을 찾다가 나는 한 가지 의아한 사실을 발견했 다. 일기장, 공책, 읽던 책은 물론 스케치북이나 필통, 가방, 실내 화, 작은 탬버린과 피리 등 엄마가 하나도 버리지 않고 모아놓은 내가 사용하던 물건 곳곳에는 모두 낙인처럼 '최현우'란 세 글자 가 쓰여 있었던 것이다.

최현우라니, 최현우라니!

나는 엄연히 김현우였다. 아버지의 이름은 김준하, 할아버지의 성함은 김선국, 쌍둥이 남동생들의 이름은 김선우, 김은우. 그런 데 어떻게 어릴 적에 내가 사용하던 물건에 쓰여 있는 이름은 전 부 '최현우'일까!

처음 몇 개를 발견했을 때는 글자를 잘 쓸 줄 모르는 어린아이 의 실수라고 생각했다. 그런데 신발주머니에 정갈한 엄마 글씨로 쓰인 최현우란 이름을 봤을 때 나는 누군가에게 뒤통수를 맞은 것처럼 머리가 어찔했다. 가슴이 미친 듯이 두방망이질 치고 손이 후들거렸다. 바싹 입술이 말라왔다.

혹시나 하는 마음에 서재에 있는 오래된 책들을 뒤져 보았다. 그리고 역시나 발견한 세 글자가 바로 최현우였다.

나는 바닥에 털썩 주저앉았다. 머릿속이 혼란스러워서 견딜 수가 없었다. 왜 내 이름이 김현우가 아닌 최현우라고 쓰여 있는 것일까?

내가 할 수 있는 가정은 두 가지였다.

첫째, 나는 입양된 아이인 것이다. 원래는 친부모의 성을 따라서 최현우라고 불리다가 우리 집에 입양되면서 아빠의 성을 따라 김현우가 됐겠지. 그리고 두 번째는 엄마가 나를 데리고 재혼하신 것. 그러나 나는 엄마와 아빠가 고등학교 때 만난 서로의 첫사랑이란 걸 알고 있었다. 아빠는 물론 상은이 이모와 혜인 이모한테도 몇 번이고 들었던 말이 아닌가.

"그야말로 한 쌍의 징그러운 바퀴벌레였다, 네 엄마, 아빠가."

못마땅한 듯 인상을 쓰며 혜인이 이모가 그렇게 말하면 엄마는 빙그레 웃었고, 아빠는 언제나처럼 엄마의 어깨를 감싸 안으면서 혜인이 이모 보란 듯이 엄마 이마에 키스하곤 했다. 나와 동생들이야 늘 보아온 자연스러운 모습이라 놀라지도 않았지만, 혜인이 이모는 볼 때마다 적응 안 된다며 혀를 내밀고 웩, 하는 시늉을 하곤 했다.

그러면 결국 나는 입양아인 것이다.

갑자기 하늘이 무너지는 것 같았다. 올해 일곱 살이 된 쌍둥이 남동생들과 나는 7살이나 나이 터울이 진다. 게다가 아빠의 축소판처럼 생긴 녀석들과 다르게 나는 아빠를 별로 닮지 않았다. 엄마도 마찬가지였다. 지금까지는 그게 별로 이상하지 않았지만, 이제 와 생각해 보니 그건 당연한 거였다. 입양된 아이이니 그럴 수밖에 없지 않은가.

나는 그 책을 손에 들고 서재에 한참을 앉아 있었다.

달칵, 문이 열리면서 엄마가 서재 안으로 들어섰다.

"아들, 여기서 뭐 해? 저녁 먹어야지."

얼마 전 지난 반년 동안 쓰던 책의 탈고를 무사히 마치고 최종수정고를 출판사에 넘긴 엄마는 모처럼 휴식을 만끽하고 있었다. 아빠는 그걸 기념해서 어린 두 동생과 자신을 외가에 맡기고 엄마와 일주일 동안 두 분만의 해외여행을 다녀왔다. 아직 시집 안 간 상은이 이모는 또 쌍둥이를 자기한테 떠넘기고 가버렸다고 투덜댔지만, 결국 동생들은 외할머니 차지였고, 이모는 나와 오랜만에 둘이서 몇 날 며칠을 게임하고 만화책을 함께 읽으며 시간을 보냈다.

집필을 마친 이후 엄마는 한동안 서재에 들어오지 않고 있었다. 작업을 할 때는 거의 온종일 틀어박혀 있곤 했지만, 지금은 청소할 때를 빼놓고는 올 일이 없었던 것이다. 그런데 내가 보이지 않자 서재까지 찾으러 오신 것이다.

"어, 엄마. 뭣 좀 찾아보느라고."

"뭔데?"

"책. 학교 과제 하는 데 필요해서."

"그렇구나. 필요한 건 찾았어?"

"응."

"그럼 내려가자, 아빠 오셨어."

"아······."

"아 뭐?"

"그래서 아까 밖이 시끄러웠구나. 꼬맹이들 소리 때문에."

"너도 얼른 나와서 아빠한테 인사하고 손 씻어, 밥 먹어야지."

"네."

나는 애써 괜찮은 척 엄마와 태연스럽게 대화를 나눴다. 그러나 엄마가 서재 문을 닫고 간 이후에도 나는 좀처럼 자리에서 일어설 수가 없었다. 내가 알아낸 이 충격적인 사실을 어떻게 받아들여야 할지 알 수가 없었던 것이다.

일단 책을 제자리에 꽂았다. 바닥부터 천장까지 빈틈없이 짜인

책장의 맨 위쪽에 꽂혀 있던 책을 선반이나 어른의 도움 없이 살짝 발뒤꿈치를 들어서 꽂을 수 있을 정도로 나는 키가 컸다. 6학년 들어서 온몸의 관절이 아프기 시작하더니 한 달에 몇 cm씩 불쑥불쑥 자란 나는 중학생이 되자 반은 물론 전교에서도 가장 큰 축에 속했다.

물론 아빠가 184cm를 넘는 장신이라 당연히 아빠를 닮아서 나도 큰가 싶었다. 그런데 며칠 전에는 엄마가 내 교복 바지가 벌써 짧아져서 수선집에 다시 맡긴다는 소리에 아빠는 '난 중학교 때까지만 해도 땅꼬마였는데 우리 아들은 누굴 닮아 저렇게 꺽다리야?' 라고 했었다. 그때는 그저 웃으며 들어 넘겼던 말인데 지금은 체기가 있는 것처럼 가슴에 걸리는 말이다.

그러게 나는 누굴 닮아서 겨우 중학교 1학년이면서 이렇게 키가 큰 걸까?

1층으로 내려가자 벌써부터 재잘대는 쌍둥이 동생들의 말소리가 들렸다. 그리고 아빠와 엄마의 소리, 웃음소리, 음식 냄새. 모두가 내가 잘 알고 있고 익숙한 것들이었다. 그러나 오늘은 주방으로 향하는 발걸음이 무겁기만 했다. 주방에 들어서자 아직 몸집이 작아서 어린이용 의자에 앉아 있는 두 동생의 모습이 보였다.

선우와 은우는 이란성 쌍둥이였다. 그래서 서로 꼭 닮지는 않았다. 선우는 눈도 큼직하고 코와 입술은 앙증맞을 정도로 작은 데다 얼굴도 둥글둥글한 것이 귀여운 인상이라면 은우는 아이인데도 눈매가 우묵하고 서늘한 데다 젖살이 남아 있는데도 얼굴이 갸름하고 날렵해서 어딘지 차분하면서도 이지적인 느낌을 주고 있었다. 그런데도 서로가 묘하게 닮아 있었고, 그렇게 분위기가 다른데도 또 둘 다 각각 신기하게도 아빠를 쏙 빼닮았다.

처음에 동생들이 태어나기 전부터 엄마를 닮은 딸을 원했던 아빠는 자기를 닮은 아들이 둘이나 더 생겼다고 낭패라고 했다지만, 쌍둥이를 대하는 아빠의 모습에서는 그런 서운함 따위는 눈곱만치도 발견할 수 없었다.

지금도 아빠는 엄마를 도와 식탁을 차리면서 재잘대는 두 녀석의 말을 하나도 빼놓지 않고 다 들어주고, 대꾸해 주고 있었다.

"어, 아들 요즘 왜 이렇게 얼굴 보기 힘들어? 꼭 저녁 식사 하시라고 엄마가 모시러 가야만 오는 거야?"

"다녀오셨어요?"

"여보, 나 이거 엎드려 절 받은 거지?"

"보고도 몰라요?"

내가 뒤늦은 인사를 하자 아빠는 밥과 국이 든 쟁반을 손에 든 채로 엄마에게 물었고, 엄마가 장난스럽게 대답했다.

"현우야, 어서 앉아. 오늘은 아빠가 직접 너 좋아하는 계란찜 하셨어."

자리에 앉자 내 몫의 밥과 국이 놓여졌다. 나는 숟가락을 들었지만 밥을 먹고 싶은 생각이 없었다. 그래서 조금 먹다 말고 숟가락을 내려놓았다. 그대로 일어서서 내 방으로 가서 눕고 싶었지만 아빠와 엄마의 식사가 끝날 때까지는 자리를 지켜야 했기에 묵묵히 앉아 있었다.

"아들, 왜 밥 안 먹어? 맛없어?"

엄마가 나를 보며 걱정스럽게 물었다.

"아니, 그냥 배불러요."

"겨우 그거 먹고?"

"아까 집에 오면서 친구들이랑 햄버거 먹어서 그런가 봐."

내 대답에 동생들 밥 위에 생선살을 발라 놓아주던 아빠가 말했다.

"저녁 먹기 전에 뭐 먹으면 당연히 입맛이 없지. 김현우, 그래서 저녁 간식은 너무 과하지 않게 먹으라고 했잖아."

김현우, 갑자기 아빠의 그 말에 나는 속에서 뭔가 뜨거운 것이 울컥 솟아오르는 것 같았다. 그래서 나도 모르게 자리에서 벌떡 일어섰다.

"현우야."

"나 좀 피곤한데 오늘만 먼저 들어가서 쉬면 안 돼?"

나는 고개를 숙인 채 물었다. 어쩐지 고개를 들어서 엄마, 아빠와 시선을 마주치는 게 싫었다. 조금 당황한 듯했지만 엄마와 아빠는 마지못해 허락하셨고 나는 그대로 2층 내 방으로 올라와서 누워버렸다.

눈을 감았지만 머릿속이 너무 복잡하게 엉망으로 엉켜 버려서 아무것도 생각할 수가 없었다.

"우리 큰아들 사춘기지?"

준하가 현우가 2층으로 올라가는 걸 본 후 은수에게 나직한 목소리로 은밀하게 물었다. 요즘 들어 부쩍 말수가 적어지고 웃음기도 사라진 현우를 볼 때면 준하는 내심 걱정스러웠다. 질풍노도의 시기라는 사춘기가 드디어 우리 아들한테도 왔구나 싶으니 바짝 긴장해야겠다 생각했다.

키는 멀쑥하니 커서 벌써 자기 어깨를 넘어섰고, 얼마 전에는 이마에 여드름도 돋아나기 시작한 현우. 2차 변성기도 진즉에 지났다. 전에는 아빠, 아빠를 입에 달고 살면서 내내 제 꽁무니를 따라다니던 아들이 벌써 저렇게 컸나 생각하니 준하는 기특하면서도 섭섭했다.

"그걸 지금에야 알았단 말이야?"

은수가 부드럽게 흘겨보며 말했다. 그러나 그녀의 이마에도 작은 주름이 잡히는 걸 준하는 놓치지 않았다.

그날 저녁 쌍둥이를 재우고 준하가 침실로 돌아오자 은수가 보이질 않았다. 욕실에도 없었다. 혹시나 싶어 서재로 갔더니 한동안 지긋지긋해서 발도 들여놓기 싫다던 은수가 그곳에 서서 책 하나를 들여다보고 있었다.

"여기서 뭐 해?"

준하는 은수의 뒤로 걸어가서 그녀의 허리를 두 팔로 휘어감아 등 뒤에서 끌어안았다. 은수의 자그마한 몸을 자기 품에 안고 정수리에 입술을 묻었다. 향긋한 아내의 체취가 느껴지자, 그는 오늘 하루 그를 괴롭혔던 피로가 순식간에 날아가는 것 같았다. 그의 입술이 대답 없이 책만 들여다보는 그녀의 귀에서 뺨으로 천천히 미끄러져 내려갔다. 몸속에서 열기가 피어오르기 시작했다. 아내의 허리와 아랫배에 두른 손에 더욱 힘을 주고 끌어안았다. 속삭이는 아내의 목소리가 들렸다.

"여보……."

"……응?"

가느다란 목과 목덜미에 입술을 묻고 있는데 아내가 말했다.

"우리 현우 있잖아."

"현우가 왜?"

준하의 손은 어느새 허리를 지나 그녀의 아랫배를 더듬어 올라가고 있었다. 지금부터 아내와 나눌 뜨거운 열기와 흥분을 예감하며 그의 온몸은 달아오르고 있었다. 그런데 그의 손이 그녀의 풍만한 가슴 언저리에 다다른 순간 그는 아내의 말에 움직임을 멈출 수밖에 없었다.

"아무래도 생각이 났나 봐. 자기가 최현우였단 게."

그 순간 준하는 아내의 달콤한 살결에 묻었던 얼굴을 들었고, 은수는 몸을 돌려 그런 남편을 마주 봤다. 두 사람의 얼굴은 모두 딱딱하게 굳어 있었다.

은수와 준하는 현우가 일곱 살이 되던 해 봄에 결혼했다. 그러면서 준하는 현우의 성을 김씨로 바꾸었고 그때부터 김현우로 살게 된 아이는 처음에는 자신의 성이 바뀐 사실에 당황했다. 그러나 그해 겨울, 자기처럼 한겨울에 두 동생이 태어나고 김선우와 김은우라는 이름을 갖게 되자, 자기도 김현우라는 걸 당연하게 받아들이게 되었다.

그리고 언젠가부터 현우는 자기가 최현우였단 사실을 까마득하게 잊어갔다. 그것은 아이가 자라면서 당연한 과정이었다. 어린 시절의 기억을 모두 잊은 건 아니었지만, 현우는 자연스럽게 자기가 본래부터 김현우라고 믿었고, 자기가 최현우였던 시절의 기억은 거의 하지 못했다. 단지 엄마와 관련된 몇몇 추억을 제외하곤 말이다.

"여기 이 책 기억나지?"

은수가 들고 있는 책은 준하도 당연히 잘 아는 것이었다. 〈천재들의 삶〉 자신의 이야기를 담은 자서전이 아닌가. 글 속에는 본명은 드러났지만 개명된 이름에 대해선 쓰지 않았다. 그의 현재 삶을 지키기 위해서였다. 그래서 딱 한 장 들어간 사진도 옆모습, 그것도 실루엣으로 처리된 것이었다. 그러나 은수가 쓴 그 책에는 그의 모든 인생이 고스란히 담겨 있었다. 그 책이 나온 날, 정호가 특별한 사람들만을 위해 소량으로 찍었다는 증정본을 받아 들고 은수와 준하는 무어라 형언할 수 없는 감정을 느꼈다.

그리고 두 사람은 그 책을 소중하게 간직했다. 어린 현우는 그 앞에 제 이름 석 자를 씀으로써 자기도 이 책을 무척 아낀다는 걸 보여주었다.

"현우는 자기가 좋아하는 물건에는 전부 자기 이름을 써놓거든."

그래서 그 책은 세 사람에게 정말로 의미 있는 물건이 되었다.

그러나 그 앞에 현우가 써놓은 자기 이름은 최현우였다. 김현우 보다는 아직 최현우가 익숙하던 아이는 자연스럽게 최현우라고 썼다. 그때는 준하도 은수도 그것에 대해 마음 쓰지 않았다.

오늘, 불도 켜지 않은 어둑한 서재에서 아들이 그 책을 손에 쥐고 있을 때도 은수는 별다른 생각을 하지 않았다. 그런데 요 며칠 어딘지 모르게 우울하고 걱정 있어 보이던 아이가 저녁도 먹는 둥 마는 둥 하고 그대로 제 방에 틀어박혀서 나오질 않았다. 준하가 쌍둥이를 재우는 동안 샤워를 하던 은수의 머릿속에 퍼뜩 그 책에 대한 생각이 떠올랐다.

그래서 부랴부랴 서재로 달려온 그녀는 아이가 뚫어지게 바라보던 게 무엇인지 깨달았다.

"말해줘야지……?"

은수의 목소리가 떨리고 있었다. 준하는 그녀의 손을 꼭 잡아주었다.

"그래야지."

"많이 놀라겠지?"

"아마도."

"조금만 더 있다가…… 조금만 더 크면…… 그때, 그때 말해주려 했는데. 지금은…… 지금은 아직 어리잖아, 우리 현우."

어느새 은수의 목소리는 울먹이고 있었다. 그녀의 두 눈에 눈물이 고인 걸 보면서 준하는 천천히 자신의 아내를 품에 안았다. 그러곤 커다란 손으로 머리와 등을 쓸어내리며 달랬다.

"우리 그때 결심했잖아. 아이한테 말해야 할 때가 오면 솔직하게 다 말해주기로. 그리고 용서 빌기로 말이야. 현우가 많이 놀라고, 우리한테 화도 나고, 실망할 수도 있지만 그래도 아이한테 숨기지 말자고 했던 거 기억나지?"

"……응."

"그래, 그러면 됐어."

그러나 은수의 흐느낌은 잦아들지 않았다. 애써 울음을 참아보는 모양이지만 쉽지 않을 터였다.

"많이 놀라겠지?"

"아마도……."

"미안해서 어쩌지, 미안해서…… 흑……."

그녀의 뜨거운 눈물이 젖어든 준하의 가슴도 아려왔다.

주말, 은수와 준하는 쌍둥이를 외가에 맡기고 현우만 데리고 여
행을 떠났다. 그들이 간 곳은 안동이었다. 8년 전 준하가 소송을
맡았던 인연이 있는 곳이었다. 소산동 동야고택에는 아직 준하의
은사인 강성만 교수와 그의 아내가 종가를 지키고 있었다.

간간이 안부를 전하긴 했지만 쌍둥이 때문에 쉽게 움직일 수 없
었던 터라 그들이 이곳에 온 것은 그 후로 처음이었다. 강성만 교
수 내외는 준하의 식구를 반겨 맞았다.

"아이구, 이게 누구야, 김 변호사가 아니신가!"

덥석 준하의 손을 잡으며 반가워하는 강성만 교수의 주름진 얼
굴에는 환한 미소가 가득했다.

"교수님, 말 편히 놓으세요, 아무리 나이 먹었어도 제가 교수님
제자 아닙니까."

"하하, 아니지. 내 그때 우리 김 변호사한테 얼마나 큰 도움을
받았는데. 자네 아니었으면 돌아가신 우리 선친 억울함은 어찌 풀
고, 그 무도한 놈들한테서 열슾은 어찌 지켰겠는가. 그러니 자네
는 나한테 평생 고마운 변호사 양반일세."

거대 건설회사의 농간에 조상 대대로 물려온 땅을 고스란히 헐

값에 빼앗길 뻔했던 강성만 교수와 열숲의 지주들은 매매계약서가 조작된 사실과 그들이 저지른 비리를 밝혀내고, 거대 자본과 법조계와 밀착된 관계를 앞세워 끈질기게 소송을 걸어오는 대기업에 맞서 그들의 편이 되어준 준하 덕에 2년이 넘는 재판 끝에 간신히 승소할 수 있었다.

"안녕하세요, 잘 지내셨죠? 교수님."

"어이쿠, 전에 봤을 때보다 더 얼굴이 고와지셨구려. 옆에 이 건장한 청년은 아드님이신가?"

"예. 현우야, 어서 인사드려. 전에 말했지? 아버지 은사님이셔."

은수의 말에 현우는 그저 고개를 푹 숙였다. 은수는 아랫입술을 꼭 깨문 채 아이에게 말했다.

"무슨 인사를 그렇게 해. 어서 제대로 해, 김현우."

그러자 현우가 다시 허리를 숙이며 웅얼거렸다.

"안녕하세요."

자라면서 내내 인사성 밝고 착한 아이였던 아들이 왜 그런지 짐작하는 터라 은수는 더 마음이 아프고 속이 상했다.

"세 식구 온다고 해서 큰 방을 하나 줄까 하다가 그래도 아들이 컸다길래 내 사랑채 두 개를 치워놨네. 괜찮지?"

"예, 그럼요. 감사합니다, 교수님."

세 사람은 각자 방에 짐을 풀고 예전처럼 동네 어귀에 있는 식당에 가서 늦은 아침 겸 점심을 먹었다. 그리고 현우를 데리고 열숲으로 갔다. 가기 싫다는 아이에게 산책하자 달래서 겨우 데려간 그곳은 겨우내 움츠리고 있던 나무들이 틔워 올린 새싹들이 어느새 쑥쑥 자라서 연둣빛의 아기 손바닥만 한 잎사귀들을 무성하게 달고 있는 나무들이 빽빽하게 심겨져 있었다. 생명의 기운이 고스란히 느껴지는 숲은 푸르렀다. 그러나 싱그러움이 가득한 그곳에서도 현우의 얼굴은 내내 어둡기만 했다.

한동안 말없이 옆숲을 걷던 세 사람. 은수는 우연히 현우가 발로 풀을 툭툭 차면서 걷다가 풀 사이에 피어난 노란 꽃 한 줄기를 꺾는 걸 발견했다.

"어머, 현우야, 안 돼."

그러나 은수의 경고에도 불구하고 현우는 그 노란 꽃을 줄기째 꺾었고, 곧 그 줄기 끝에서 묻어난 노란 액체가 손에 묻자 닦으려다 코를 찌르는 듯한 독특한 냄새에 인상을 찡그렸다. 게다가 손에 묻은 그 노란 즙은 풀에다 손을 슥슥 문질러도 지워지질 않았다.

"결국 묻었네."

은수는 주머니에서 수건을 꺼내서 어느새 자기보다 키도 더 크고 덩치도 우람해진 아들의 손을 잡고 닦아주었다. 아무리 몸집이 크다 해도 아직 나이 어린 아이였고, 그녀의 소중한 아들이었다. 그러나 현우의 피부에는 노란 물이 이미 배어든 후였다.

"애기똥풀 즙은 원래 잘 안 지워져. 조금 있다가 들어가서 손 잘

씻어야겠다."

"애기똥풀?"

"이름이 재미있지? 현우 어렸을 적에 엄마랑 살던 아파트 단지에도 이 꽃이 더러 펴서 그때도 꺾어다가 그 즙 손톱에 바르면서 놀고 그랬어. 하얀 꽃 핀 줄기에서는 하얀색, 노란 꽃 핀 줄기에서는 노란색 즙이 나오거든. 기억 안 나."

"안 나요."

무뚝뚝하게 말하는 아들을 보면서 은수는 문득 가슴이 저렸다. 덩치는 커도 이제 겨우 열네 살, 저 어린 아들의 가슴에 어떤 아픔이, 어떤 고통과 혼란이 휘몰아치고 있을지 그녀는 감히 짐작도 할 수 없었다. 그저 이 모든 잘못이 자신 때문이란 생각에 한없이 미안하고 괴로울 따름이었다.

"현우야……."

은수가 이름을 부르자 현우가 물끄러미 제 엄마를 쳐다봤다.

"저번에 서재에서 엄마 책 봤니? 〈천재들의 삶〉."

현우는 아무런 대답도 하지 않았다.

"거기 앞에 쓰여 있는 네 이름도 봤어?"

현우가 고개를 옆으로 틀더니 시선을 피했다. 은수는 한 손을 뻗어서 아들의 앳된 얼굴에 갖다 대었다. 처음에는 피하려고 하던 현우는 곧 엄마의 손길을 그대로 내버려 두었다.

"엄마가 이제부터 너한테 할 말이 있거든. 화내지 말고, 끝까지 들어줄래?"

그러자 다시 시선을 마주친 현우의 눈동자가 심하게 흔들렸다. 불안함과 두려움이 혼재된 눈빛이 은수의 가슴을 아프게 찔렀다. 그때 그들보다 몇 걸음 앞서 있던 준하가 두 사람을 향해 다가왔다.

"여보, 내가 말할게."

"아뇨, 내가 해야 해요. 내가 할게요."

두 사람만 있을 때는 자연스럽게 예전처럼 서로에게 말을 놓았지만 두 사람은 아이들을 키우면서 가급적 서로에게 존대를 하고 제대로 된 호칭을 사용하려고 노력했다. 고등학교 학창 시절에 동갑내기 같은 반 친구로 만난 사이였지만, 결혼하고 부부가 되면서 함부로 말을 놓지 않으려 애썼다. 그렇지만 그들은 어느덧 19살의 그때처럼 서로의 이름을 불렀다.

"은수야⋯⋯."

"준하야, 내가 할게. 내가 하게 해줘."

은수는 현우의 얼굴을 어루만지던 손을 내려 아들의 두 손을 꼭 잡으며 말했다.

"현우야, 엄마가 예전에 지금 아빠랑 결혼하기 전에 사실은 결혼을 한 번 한 적이 있어."

아이의 얼굴이 충격과 경악으로 크게 치떠지는 모습을 보면서 은수는 떨리는 마음을 다잡았다. 그러나 아이가 놀라지 않도록 얼굴에는 애써 미소를 지은 채 끝까지 이야기했다. 그녀의 이혼과 재혼, 그리고 생부인 준하의 성을 따라서 최씨였던 아이가 김씨가 된 이야기까지.

"엄마하고 아빠는…… 너한테 너무 미안해. 정말 너한테 큰 잘못을 했다는 거 알아."

그러나 현우는 결국 제 엄마가 꼭 잡고 있던 손을 뿌리쳤다. 아이의 얼굴에는 상처와 충격이 고스란히 드러나 있었다. 혼란스러운지 떨리는 손으로 연신 앞머리를 쓸어 올렸다. 준하가 한 발 앞으로 다가서자 움찔거리며 뒤로 물러섰다. 그 모습에 은수도, 준하도 가슴이 미어졌다.

"아빠 잘못이야. 아빠가 몰랐어, 우리 현우가 있는지. 그래서 너무 늦게 왔다. 미안해, 현우야."

준하의 목소리도 떨리고 있었다. 상처 입은 아들을 보면서 그도, 은수도 더 마음이 아팠다. 그러나 감출 수 없는 사실이었다. 아이에게 원망 듣더라도 숨길 수 없는 진실이었다.

"그, 그래서 내가 원래는 엄마 전남편 따라서 최현우였다가 아빠랑 친자확인까지 하고 김현우가 됐다 이거잖아요."

현우가 정확하게 핵심을 짚어냈다.

"하……."

현우의 두 눈에 눈물이 고여들었다.

"현우야……."

"잠깐만요!"

은수가 저도 모르게 아이를 향해 손을 뻗으며 한 발 다가가자 현우가 발작처럼 소리를 질렀다.

"잠깐 저 좀 내버려 두세요!"

고통스럽게 얼굴을 일그러뜨린 현우는 갑자기 마구 달려가기 시작했다. 깜짝 놀란 은수가 그 뒤를 쫓아가려 했지만 준하가 그녀를 꽉 끌어안으며 말렸다.

"은수야······."

"이거 놔, 현우가 가버리잖아. 우리 애기가 가잖아! 이거 놓으라구!"

"현우 말대로 지금은 잠시 아이 혼자 생각하게 내버려 두자. 저녀석 지금 많이 혼란스럽고 괴로울 거야. 알잖아."

"그렇지만······ 저러다가 무슨 일 생기면 어떻게 해."

"우리 현우 그렇게 미련한 애 아니야. 우리 그렇게 키우지 않았잖아. 지금은 우리가 원망스럽고, 우리 얼굴도 보고 싶지 않을 거야. 그러니까 조금만 기다리자, 조금만."

"현우야······."

은수는 안타깝게 아들의 이름을 불렀다. 그러나 이미 열숲을 벗어난 현우의 모습은 보이질 않았고, 현우가 있던 자리에는 짓이겨진 노란 애기똥풀만이 떨어져 있었다. 부모의 보이지 않는 사랑을 뜻한다는 그 노란 꽃잎이 풀숲에 점점이 떨어져 있었다.

그날 저녁 늦게 동야고택으로 돌아온 현우는 은수와 준하에게 아무런 말도 하지 않았다. 다음날 아침 집으로 돌아가는 차 안에서도, 집에 돌아와서도 마찬가지였다. 그런 아들을 보면서 은수는 애가 말랐고, 준하도 시름이 깊어갔다.

그렇게 봄이 깊어갔다. 찬란하던 봄빛이 퇴색해 가던 어느 날 학교에서 돌아와 꾸벅 인사만 하고 제 방으로 올라가던 현우가 어쩐 일인지 은수에게 다가와 하얀 종이봉투 하나를 내밀었다.

"이게 뭐야?"

그러나 은수의 질문에도 현우는 아무런 대꾸도 하지 않았다. 예전에는 작은 새처럼 엄마 곁에서 재잘대던 아들의 무뚝뚝한 모습에 은수는 가슴이 시렸지만, 절대 아들을 탓할 수 없었다.

"아빠하고 함께 읽어보세요."

퉁명스럽게 그 한마디만 하고는 현우는 다시 2층으로 올라갔다. 은수는 당장 그 봉투를 열어보고 싶었지만 봉투 위에 쓰인 '부모님께'라는 아들의 글씨 때문에 그 마음을 누르고 준하가 퇴근할 때까지 기다렸다. 그리고 준하가 오자 그녀는 그에게 봉투를 내밀었다.

아직 옷도 갈아입지 못한 채 봉투를 받아 든 준하의 얼굴에도 온갖 상념이 스쳐 갔다. 그는 말없이 봉투를 열고 그 안에 있는 종이 한 장을 꺼냈다. 그건 현우가 쓴 편지였다. 손을 내밀어 은수의 어깨를 끌어안은 준하는 그녀와 함께 그 편지를 읽어 내려갔다.

몇 줄 되지 않는 짧은 편지였다. 그러나 그 안에는 현우의 마음
이 담겨 있었다.

'사랑하는 부모님께'로 시작되는 그 편지에는 엄마의 이야기
를 듣고 많이 놀랐고 힘들었지만 아무리 생각해도 자기한테는 엄
마, 아빠에게 사랑받은 기억밖에는 없다며 그래서 두 분을 미워
하고 싶고, 원망도 해보고 싶어도 그 방법을 모르겠다고 쓰여 있
었다.

'엄마, 아빠에게 사랑만 받아서 저는 두 분을 사랑하는 방법밖
에는 모르겠어요. 사랑해요, 엄마, 아빠.' 라고 끝을 맺은 그 편지
를 보면서 은수와 준하는 서로를 안고 많이 울었다. 아픔과 슬픔
과 후회 그리고 그보다 더 큰 행복과 사랑이 녹아든 울음이었다.

7년 후.

"그래서 큰형은 지금 이 사태를 받아들일 수 있단 말이야?"

식탁 의자에 앉은 은수가 나이에 맞지 않게 서늘한 눈초리로 자
기 앞에 서 있는 현우를 노려보며 물었다. 어제 진탕 마신 술 때문
에 머리가 아파서 물 한 잔 마시려고 내려왔던 현우는 동생의 말

에 어깨를 으쓱거렸다.

"그럼 이미 생긴 걸 뭐 어쩌겠어?"

"형은! 지금 엄마 나이가 얼마인 줄이나 알아?"

날카로운 은우의 목소리에 골이 지끈거렸지만 현우는 턱을 긁적이며 계산을 해보았다.

"내가 21살이고 너희가 14살이니까 마흔다섯 살인가?"

"그래! 마흔다섯이야, 마흔다섯! 서른다섯이 아니라구!"

은우는 아예 손바닥으로 식탁을 탕탕 내려치며 흥분했고, 그 옆에 앉은 선우는 식탁 위에 팔을 올려놓고 그 위에 얼굴을 괸 채 자기 형과 동생을 물끄러미 바라보고 있었다. 은우만큼 흥분한 것은 아니지만 그도 지금 몹시 우울한 상황이었다.

"그야 엄마 나이가 좀 많은 건 사실이긴 하지."

"좀 많아, 좀? 서른다섯도 노산이라고 하는 나이에 엄마 나이면 초초초고령 임신인 거야, 알긴 아냐구!"

"게다가 그렇게 엄마 나이가 많으면 아기 낳을 때도 그렇지만 임신 중에도 엄청 힘들대."

선우가 금세라도 눈물이 뚝뚝 떨어질 것 같은 얼굴로 현우를 바라보며 말하다 금세 고개를 떨구었다.

현우는 지금 두 동생이 왜 이렇게 화가 났는지 충분히 이해하고도 남았다. 3일 전 주말, 아빠와 엄마가 세 형제를 모아놓고 중대 발표를 하겠다고 했다. 아빠는 시종 싱글벙글 웃으면서 엄마를 껴안고 있었고 엄마는 어쩐지 창피한 듯 시선을 내리깐 채 아들들의 눈길을 피했다.

그러더니 아빠의 입에서 나온 말은 그야말로 현우네 삼 형제를 단숨에 날려 버릴 정도로 강력한 핵폭탄 급 발언이었다.

"엄마가 너희 동생 가지셨다. 이제 5주야. 내년 봄엔 예쁜 여동생이 생길 테니 기대해라! 하하하!"

좋아서 어쩔 줄 몰라 하는 자신들의 부친, 김준하 변호사를 보면서 세 형제는 경악하고 말았다. 아들 셋을 낳고도 딸에 대한 꿈과 희망을 포기하지 못했던 아빠가 끝내 엄마 나이 마흔다섯에 또다시 임신을 하게 했던 것이다.

부부 사이가 지나칠 정도로 좋은데도 아이가 잘 안 생긴다고 혜인이 이모가 말하곤 할 정도로 그들의 부모님은 금실이 몹시 좋았다.

매번 엄마에게 혼이 나면서도 자식들이 있든 없든 엄마에게 붙어서 떨어질 줄 모르는 아빠를 보며 자란 세 형제는 아침밥을 먹으러 간 식당에서 부모님이 진한 키스를 하는 걸 봐도 무덤덤하게 지나칠 정도였고, 저녁에 아빠가 엄마를 데리고 부부 침실로 들어가면 경천동지할 일이 생기지 않는 한 절대로 부모님 방문을 두드리지 않을 정도의 눈치를 갖고 있었다. 선우와 은우는 어려서도 정 급한 일이 있으면 맏이인 현우에게 말하지 절대 부모님의 방문을 여는 법은 없었다.

게다가 아빠는 딸 하나만 더 낳자고 매번 엄마를 조르고 있었던 터라 그들 삼 형제도 언제고 동생이 생겨도 이상할 건 없다고 생각하고 있었다. 그런데 이상하게도 선우와 은우가 중학생이 될 때까지도 동생은 생기질 않았다. 이미 엄마의 나이가 마흔 중반을 넘어가고 있던 터라 그들은 앞으로 동생을 보는 일은 없겠구나 하고 생각하고 있던 터였다.

그런데 청천벽력도 이런 청천벽력이 없는 것이다. 엄마가 느닷없이 임신이라니!

현우는 자기 아버지의 집념과 끈기에 남몰래 속으로 박수를 쳤지만, 아직 중학생인 선우와 은우로서는 받아들이기 힘든 현실인 모양이었다. 게다가 이 녀석들이 엄마의 임신에 대해 반대하는 이유가 다른 것도 아닌 엄마의 건강이었으니…….

현우는 마냥 동생들을 나무라거나 설득할 수 없는 노릇이었다. 사실 그도 엄마의 나이가 임신과 출산을 견디기엔 너무 많다고 생각하고 있었다. 상은 이모가 서른셋에 결혼하고 작년에 아이를 낳았을 때도 서른넷의 산모가 아이를 낳는 것은 노산이라 위험하다고 해서 가족 모두가 얼마나 전전긍긍했던가.

그런데 아마 아빠는 이모가 낳은 딸 예림이를 보고는 딸에 대한 의욕을 더 불태웠던 모양이다. 저렇게 반년도 안 돼서 덜컥 엄마가 임신한 걸 보니.

"형도 너희가 뭘 걱정하는지는 아는데 두 분이 이미 낳기로 결정하셨잖아. 아버지가 설마 너희만큼 엄마 건강 신경 안 쓰시는 분도 아니고, 충분히 고려해서 내린 결정이지 않겠나?"

그래도 현우는 맏이로서 동생들과 부모님 입장을 모두 생각해서 말했다. 그러자 은우가 발끈해서 소리 질렀다.

"형은 지금 1층 아기 방을 보고도 아빠가 충분히 생각해서 내린 결정이라고 생각해!"

"뭐? 그게 무슨 소리야?"

한 달 후에 입대를 앞두고 있는 현우는 요즘 선후배들을 만나서 송별회를 하느라 매일매일 고주망태가 되어 돌아오고 있었다. 밤 늦게 들어와서 오후에나 일어나 또다시 술자리로 향하는 생활을 거의 삼 주 넘게 하다 보니 사실 집에서 무슨 일이 벌어지고 있는지 잘 몰랐다.

"가서 보고 말해, 형! 보고!"

자리에서 벌떡 일어선 은우가 씩씩거리면서 앞장섰고, 선우도 어깨를 축 늘어뜨린 채 걸어갔다. 현우도 얼떨떨한 상태로 동생들 뒤를 따라서 1층 부모님 침실과 나란히 붙어 있는 방으로 들어갔다. 그러나 별생각 없이 안으로 들어섰던 현우는 그대로 들고 있던 생수통을 떨어뜨릴 뻔했다.

분명히 엄마의 작업실로 쓰던 방이었다. 벽을 사이에 두고 그

옆은 부모님 침실. 쌍둥이가 자라면서 부모님은 2층 서재를 1층으로 옮겨서 엄마의 작업실을 만들고 서재는 새로 개조해서 쌍둥이의 방으로 사용했다. 그랬다. 현우가 알기로 부모님 침실 옆의 방은 분명 서재 겸 엄마의 작업실이었다.

그러나 지금 그의 눈앞에 펼쳐진 것은! 그야말로 동화 속 공주님의 분홍빛 방이었다. 사방에 책이 꽉꽉 들어차 있던 책꽂이와 컴퓨터가 놓여 있던 기다란 책상은 온데간데없이 사라지고 천장은 물론 벽면을 모두 화사한 분홍빛 벽지로 바른 방 안에는 아기 침대와 옷장, 요람과 온갖 인형이 가득한 장식장으로 그득했던 것이다. 천장에 매달린 모빌까지 그야말로 핑크, 핑크, 핑크의 일색이었다.

딸을 향한 아빠의 강한 집념이 느껴지는 그 핑크빛!

변호사란 양반이 사건에나 열정을 불태울 것이지!

현우는 갑자기 골이 띵하고 아파와서 손으로 제 이마를 짚었다.

"형은 이걸 보고도 아빠가 충분히 이성적으로 생각해서 내린 결정이라고 생각해?"

"이, 이게 대체 언제부터⋯⋯."

"본격적으로 물건 사들이고 한 건 한 달 전부터지만 아빠가 우리 몰래 이 방에 벽지 바르고 꾸민 건 이미 작년부터야."

"작년?"

"그래, 상은이 이모가 예림이 낳은 직후부터였다고!"

"그럼 엄마 작업은? 서재는?"

"서재는 다용도실 옆에 아빠가 쓰던 천체망원경이랑 이상한 책들 가득한 그 방에다 옮겼어. 아빠 물건 싹 다 치우고. 그리고 엄마 작업은 어떻게 해, 저 몸으로!"

"엄마 글이야 노트북만 있으면 되니까……."

시종 우울한 얼굴의 선우가 한숨을 내쉬며 중얼거렸다.

"형은 대학생이라고 만날 술 마시고 늦게 들어오고 여자 만나러 돌아다니느라 전혀 눈치 못 챘겠지만, 우리 아빠 지금 절대 안 이성적이거든!"

현우는 흥분해서 소리 지르는 은우의 심정을 충분히 이해했다.

"그래도 엄마도 동의하신 거잖아."

"엄마가 언제 아빠 좋다는 거 싫다고 하는 거 봤어!"

그랬다. 언뜻 보면 분명히 엄마가 아빠를 꽉 잡고 살았지만, 엄마는 늘 결정적일 때는 한발 물러나서 아빠의 말을 들어주었다. 물론 아빠는 99%를 엄마가 하자는 대로 하는 사람이었고, 두 사람의 의견이 충돌하는 법은 거의 일어나지 않았다.

예전에 딱 한 번, 쌍둥이가 아직 젖먹이일 무렵에 할아버지가 쓰러지시자 엄마는 간병인을 붙여서 요양원에 모시자는 아빠의 뜻을 거스르고 할아버지를 집으로 모셔서 직접 병간호를 했다. 그때 아빠는 처음으로 엄마에게 불같이 화를 냈다. 혼자서 젖먹이인 쌍둥이에 현우까지 돌보면서 병수발 드는 건 무리였으니까.

그러나 엄마는 고집을 부렸고, 결국 입주 도우미를 들여서 집 안 살림과 아이 키우는 걸 어느 정도 맡기는 선에서 아빠와 타협을 보았다. 그때도 엄마는 아이들만은 다른 사람 손 타지 않고 자신이 키우고 싶다고 했지만, 아빠는 단호했다. 갓 돌이 지난 쌍둥이를 바로 어린이집에 보낸 사람도 아빠였다.

아무튼 그 후로도 두 분은 늘 아빠가 엄마의 뜻을 모두 따라주었고, 엄마도 아빠가 좋아하고 하고 싶어 하는 일에 절대 반대하지 않았다.

"자기 몸이 어떻게 돼도 이 방을 보면 엄마가 아빠한테 애 낳기 싫다는 말 할 수나 있겠냐고! 지금도 아빠가 매일 아기용품 사다 나른다고, 매일! 그것도 죄 이런 핑크로만!"

현우는 은우가 정말 화가 나는 게 엄마의 고령 임신 때문인지 아니면 아버지의 딸에 대한 끝없는 집착 때문인지 조금 헷갈리기 시작했다. 그러나 어쨌든 한 가지는 확실했다. 아버지의 욕심이 쌍둥이를 화나게 했다는 것.

그날 저녁, 아니나 다를까, 아버지는 양손에 뭔가를 잔뜩 사들고 들어왔다. 굳이 확인하지 않아도 아기 용품점 로고가 선명하게 박힌 그 종이 가방 안에 무엇이 들어 있는지는 자명했다. 들어오자마자 아직 부르지도 않은 엄마의 배를 손으로 쓰다듬으며 인사를 건네기까지 했다. 거실에 서서 그 모습을 지켜보던 삼 형제의

부루퉁한 얼굴과 마주쳤는데도 아버지는 그저 싱글벙글 웃고 있었다. 정말로 온 세상을 다 가진 사내의 얼굴이란 정녕 저런 것인가 하고 생각이 들 정도였다.

자그마한 엄마를 껴안다시피 하고 부부 침실로 들어가는 아빠를 보면서 은우가 저벅저벅 그 앞으로 걸어갔다. 김씨 집안의 불문율, '닫힌 부부침실의 문을 절대로 열지 마라!' 를 깨려는 기세가 분명했다. 아니나 다를까, 은우가 손을 들어서 침실 문을 노크했다. 똑똑똑. 그러나 몇 번을 두드려도 안에서는 아무런 응대가 없었다. 다시 똑똑똑, 은우가 신경질적으로 문을 두드리자 그제야 문이 벌컥 열리면서 짜증을 억지로 누르는 것이 분명한 준하가 나왔다.

"왜 그러니, 막내야?"

은우가 무어라 말하기 전에 아빠의 뒤에서 흐트러진 머리를 매만지며 엄마가 나타났다. 안에서 대체 무슨 일이 있었는지 엄마의 볼이 발그스레한 것을 보며 은우는 아빠를 흘겨보았다. 그러나 준하는 아들의 시선 따위는 개의치 않으며 방을 빠져나가려는 아내의 허리에 팔을 감고는 이마에 입술을 갖다 대며 속삭였다.

"저녁은 천천히 먹어도 된다니까."

"애들 배고파요."

"저 녀석들이야 항상 허기져 있잖아, 나처럼."

그러면서 나직하게 웃음을 터트리자 엄마의 얼굴은 더 붉어졌고 은우의 얼굴은 더 험악하게 일그러졌다. 현우는 어째 우리 아버지는 나이를 드실수록 더 능청맞고 음흉해지는 걸까 하며 속으로 한숨을 내쉬었다.

엄마는 눈에 띄게 화려한 미인은 결코 아니었다. 얼핏 보면 그저 평범하고 수수한 보통 여자였다. 하지만 아빠와 함께 있을 때의 엄마에게서는 빛이 났고, 은은한 아름다움이 감돌았다. 아빠의 말대로 세상에서 최고로 아름다운 여자는 아닐지라도 아빠에게 그리고 현우와 두 동생에게는 세상에서 그 어느 누구와도 견줄 수 없이 아름답고 소중한 여자임에는 틀림없었다.

아버지의 지극한 사랑 때문인지 엄마는 나이 들수록 더 화사하고 고와졌다. 혜인 이모의 말대로 여자는 남자의 사랑을 먹고 사는 생물일지도 몰랐다. 그렇다 보니 사십대를 넘기고도 엄마의 자태며 웃는 미소는 여전히 아버지를 매혹시킬 정도로 아름답기 그지없었다.

아무튼 그 대단한 두 분의 사랑 때문에 동생들이 분노한 건 틀림없었다.

아들들의 시선을 느낀 것인지 엄마가 다급하게 아빠의 품을 벗어나면서 말했다.

"저녁 준비할 테니까 옷 갈아입고 와요. 너희도."

아빠는 아쉬움에 보기 안타까울 정도로 애절하게 엄마의 뒷모습을 바라보았다. 그러다가 몸을 돌려 다시 침실로 들어갔다. 그 뒤를 따라 들어가는 사람이 있었다.

"아빠."

막내지만 삼 형제 중에 가장 이성적이고 냉철한 은우였다. 어느새 세 아들 모두 침실 안으로 들어온 것을 보고 준하는 한쪽 눈썹을 밀어 올렸다. 무슨 일인가 싶었지만 그는 개의치 않은 채 콧노래를 부르며 갈아입을 옷을 꺼냈다.

"김씨 집안 남자들끼리 얘기 좀 나누시죠. 저녁 드시기 전에."

막내아들은 물론 세 아들의 심상치 않은 분위기를 눈치챈 것인지, 못한 것인지 준하는 여전히 얼굴 가득 웃음을 띤 채 넥타이를 풀고 와이셔츠 단추를 풀었다.

"엄마 혼자 저녁 준비하기 힘들어서 아빠가 빨리 가서 도와줘야 하거든. 그러니까 나중에 얘기하면 안 될까?"

"정말 엄마를 위하신다면 지금 저녁 준비가 문제가 아니죠."

준하는 딱딱 끊어지는 막내아들의 말투에 조금 고개를 갸웃했다. 그러더니 어깨를 으쓱하면서 말했다.

"그래 알았어. 어디 한번 말해봐."

그새 편한 면바지와 셔츠로 갈아입은 준하는 팔짱을 낀 채 자기 앞에 서서 험악하게 자기를 바라보는 막내아들과 뒤에 선 두 아들을 바라보았다. 맏이 현우는 이미 자기보다 훨씬 더 큰 키에 체격도 다부져서 운동선수나 모델이라는 오해를 종종 받고 있었다. 그리고 쌍둥이인 선우와 은우도 어려서는 몸집이 작더니만 제 형을 닮았는지 초등학교 5, 6학년이 되더니 그야말로 폭풍 성장을 거듭해서 지금은 이미 준하와 머리 하나 정도밖에 차이가 나지 않을 정도로 키가 컸다. 아무리 봐도 보면 볼수록 듬직한 녀석들이었다.

그런데 그런 사내 녀석들이 우르르 몰려와 서 있으니 은수와 그가 사용하는 부부 침실이 비좁게만 느껴졌다.

"말해. 뭐냐, 김은우."

어려서부터 딱 부러지는 성격에 냉정하고 지독할 정도로 이성적인 녀석의 얼굴이 잔뜩 찌푸려진 것을 보며 준하가 물었다.

"엄마가 지금 가진 아이, 꼭 낳으셔야 해요?"

막내아들의 말에 준하는 단번에 이맛살을 팍 찌푸렸다.

"그게 무슨 말이지?"

"말 그대로예요. 저는 물론 큰형, 작은형 모두 엄마가 아기 안 낳으셨으면 좋겠어요."

"그렇게 말하는 이유는?"

준하는 아들의 말에 얼굴이 딱딱하게 굳어졌지만, 어려서부터 사소한 거라도 아이들의 의견을 존중하며 키웠기에 왜 아들이 이런 말을 하는지 끝까지 들어주기로 했다. 그러나 그의 얼굴은 엄격하기 짝이 없었다.

"엄마 건강 때문예요."

"아빠, 엄마 노산이에요. 초고령 노산, 아이 낳다가 큰일 날 수도 있대요!"

제 동생과 아버지를 바라보던 선우가 이야기에 끼어들었다. 두 눈 가득 눈물을 글썽이는 작은아들을 보면서 준하는 깊게 한숨을 내쉬었다. 그러더니 큰아들인 현우를 향해 물었다.

"너도 동생들과 같은 생각이냐?"

아버지는 물론 동생들의 시선이 자기에게 몰린 것을 느끼며 현우는 큰 손으로 제 머리를 긁적였다. 그러나 그 말투는 단호했다.

"저도 처음엔 어머니가 동생 가지셨다는 게 기뻐서 별생각을 못했는데 아까 은우랑 선우 얘기 들어보니 아무래도 어머니 나이가 너무 많으시다는 게 마음에 걸립니다, 아버지."

"그래서 너도 반대다?"

"어머니 건강이 조금이라도 위험하다면 절대 모험을 하지 않았으면 합니다."

"엄마가 지금 나이에 임신한 거 자체가 모험이잖아요. 안 그래요, 아빠?"

"맞아, 맞아. 위험해."

은우와 선우까지 가세하자 준하가 난감한 듯 얼굴을 찡그렸다.

"너희는 내가 너희 엄마 위험하게 할 사람으로 보이냐?"

그 말에 세 아들 모두 선뜻 대답하지 못했다.

"지금까지의 아버지라면 절대로 그렇게 생각 안 하죠. 그런데……."

현우가 엄지손가락으로 부부침실 너머의 벽을 가리키며 말했다. 이미 부부침실과 옆의 아기방 사이에는 통할 수 있는 문까지 만들어져 있었다.

"저걸 보고 나니 과연 우리 아버지가 이번 일에 대해서 이성적으로 판단을 내리셨나 의구심이 드는 건 사실입니다."

명실 공히 국내 최고의 로펌이라는 선앤진의 대표이면서 국내 최고의 승률을 자랑하는 김준하 변호사. 법정에서는 그 누구보다 냉철하고 날카로운 지성으로 상대 측의 허점을 찌르고 철저하게 증거를 분석하고 증인의 심리를 파고들며 조금의 빈틈도 없는 논리적인 변론으로 백전불패의 신화를 이룬 그가 지금 그의 가정에서 자신의 세 아들에게 그의 이성을 의심받고 있었다.

"아빠가 얼마나 딸 갖고 싶어 하는지 우리도 알지만 엄마가 이번에 꼭 딸을 낳으리란 보장도 없잖아요!"

"맞아. 또 아들이면 그땐 어떡할 거예요, 아빠."

"그렇다고 이미 생긴 생명을 포기하자는 소리냐, 너희들?"

쌍둥이들이 항의하자 준하가 맞대응했다. 그런데 현우가 옆에서 동생들을 거들었다.

"아버지 마음은 알지만 어머니 건강을 위해서 아기…… 포기하시죠."

"큰아들 너마저…… 난 너희를 그렇게 생명을 가볍게 여기는 아이들로 키우지 않았어."

"저희도 생명이 귀한 건 알아요. 하지만 우리한테는 엄마가 더 중요해요! 아기 낳다가 엄마가 잘못되기라도 하면 어떡하실래요!"

"엄마 잘못되면 난 못 살아요!"

성격도, 기질도, 생김새도 다르면서 이럴 때만은 일심동체인 쌍둥이가 한꺼번에 준하에게 목소리를 높였다. 그때였다. 달칵 문이 열리더니 문가에 은수가 나타났다. 네 남자가 동시에 그녀를 쳐다봤다.

"여보!"

"엄마!"

바깥에서 네 남자의 소리를 다 듣고 있었던 은수는 천천히 다가가서 선우와 은우를 차례대로 안아주었다. 그리고 자기 몸집에 두 배나 되어버린 큰아들도 다정하게 안아주었다. 그러곤 남편 옆으로 가서 섰다.

"너희들한테 엄마가 미안해."

은수의 말에 선우가 고개를 세차게 흔들었다.

"엄마가 너희한테 잘 설명해서 불안하지 않게 했어야 했는데…… 엄마가 생각이 짧았어."

"아니에요."

선우가 감정이 울컥하는지 어느새 또 눈가에 눈물이 고여들었다.

"엄마랑 아빠는 예전부터 너희 동생 하나 더 가지려고 준비하고 있었어. 그래서 엄마 2년 전부터 본격적으로 병원 다니면서 운동하고, 식이조절해서 몸도 만들었고, 한 달에 한 번씩 꼬박꼬박 검사도 받아. 그리고 임신했으니까 더 조심할 거고. 병원에도 2주에 한 번은 가서 검사 받기로 했어. 아무래도 너희 말처럼 고령 임신이니까."

은수가 조금 멋쩍은 듯이 웃자 준하가 얼른 팔을 내밀어 그녀의 어깨를 감쌌다. 그러고는 여느 때처럼 또 그녀의 이마와 뺨에 다정하게 입을 맞췄다.

"그래도, 아무리 이렇게 준비하고 조심해도 엄마도 임신 중에 위험할 수 있다는 거 잘 알고 있고, 출산이 어려울 수 있다는 것도 알아. 그래도 얘들아."

은수가 가만히 자기 아들들의 이름을 하나씩 불렀다.

"우리 현우, 선우, 은우. 너희 낳고 키우면서 엄마 너무 행복했어. 지금도 행복하고 앞으로 더 그렇겠지? 그런데 엄마는 이미 엄마한테 찾아온 이 아이도 사랑해 버렸어. 그래서 엄마 건강이 위험할 수도 있다는 걸 알지만 도저히 포기할 수가 없어. 너희가 좀 이해해 줄래?"

"그렇게 왜 애초부터 아기 가질 준비를 한 건데요, 엄마는!"

"아빠가 가지자고 졸라서 그런 거죠!"

쌍둥이들은 그래도 포기 못하고 항의했다. 그러자 은수가 웃으며 손을 내저었다.

"아니야. 너희 오해했구나. 실은 너희 아빠는 엄마가 임신하는 거 반대했어."

"뭐라구요?"

그러나 그녀의 세 아들들은 그녀의 말을 믿지 않았다.

"정말이야. 너희는 잘 몰랐겠지만 엄마 사실은 3년 전에 우울증 되게 심하게 왔었거든. 엄마 나이 때 여자들이 다 겪는 건데 갱년 기라고…… 그래서 그때 병원도 아빠가 끌고 가서 다니고 그랬는 데 거기서 치료 받으면서 엄마 다시 아기를 낳고 싶다고 생각했 어."

그러고 보니 현우는 자신이 고2에서 고3이 될 무렵 엄마의 얼 굴이 늘 어둡고 좀 기운 없어 했다는 게 떠올랐다. 그때는 공부 때 문에 정신이 없을 때라 잘 몰랐는데 지금 생각해 보니 아마도 그 때였던가 싶었다. 현우는 아차 싶었다.

"엄마는 우리 아들들 낳고 키우면서 너무 행복했거든. 여자로 서 누릴 수 있는 가장 큰 행복이 바로 너희처럼 사랑스러운 아이 를 직접 몸에 품고 낳아서 키우는 거야. 그래서 그때부터 엄마는 아기 낳고 싶어서 너희 아빠 졸랐어."

그제야 은우도, 선우도 엄마의 말에 자기 아빠를 쳐다봤다. 준 하는 그런 아들들을 보며 한쪽 어깨를 으쓱였다.

"그러다 작년에 너희 이모가 아기 낳는 거 보고 엄마가 아빠한 테 막 화내고 그랬어. 더 나이 먹기 전에 정말로 낳고 싶다고. 그래서 아빠가 결국 엄마한테 져준 거야."

"엄마, 그래도 난 엄마 위험한 거 싫어."

선우가 자기 엄마 품에 안기며 울먹였다.

"아무리 생각해도 엄마 그건 너무 무모해요. 너무 위험하잖아."

은우는 여전히 못마땅해서 투덜거렸지만 그래도 표정은 많이 누그러져 있었다.

"너희한테 약속할게. 몸이 조금이라도 이상하면 바로 병원 갈 거고, 병원에서 입원하자고 하면 입원하고, 내 몸을 위해서 조심해야 하는 거면 뭐든 할게. 아빠랑 너희가 도와줘. 그럼 엄마 너희 닮은 예쁜 동생 낳을 수 있을 거야."

"엄마."

결국 선우는 엉엉 울었고, 은우는 입술을 씰룩였다. 엄마와 아빠가 그런 아이들을 토닥였다. 그리고 현우는 아버지한테 '죄송하다.' 사과했다.

그렇게 시간이 흘렀다. 겨울이 지나고 봄이 돼서 훈련소에 입소했던 현우가 백일 휴가를 받아서 나온 그 다음날 은수는 네 번째 아이를 낳았다. 막 하얀 조팝꽃이 흐드러지게 피던 때였다. 까만 머리카락에 까만 눈동자와 붉은 입술을 가진 그 아이는 제 아빠는 물론 세 오빠의 마음을 단숨에 사로잡았다. 구슬같이 예쁜 그 아이의 이름은 세 오빠가 머리를 맞대고 열심히 의논한 결과 '보미'이라고 지었다. 봄에 태어난 아이라는 뜻이었다.

그렇게 은수와 준하의 사랑은 그들의 아이들에게로 이어졌고, 그 사랑은 그들을 하나로 묶어 영원히 행복하게 해주었다. 마치, 따스한 봄날처럼.

THE END #

작가 후기

언젠가 우연하게 창작에 관한 특강을 들은 적이 있습니다. 그때 강사였던 한 유명 작가분이 이런 말씀을 하시더군요.

"글을 쓰는 사람이라면 누구나 꼭 한 번은 써야 하는 글이 있습니다. 그것이 어떤 글이든 작가 자신에게는 반드시 치러야 하는 통과의례와 같은 글인 거죠."

이 글은 오래전부터 제 가슴속에 묵혀두었던 이야기입니다. 그러나 쓰기가 망설여져서 내내 미루고만 있다가 어느 날 문득 제목이 떠올랐습니다. 그래서 떡 본 김에 제사 지낸다는 핑계를 스스로 대면서 글을 쓰기 시작했죠.

하지만 이혼과 전남편 그리고 아이라는 소재 때문에 쓰면서도 참 많이 고민했고, 후회도 많이 했습니다. 포기하고 싶기도 했습니다.

그러나 제게 이 글은 반드시 써야만 하는 글이었습니다.

제가 쓴 대부분의 글이 그러하지만 이 글 역시 실제 누군가의 삶을 모티브로 한 글입니다.

한 여자가 있습니다. 제가 참 많이 사랑하는 사람입니다.

누구보다 잘 웃고 씩씩한 그녀지만, 그녀의 삶은 늘 힘들었고, 현실은 버겁기만 했습니다. 사랑도 아프기만 했습니다. 그러나 그녀는 그 모든 것을 이겨내고 지금도 꿋꿋하게 잘살고 있습니다. 제가 이 글을 쓰는 동안 가장 많이 격려해 준 것도 그녀였습니다.

제 글이 그녀가 겪었던 지난했던 삶의 한자락이나마 잘 그려냈는지 알 수는 없지만, 그래도 이 글을 읽은 누군가, 아니, 단 한 분이라도 이런 여자의, 이런 사랑도 있구나 하고 알아주시면 참 기쁠 것 같습니다.

지금 그녀는 누구보다 행복합니다. 이 글이 책으로 나온다는 소식에 누구보다 기뻐한 것도 그녀였습니다.

그래서 저도 이 글을 쓰길 잘했다 생각합니다.

늘 그렇듯 이 글을 읽은 모든 분들이 행복하시기를 바랍니다.

그리고 20140416 모두 가슴에서 잊지 않기를 바랍니다.

감사합니다.

2014년 6월 에드가 신윤희.